Pour son propre plaisir, **Albert Ducloz** *écrit depuis l'enfance romans, poésies, contes et nouvelles. Pourtant, après une carrière de directeur d'établissement de soins, ce n'est qu'en 2002 qu'il publie son premier roman,* Citadelles d'orgueil. *Ce premier titre sera suivi de nombreux autres, entre belles aventures humaines et mise en valeur de la ruralité.*

Les Jacinthes sauvages

TERRE DE POCHE
45, rue du Clos-Four – 63056 Clermont-Ferrand cedex 2

Albert Ducloz

Les Jacinthes sauvages

de Borée
TERRE DE POCHE

Le son lui paraissait venir de loin,
mais d'en bas, de la Loire.
Il lui semblait identifier un souffle rauque,
un halètement profond.

Première partie

LA CRUE

I

Ce matin-là, l'air était vibrant et le devenait davantage à mesure que le ciel se voilait. C'était le dimanche 21 septembre 1980 et l'été finissait. Au-dessus de la Loire, dans la forêt montante entre Ventressac et La Fayolle, les ombres et les lumières se peignaient en camaïeu sous les grands châtaigniers aux pelons éclatés. Le soleil très haut y jouait de sa présence et le bleu du ciel plongeait dans le vert feuillage des arbres. La Loire encore en paix bouillonnait de perches et de gardons ; quelques carpes guettaient les baies mûres. De temps en temps, l'une d'elles tombait des branches avec un petit bruit sec et l'eau éclaboussait leurs feuilles. Malgré tout, son eau moirée coulait lentement, sans bruit, avec seulement un murmure à peine perceptible ; des moucherons la frôlaient dangereusement, excitant les poissons à sauter. Des canards s'agaçaient des grenouilles ; elles bondissaient sur les nénuphars comme pour s'y mettre hors d'eau. Depuis la veille, le ciel était couvert. Le vent prenait la Loire à contre-courant et soulevait de petites vagues blanches. Ce dimanche apportait un simple changement dans la direction du vent, mais ce peu de chose suffisait pour que l'aspect des lieux apparût entièrement autre à l'œil. Là où auparavant brillait le jaune d'or des feuilles des aulnes sur les berges de la Loire, ces arbres tendaient des bras nus ; l'herbe du communal, broutée jusqu'à la racine par les moutons en quête de nourriture, en venait à perdre son éclat ; un ciel bas pesait sur les ruines d'Artias et, plus haut, face à elles, une ligne grise inquiétante s'accrochait au sommet enforesté du mont Gerbizon. Ce deuil de la nature faisait peine à voir. Au début de l'après-midi, englouti dans le rêve de sa sieste, Adrien perçut un ronflement. L'étreinte de ce bruit sourd se faisait de plus en plus étouffante. C'étaient des masses confuses qui s'écrasaient les unes contre les autres, d'effrayants craquements, comme si la maison bougeait. Artisan forestier, toute la semaine il trimait en forêt au sommet du Gerbizon, vieux volcan raboté par les millions d'années ; sur ses pentes s'enracinaient de profondes forêts, riches de fayards centenaires, de douglas énormes que plusieurs bras d'hommes ne suffisaient pas à ceinturer. Ce dimanche matin, Adrien s'était levé très tôt pour donner un coup de main à Colette et à Baptiste, belle-sœur et frère de Corinne, son épouse. Tous les deux construisaient leur maison juste à côté de la ferme ancestrale du père de Baptiste, à Ventressac, vieux hameau rassemblé autour d'une maison forte : elle dominait la Loire de l'autre côté de la route qui, de Retournac, conduit au Puy-en-Velay. Lui, Adrien, après son mariage, avait choisi de continuer à vivre dans sa maison de famille au Batelier, lieu-dit de Chamalières-sur-Loire sous les ruines d'Artias, forteresse médiévale érigée sur les orgues phonolithiques qui dominent la Loire ; autrefois, moyennant paiement, les ancêtres bateliers d'Adrien faisaient traverser en barque le fleuve encore rivière : entre deux passages, son père, son grand-père et, bien avant eux, ses plus anciens aïeux relevaient leurs lignes et leurs nasses, pêchaient à l'hameçon les truites, anguilles, ombres et barbeaux dont la Loire grouillait alors ; tous vendaient leurs pêches aux aubergistes de Chamalières-sur-Loire ou Retournac, parfois même aux particuliers de Vorey-sur-Arzon sur le marché du dimanche matin. Mais ils pratiquaient une seconde activité qui, au fil des générations, prit sa place à la première. Propriétaires de forêts au sommet et sur les pentes du Gerbizon, de plus en plus ils se consacrèrent à leur exploitation. C'était plus sûr, plus rentable et surtout convenait mieux à leur tempérament de mal léchés. Dans leur barque, sur la Loire, il fallait sourire aux passagers, les remercier. Lorsqu'ils portaient leurs fritures aux aubergistes, il fallait pratiquer de même. Dans les bois noir profond, tout au-dessus de la vallée, ils étaient chez eux, vivaient en ours, et cela leur plaisait.

Dans le somme d'Adrien, tout autour de la maison, un bruit sourd d'encerclement montait vers lui et l'étouffait. Un choc le réveilla. Tendant l'oreille, il perçut comme un martèlement qui était celui des vagues contre la digue ; celle-ci barrait la Loire en diagonale pour la pousser dans le canal approvisionnant vers l'aval l'usine hydroélectrique de Vousse. Et la bourrasque faisait frémir la porte de la maison. Les yeux ouverts, Adrien, pris de peur, se rendait compte qu'il n'avait pas rêvé. Le fracas de la Loire devenait de plus en plus distinct. Les vagues, le long de la berge, s'écrasaient sur le sable en écume blanche, rejaillissaient en geysers tièdes sur la prairie. Sitôt au bas du lit, sans chercher ses nu-pieds, il se précipita vers la porte donnant sur le vieux balcon de ciment moussu, face à la Loire. Le vent s'engouffrait dans sa vallée, martyrisait le fleuve, soulevait son eau noire à des hauteurs inattendues et créait de vraies vagues. Sur le balcon, la bourrasque, comme des gifles, lui plaquait sur le corps des gerbes de gouttes arrachées à la crête des vagues.

— Oh ! mon Dieu !

La clameur de la crue lui gifla les oreilles ; la Loire rugissait, aggravait sa montée, étreignait la maison, recouvrait la cour et le jardin. Adrien poussa un cri d'effroi :

— Merde ! ma voiture !

Ce break 305, il n'était pas encore payé, et Adrien ne pouvait s'en passer pour son travail. À presque 1 heure de l'après-midi, redescendant chez lui de Ventressac au Batelier, il devinait Corinne impatiente d'attendre ; en vitesse, il avait garé son break juste devant la maison plutôt que de le ranger au-delà, dans un lieu plus élevé : le pré aux jacinthes ; par prudence, il procédait ainsi aux périodes de crue. Deux fois par an, au printemps et à l'automne, lorsque les Cévennes et le Mézenc recueillaient trop de pluies, la Loire montait plus ou moins haut. Mais à chaque fois, elle annonçait sa crue, montait d'heure en heure : jamais d'un seul coup, sans prévenir, et surtout pas en moins d'une heure, comme aujourd'hui. Quelque part en amont, il avait dû survenir un imprévu, un accident, un fait inhabituel. Certes, les jours précédents, il avait beaucoup plu sur le bassin de la jeune Loire, tout autour et au pied du mont Gerbier-de-Jonc, sur les montagnes cévenoles, mais pas dans l'Emblavez, où la Loire devient fleuve. Ces pluies n'expliquaient pas tout. Comme si un typhon était passé par là, on aurait dit qu'un barrage avait craqué. C'était comme un envahissement. Adrien se retrouvait brusquement prisonnier à l'étage de sa maison. Il prit peur : à part les ronflements des eaux qui s'enroulaient entre elles en spirales chargées de terre brune, plus aucun bruit n'indiquait la vie ; les corbeaux avaient fui et même les arbres au-delà des prairies s'immobilisaient dans un silence inquiet. Curieusement, malgré le déchaînement des vents, l'air de plus en plus lourd ne permettait pas de respirer sous le ciel trop bas.

La crue montait toujours. Bientôt, les eaux épaisses lécheraient ses pieds nus sur le balcon ; à présent, chargées des limons arrachés aux fonds ainsi qu'aux berges, elles noyaient le toit de la voiture sous au moins deux mètres d'eaux boueuses, ainsi que tout le rez-de-chaussée de la maison : atelier, garage, bûcher et même la chambre d'amis que Corinne et lui louaient l'été aux vacanciers pour faire quatre sous. Sur le coup, Adrien, sidéré du vacarme angoissant de la crue, ne s'inquiéta que de son break, rendu sans doute à jamais inutilisable sous les vagues chargées de terre, camaïeu d'ocres et de bruns. Le courant, enragé, labourait les fonds, arrachait les berges, charriait les dépouilles des maisons inondées et des terres ravagées sans distinction de formes ou de poids : arbres déracinés, bétail noyé, caravanes emportées comme bulles, et même de Chadrac, où ils avaient été surpris sur leur parking, des tracteurs de semi-remorques attelés à leur citerne vide flottant sur les crêtes des vagues. Le principe d'Archimède jouait à plein. Les cabines des camions-citernes traînaient sous l'eau, leurs pare-chocs raclaient les fonds, et cela se devinait aux mouvances de boues et de bulles vives qu'ils libéraient derrière eux. Émergeant de son émotion, c'est alors seulement qu'Adrien prit conscience de l'absence de sa femme. Il se mit à l'appeler, plaça ses mains en porte-voix, tenta de hurler encore plus fort que le bruit de la Loire.

— Corinne ! Corinne ! ! Corinne ! ! !

Son cri se faisait de plus en plus déchirant ; affolé, déchaussé, Adrien courait dans la maison. Sur le balcon, sa voix semblait rugir, à s'en brûler la gorge :

— Cooo... riinne ! Cooo... riinne ! Cooo... riinne !

Mais sa voix ne portait pas, étouffée par le ronflement de l'eau qui s'écrasait sous le balcon et assourdissait tout. Adrien se ressaisit, tenta de réfléchir, de reprendre ses esprits. Où était-elle allée ? Il fallait éliminer le rez-de-chaussée : Corinne aurait senti arriver l'eau et serait remontée à l'étage. Les deux époux ne vivaient pas leur première crue : toutes les précédentes s'annonçaient par un rafraîchissement de l'air, une altération de l'atmosphère, une augmentation de l'humidité ambiante. Si Adrien n'avait pas perçu ces signes, c'est qu'il dormait profondément pendant sa sieste et, de surcroît, ronflait : Corinne le lui reprochait assez. Seule l'ouïe, sens le plus profond et le plus permanent, avait capté dans son sommeil le bruit sourd et continu du mugissement de l'eau, l'avait transcendé en rêve. Soit Corinne s'était rendue chez son frère et sa belle-sœur à Ventressac, mais il ne pouvait leur téléphoner : la maison en construction n'était pas achevée, et Baptiste et Colette n'avaient pas encore fait installer le téléphone puisqu'ils vivaient toujours dans leur première demeure ; soit Corinne avait rendu visite à Clémence, sa mère, qui habitait aux Blaches, de l'autre côté de la voie ferrée. Clémence, depuis longtemps, s'était fait installer le téléphone : Adrien composa son numéro. Même pas un grésillement ! Le téléphone était coupé. Adrien réfléchit ; il courut à la fenêtre de la cuisine : elle donnait sur le pré aux jacinthes. Chaque année, entre avril et juin, des jacinthes sauvages, aux fleurs innombrables et aux couleurs superbes, qui vont du bleu au blanc et jusqu'au rouge en passant par le rose et le fuchsia, fleurissaient dans ce pré. Ces jacinthes d'Orient, implantées par Jean Robin, le jardinier du bon roi Henri IV, à la hampe aussi haute que solide, aux grappes de fleurs tombantes et parfumées, immigrées des lisières de la forêt proche de Ventressac, étaient devenues la passion de Corinne. Au début, quelques-unes seulement fleurissaient dans le pré. Par ses soins de protection contre les fauchages prématurés, Corinne en était arrivée à les faire se répandre partout dans la prairie. Même dans les périodes sans fleurs, elle aimait à se promener dans cet herbage, à surveiller les plaques plus vertes où fleuriraient ses *Hyacinthus orientalis* ; comme les girolles dans les bois et les rosés dans les prés, les jacinthes sauvages poussent et fleurissent par plaques. Hélas ! Corinne ne se trouvait pas dans le pré. L'eau jaunâtre, limoneuse, un peu verdie et parfois rendue mauve par l'herbe affleurante, envahissait la prairie, s'insinuait et se poussait entre les mottes, les taupinières, remontait par les creux dans les déclives ; encore un quart d'heure, et le pré serait entièrement inondé, presque jusqu'à la voie ferrée. Mais où diable Corinne avait-elle bien pu aller pendant qu'il dormait ? Il tenta de se rassurer en supputant diverses hypothèses, une promenade en forêt au-dessus de Ventressac, une visite à une de ses amies au bourg de Chamalières-sur-Loire ; mais elle en avait tant ! Si seulement Adrien avait pu sortir de la maison : sa barque pour aller pêcher restait amarrée au bord de Loire, mais à cette heure sans doute elle gisait noyée au fond de l'eau, voire, sa chaîne rompue comme une ficelle, filait-elle emportée par les flots.

À partir de ce moment, pendant toute la soirée, et bien avant dans la nuit, Adrien, prisonnier de la crue, tourna et retourna dans sa maison. De temps à autre, pour se rassurer mais sans rien en attendre, espérant le rappel du téléphone, il composait en vain les numéros des gendarmes, du maire, des pompiers. Autrefois, lorsque, à la sortie de la guerre, les pannes d'électricité étaient fréquentes, les gens allumaient la lampe à pétrole, croyant favoriser le retour du courant. Adrien fit de même pour la sonnerie du téléphone : persuadé que sa proximité ferait revenir la tonalité, il déplaça un fauteuil d'osier pour s'installer à côté de l'appareil et y passer la nuit. Il se rassurait en se persuadant que Corinne s'était réfugiée dans une maison de Ventressac ou du bourg, et qu'elle ferait tout pour l'appeler dès que le téléphone serait utilisable. De temps à autre, il sortait sur le balcon : rien qu'au bruit, et sans avoir besoin de scruter les flots grâce au disque de la lune qui, entre deux nuages, s'efforçait de tempérer la nuit, il savait que la crue ne s'épuisait pas ; il écoutait la Loire bourdonner à ses pieds. L'écume blanchâtre et haute des vagues terreuses rayonnait de l'image réfléchie du disque lunaire ; sa lueur perçait le ciel bas, jetait comme une flaque de lune au milieu de la Loire bouillonnante. Aucune nuit n'est jamais d'un noir d'encre : il demeure toujours un peu de lune ou d'étoiles derrière les nuages, même les plus épais. Cependant, vers les 3 heures du matin, lors d'une énième sortie, Adrien pressentit que la crue et la Loire s'épuisaient. Celle-ci est une capricieuse, vivante, tout en sautes d'humeur, qui rugit à l'automne et se laisse traverser à pied sec l'été. À cette heure, les vagues noires clapotaient sous le balcon, mais n'en noyaient plus la dalle de ciment. Le roulement des eaux terreuses était moins assourdissant ; surtout, Adrien ne percevait plus les chocs des arbres entre eux, déracinés et emportés, les martèlements d'enclume des pierres noires arrachées qui, dans l'après-midi, roulaient avec des bruits énormes contre les berges et labouraient les fonds de Loire. Les paysans, surpris de la crue si soudaine, n'avaient pu aller chercher et secourir leurs bêtes pour les mettre à l'abri dans les étables. Effrayées, elles mugissaient, ventre dans l'eau. Certaines, les pattes enfoncées dans la terre devenue boue, n'avaient pu remonter suffisamment les pentes : dès les premières heures de la crue, elles beuglaient à la mort, entraînées par le courant. La Loire semblait à présent avoir repoussé tous les obstacles possibles, son lit se devinait entièrement dégagé, elle n'avait plus besoin de tout ravager et culbuter sur son passage pour pousser tous ses flots. À quelle heure Adrien s'était-il endormi dans le fauteuil ? De même qu'en début d'après-midi le ronflement de l'eau l'avait réveillé durant sa sieste, le silence nocturne et soudain le tira de son sommeil. Il s'arracha du fauteuil, réapparut sur le balcon. Ce n'était plus la nuit, ce n'était pas encore le jour. L'aube ne s'aventurait pas, mais le toit de la voiture se devinait sous l'eau noire par certains remous rectangulaires qui dessinaient sa forme. Le pré aux jacinthes présentait une masse ocre de dépôts d'alluvions ; au-dessus des berges, émergeant des eaux, réapparaissaient les hautes tiges d'aulne, mais effeuillées, nues et noires, les cimes des bouleaux et quelques branches de frêne chargées des déchets sales charriés haut par les flots. Adrien, sidéré du silence lugubre, seul et debout dans la nuit sur le balcon, se remit à appeler :

— Cooo… riinne ! ! ! Cooo… riinne ! ! ! Cooo… riinne ! ! !

Mais plus Adrien criait, plus il s'époumonait, moins Corinne répondait. Il quitta le balcon, retourna à l'intérieur, s'approcha de la fenêtre de la cuisine qui donnait sur le pré aux jacinthes. Malgré la nuit, il décida qu'à l'aube ou à l'aurore un peu plus tard, si la crue continuait de descendre – et, pour l'avoir vécu chaque année depuis son enfance, il savait qu'elle descendrait aussi vite qu'elle était montée –, il quitterait la maison. En cuissardes, par les prairies, Adrien rejoindrait Ventressac. De là, à pied sec, il pourrait interroger, savoir par Baptiste et Colette, ou d'autres personnes, s'ils avaient vu Corinne la veille et dans quelle direction elle leur semblait se diriger. Il tenta à nouveau d'utiliser le téléphone pour appeler les pompiers. La ligne restait coupée, mais un grésillement ténu frémissait dans l'écouteur. Pour calmer son angoisse en s'occupant à quelque chose, et surprendre la descente des eaux à la naissance du jour, Adrien empoigna une chaise par le dossier et ressortit s'installer sur le balcon. Une somnolence le prit, mais de courte durée. Bientôt survint l'aurore, lente et pâle, traînant ses brumes. Le jour naissant permettait à Adrien de percevoir le mouvement des eaux qui refluaient, abandonnaient derrière elles un immense ravage de boues jaunes et brunes qui recouvraient les herbages de la veille. Leur reflux dégagea enfin les peupliers et les aulnes qui poussaient sur les berges et bordaient les champs nus. L'été finissant les avait déshabillés. Un vol de corbeaux, inaccoutumé à cette saison, transperça le ciel devenu blanc, ouaté d'une brume emmêlée de brouillard. Bien qu'à cette heure il n'y eût plus aucun vent, de rares feuilles, jaunies, tombaient, tourbillonnaient, comme si pendant la nuit leur vie avait cessé. Adrien se leva, traversa la maison, ouvrit la fenêtre, observa la prairie aux jacinthes. Les eaux en fin de nuit s'en étaient retirées, mais avaient déposé sous elles tous les limons charriés. Une odeur de poisson mort le saisit aux narines. Cependant, concernant les dépôts de limons, ce n'était pas plus mal : Adrien songea aux crues du Nil qui vivifiaient les plaines inondées. Au printemps, la terre pour les jacinthes de Corinne se révélerait encore plus fertile, les bulbes plus robustes et davantage enfoncés, les hampes plus hautes et plus fortes, les grappes plus fournies et sans doute mieux colorées. Maintenant, sans attendre, sans même se filtrer un café, Adrien descendit au garage, enfila ses cuissardes et quitta sa maison par la prairie pour rechercher sa femme que plus encore il aimait. Il hésita entre la remontée vers la voie ferrée en pataugeant dans le champ de boues qui recouvraient le pré aux jacinthes de Corinne et la descente vers la Loire pour se faire une idée plus exacte de sa décrue. De la voie, il se rendrait à Ventressac ou chez les gardes-barrières : sans doute quelqu'un avait-il aperçu Corinne hier après-midi et pourrait-il indiquer où elle se dirigeait. Mais cette hypothèse n'excluait pas l'autre, et Adrien se décida tout d'abord à inspecter la Loire. De toute façon, cela ne lui prendrait que quelques minutes et il remonterait jusqu'à la voie ensuite.

La décrue était bien amorcée, et la Loire progressivement retrouvait son lit, dévoilait ses berges. Adrien découvrait, sidéré, l'état de la catastrophe. Le paysage était lunaire : plus d'herbes, presque plus d'arbres ; la boue cachait, enveloppait, affaissait et étouffait le peu de végétaux que la furie des flots n'avait pas emportés. Adrien se livra à un rapide calcul mental : la Loire au Batelier pouvait mesurer une centaine de mètres de large, mais avec la crue trois cent. En crue, sur dix mètres de fond, le fleuve charriait peut-être trois mille tonnes d'eau à la seconde. Rien ne pouvait résister. Un peu plus bas, coincée dans une faille creusée dans la berge, Adrien aperçut une forme oblongue engluée de boue. Ce pouvait être un corps. Aussitôt en esprit il pensa à Corinne. Il se trouvait dans un tel état d'angoisse et presque déjà de deuil qu'il ne pouvait qu'imaginer le pire. Sa conscience exigeait à tout prix qu'il s'assurât de près que ce n'était pas le corps de Corinne. Il fit quelques pas qui s'enfonçaient dans la boue, se rapprocha de la forme ; pour bien savoir il décida de s'approcher encore. Sans pouvoir rien faire ni même s'opposer ou seulement résister, sans aucune prise où s'accrocher, Adrien se sentit aspiré, entraîné dans la boue. La berge s'effondrait. Il se retrouva prisonnier dans le courant, emporté par les flots épais comme des coliques, jaunes et terreuses. Malgré sa décrue, la Loire en folie courait, rapide, et tout allait si vite ! Les cuissardes d'Adrien, emplies d'eau et de boue, alourdissaient ses jambes, l'aspiraient vers le fond, l'empêchaient de résister, de se battre contre les flots. Enfant de la Loire, élevé sur ses bords, familier de ses eaux et, durant tous les étés, pêchant à la main dans ses trous, Adrien savait parfaitement nager ; mais le courant roulait si fort, les tourbillons jaunâtres s'enroulaient si puissamment malgré la décrue, ses cuissardes pleines pesaient si lourd, qu'il se sentait emporté sans pouvoir combattre. Cet homme à la force physique reconnue, capable en forêt de soulever des troncs à terre, s'acharnait en vain, pour remonter à la surface, à donner des coups de talon sur le fond de la Loire. Les veines de son front saillaient, ses joues se violaçaient. Les flots l'engloutissaient plus vite que ses efforts ultimes à vouloir surnager ; la boue trop lourde l'enfonçait toujours davantage, le plaquait sur les fonds. Brusquement, le film de sa vie se déroula, Adrien se vit noyé. Ses muscles le lâchèrent et, tel un fétu mouillé, les flots l'emportèrent.

II

DANS LES SOUS-BOIS s'exhalaient les premières odeurs de l'été finissant. Pour Corinne, ces senteurs étaient les parfums qui la ravissaient le plus. Ces parfums de feuilles pourries, de terre humide, de fruits des bois trop mûrs la plongeaient dans une sorte d'extase. C'est toujours en septembre que surgissent des mousses et des humus les plus beaux champignons. Parfois, oubliant les champignons, Corinne se penchait sur les petites fleurs, mauves comme leurs clochettes ; elles tapissaient les mousses vertes parsemées d'aiguilles sèches des résineux, ocres ou brunes. La peau de Corinne, hâlée par le grand air, la rendait si proche par tous ses pores de ce qui l'environnait ! À l'abri du cagnard, sous les feuillages touffus des fayards ou ceux plus clairs des bouleaux, Corinne ce dimanche après-midi savait retrouver comme chaque automne, et presque aux mêmes emplacements, les girolles en plaques claires, aux chapeaux et pieds safranés, trompettes-de-la-mort, bolets au chapeau clair ou à la tête de nègre. La veille, Adrien avait travaillé tard à treuiller les douglas ébranchés qu'avec son compagnon Antoine, toute la semaine, ils avaient abattus sur les pentes du Gerbizon. Ils devaient les faire glisser entre les hautes futaies jusqu'à la petite route de La Fayolle où, dès lundi matin, grâce au palan, tous les deux pourraient les charger sur le grumier ; ce matin, plutôt que de profiter du dimanche pour se reposer un peu, son mari n'avait su dire non à son beau-frère Baptiste et à sa belle-sœur Colette : une promesse est une promesse. Il était parti les aider à la pose de la charpente de leur nouvelle maison en construction à Ventressac. Comme de plus en plus souvent les dimanches après-midi, pour récupérer un peu des fatigues de la semaine, sa sieste serait donc longue et Corinne se retrouverait seule. Quelle vie ! Tous les jours de la semaine, du petit jour au crépuscule, Adrien bûcheronnait en forêt ; le soir, éreinté, il s'endormait d'une masse. Leurs deux fils, Lucien et Guillaume, partis vivre leur vie à Saint-Étienne et à Clermont, Corinne s'était fait des amies à Ventressac et au bourg de Chamalières-sur-Loire pour tromper son ennui ; mais ses deux jardins secrets préférés, et de très loin, demeuraient au printemps sa plantation de jacinthes sauvages dans le pré au-dessus de la maison et à l'automne la cueillette des champignons. En mai, lorsque fleurissaient les jacinthes bleues dans les prairies sauvages sur les bords de Loire ou tirant au violet sous les lisières abritées des forêts, Corinne les repérait au cours de longues promenades, attendait que surgisse tout leur fleurissement, puis s'en allait en juin les retrouver, cuvette et long couteau denté sous le bras. Elle tranchait la hampe qui ne portait plus alors que la grappe flétrie, puis, à une bonne dizaine de centimètres de la plante, plongeait dans la terre meuble la longue lame à dents de scie de son couteau. Celle-ci, solide et tranchante, pénétrait facilement les sols légers et bien drainés qu'apprécie la *Hyacinthus orientalis*. Il fallait en effet éviter à tout prix de blesser le bulbe. Corinne poussait vers l'extérieur le manche du couteau pour amener la lame à trancher dans la terre un cône dont la pointe engloberait le bulbe. Il ne lui restait plus alors qu'à glisser ses doigts dans la fente circulaire ; le cône de terre venait facilement, tout en douceur. Avec délicatesse, Corinne enveloppait sa cueillette dans un linge mouillé afin que la si précieuse motte ni ne se délite ni ne se dessèche ; prudemment, ses deux mains attentives déposaient le tout dans la cuvette. Le mois de juin la voyait ainsi marcher en bord de Loire ou descendre des lisières son bébé sous le bras. Corinne avait la démarche vive et balançait un peu les hanches en marchant. Elle riait : depuis le départ de ses enfants mariés, ses jacinthes les remplaçaient ! De retour dans le pré, il ne lui restait plus qu'à réaliser l'opération inverse, à savoir la découpe dans le sol d'un cône de même taille pour y installer la jacinthe dans sa motte. Elle la tassait de la pointe du pied, puis se rendait à la maison y déposer au garage cuvette et couteau. Sitôt cette besogne accomplie, Corinne emplissait d'eau un arrosoir ; une fois plein, elle retournait abreuver le pourtour de sa plante, tassait bien du revers des doigts la cicatrice du cône et rentrait enfin chez elle sa passion satisfaite. Ainsi, au fil des printemps, elle avait en quelques années constitué une réserve naturelle de plusieurs dizaines de jacinthes, odorantes à s'en griser. Le parfum dégagé entre avril et juin fleurait de façon si enivrante, si incomparable, si forte que les dimanches après-midi les gens de Ventressac, de Chamalières-sur-Loire, de Retournac et même de Vorey-sur-Arzon venaient se promener au Batelier pour s'emplir les sens du parfum absolu de ces jacinthes sauvages.

Le sentier qui monte du Batelier après avoir passé sous la voie ferrée et traversé la route qui rejoint Retournac au Puy-en-Velay longe le *bachat*[1] de Ventressac à la fontaine dont le bruit est soyeux ; son bassin se remplit de l'eau potable d'une source au filet de laquelle se ravitaillent les habitants du hameau. Toute l'année, sans jamais d'interruption, son eau coule si fraîche et parfumée des roches qu'elle traverse dans sa descente du Gerbizon qu'il serait bien dommage de ne pas en profiter. Le sentier longe ensuite la maison forte de Ventressac, construite de pierres grises éclatées, jointées d'argile claire. Dans le champ qui la domine se devine un verger. Celui-ci sent la pomme et le coing mûrs, une odeur de fin d'été. C'est alors que le sentier devient sente et emprunte pour cheminer le lit d'un ruisseau avec sa chanson murmurée qui, parmi des pierres aussi noires que lisses, dévale les pentes du Gerbizon. Les pas de Corinne en Pataugas l'élevaient de pierre en pierre ; l'anse de son panier d'osier tenue bien serrée dans une main, elle prenait garde de ne pas glisser et s'appuyait de l'autre sur son bâton de noisetier. L'ascension n'était pas facile : outre la pente et les pierres lisses, des ronces épaisses, des orties hautes et piquantes, des branches affaissées s'opposaient au passage. Mais Corinne n'en avait cure : fille de Chamalières-sur-Loire, elle en avait vu bien d'autres en son enfance où, par cette sente

1. *Bachat : abreuvoir.*

obstruée, elle conduisait les chèvres de sa mère en pâture dans les clairières. Aujourd'hui, tout cela était fini. La plupart des paysans comme leurs chèvres avaient disparu ; il ne demeurait que des agriculteurs. La forêt et ses clairières étaient réservées aux promeneurs, cueilleurs et chasseurs. Même les amoureux délaissaient la paix et les mystères de la forêt, lui préféraient les villes, les voitures et les boîtes. Elle atteignit enfin la fourche où le sentier se divise, prit à gauche, progressa jusqu'à l'éboulis d'un *murget*[1] effondré dont les pierres plates mais épaisses barraient le sentier. Elle les franchit en levant haut les pieds, poursuivit sa marche et découvrit enfin le vieux chêne à deux branches. Une liane de lierre de l'épaisseur d'un bras en encerclait le tronc. C'était le repère de Corinne. Elle quitta le sentier, prit à droite, entreprit ses recherches. Sur les pourtours verts des lisières fermées des branches basses des sapins, entre les bouleaux, les fayards et les chênes, les châtaigniers sauvages, elle allait lentement, soulevait de son bâton les plaques de feuilles mortes, scrutait partout le sol de ses yeux aguerris. À quelques traces de pas, aux remuements visibles de l'humus par la pointe d'un bâton, mais surtout par la découverte de pieds de bolet tranchés, de plaques de girolles

1. *Murget : muret de pierres sèches.*

fraîchement cueillies mais dont le mycélium se repérait dénudé, Corinne comprit qu'elle était devancée, que quelqu'un il y a peu avait découvert son coin. Il n'y avait rien à redire à cela, elle aurait dû faire en sorte de partir plus tôt pour arriver à temps. Tout cela de la faute à Adrien, jamais à l'heure pour les repas. C'est bien connu dans le Velay, pour ne pas être en retard, il faut partir en avance ! Pourtant, jusqu'à présent, personne n'était venu ici, c'était « chez elle » : entre ramasseurs du pays, tous se connaissaient, et tous se respectaient. Chacun possédait ses coins, les bois entre Ventressac et La Fayolle laissaient de la place pour tous, sans compter la forêt au-dessus, celle du Gerbizon, à peine à une petite demi-heure de marche. Il s'agissait donc, de l'avis de Corinne, d'une personne étrangère au pays, qui ignorait les usages et habitudes de chacun. Certes, ces pratiques étaient non dites, personne n'en parlait, ne dévoilait ses secrets, mais chacun savait et respectait. Souvent même, l'usage s'en transmettait dans les familles. Le mieux pour Corinne semblait de changer de place. Des lieux de cueillette, elle en connaissait suffisamment ; de toute façon, elle remplirait bien son panier. L'intrus ne serait pas allé partout. Cependant, elle aurait bien voulu savoir. Elle décida de ne pas revenir sur le sentier, mais de continuer sa recherche en remontant la forêt vers la route de

La Fayolle. Elle monterait en zigzag, mais droit tout de même et sans trop s'éloigner du sentier de façon à le rejoindre pour redescendre plus facilement sitôt son panier rempli. En partant, Corinne n'avait rien dit à Adrien pour ne pas le réveiller de sa sieste, mais elle ne voulait pas non plus rentrer trop tard. Une fois sa vaisselle essuyée, Corinne avait quitté son mari vers les 2 heures et pensait être de retour pour 4 heures. Tous les deux disposeraient ainsi pour eux de la fin de l'après-midi. Ce serait l'un des trop rares moments de la semaine où les époux pourraient passer quelques heures ensemble à faire ce qui leur plaisait. Après vingt-cinq années de mariage, Corinne et Adrien s'aimaient, pas comme aux premiers jours, mais d'une autre façon, avec peut-être plus de tendresse. Le problème restait le travail : le forestage mangeait la vie d'Adrien ! Corinne attendait avec impatience qu'il liquide son affaire, trouve un acheteur, puisque leurs fils n'en voulaient pas. Remontant et cherchant, Corinne, à l'ouïe fine, perçut des pas, des bruits à peine audibles d'aiguilles foulées de résineux, de brindilles écrasées. Elle s'immobilisa, écouta. Ces bruits secs et infimes se montraient d'autant plus faciles à discerner que depuis quelques minutes, mais sans qu'elle y prenne garde, s'en étonne ou cherche à comprendre, une absence des sons habituels s'installait dans la forêt.

En particulier, progressivement, s'éteignaient les chants d'oiseaux. Corinne observa que les feuilles ondulaient sous un vent nouvellement levé alors qu'au moment de son départ du Batelier l'air languissait lourdement dans un ciel immobile. Un bruit plus sec de branche sèche brisée lui fit tourner le visage. Un homme cherchait là-bas, sa haute tête aux cheveux bouclés, noirs et épais, dépassait les branches d'un bouleau clair. En forêt, sauf pour un Mohican, il est pratiquement impossible de marcher en silence, surtout lorsque se tait la frondaison. Avançant d'un pas, le pied de Corinne marcha sur une branche sèche : les cheveux en ressort du cueilleur se dressèrent sur sa tête, ses yeux sombres découvrirent la femme. Corinne sentit se poser sur elle son regard pénétrant. Il semblait vouloir la fouiller. L'homme la dévisagea : au contraire de celui de Corinne, son panier apparaissait déjà plein. Des têtes brunes de bolets, des girolles jaune clair et pêle-mêle émergeaient des bords du panier d'osier tressé.

— Bonjour, madame, vous m'avez surpris, je croyais être seul.

Sa voix d'homme sonnait forte et chaude, au contraire de celle d'Adrien, plus sourde. L'oreille accaparée par le silence de la forêt, Corinne détourna cependant son unique attention à la voix. Une rumeur inhabituelle, qu'elle ne pouvait nommer, remontait de la vallée.

— Bonjour, monsieur, vous n'entendez pas ?

— Non, mais je ne suis pas revenu ici depuis longtemps, j'ai oublié les sons coutumiers.

Corinne, plus inquiète du bruit sourd que de l'origine de l'homme, ne chercha pas à savoir, n'interrogea pas, écouta avec plus d'attention, comme pour décrypter. Le son lui paraissait venir de loin, mais d'en bas, de la Loire. Il lui semblait identifier un souffle rauque, un halètement profond. Brusquement, elle prit peur, reconnut le bruit lointain, mais maintenant certain, de la crue qui montait et dévorait le fleuve. Native d'ici, Corinne chaque année vivait une nouvelle crue et, à chaque fois, la clameur rugissait de la même façon, les froissements des eaux furieuses qui percutaient les berges éteignaient tout autre bruit.

— Il faut que je vous laisse, je reconnais le grondement de la crue : notre maison est construite en bord de Loire.

Elle ne prit même pas le temps d'un au revoir par une petite phrase ou le moindre signe. L'homme aurait voulu lui dire un mot, la saluer, mais déjà elle disparaissait parmi les arbres, les branches et les fourrés. Corinne se montrait d'autant plus inquiète que rien dans les jours précédents n'avait annoncé cette crue. Ses grands-parents avaient parfois parlé de certaine crue centennale qui, brusquement, sans prévenir, avait tout dévasté. En ce cas, la crue, c'était une question de minutes. Pourvu que son ronflement ait réveillé Adrien dans sa sieste avant de cerner la maison, qu'il ait pu s'échapper par les prés pour rejoindre Ventressac ! Le hameau se situait en hauteur, inaccessible à la Loire ; mais alors, si un jour une crue l'atteignait, ce serait le déluge ! À ce sujet, ce que ne comprenait pas Corinne, et qui justifiait son inquiétude, était l'absence de pluies ces derniers jours, du moins sur l'Emblavez et le Velay. Certes, il avait plu sur les Cévennes, mais pas ici. Coupant sur sa droite, elle rejoignit le sentier, s'efforça de le dévaler, et le plus vite possible. Ses pieds allaient d'une pierre à l'autre, évitaient les ruissellements, les mousses humides sur les pierres noires pour ne pas glisser et tomber. À bientôt cinquante ans, elle était encore leste et vive, mais ses jambes ne possédaient plus la souplesse de ses quinze ans. Pour emmener ses chèvres brouter dans les clairières et se régaler des feuillages, Dieu sait si, enfant puis jeune fille, elle l'avait souvent monté et descendu, ce sentier noyé dans le ruisseau ! Parfois, l'odeur des biquettes attirait un chien, toutes s'enfuyaient, il lui fallait lancer des pierres à l'intrus, puis rameuter ses chèvres. Corinne gardait en mémoire tous les coins et recoins du sentier et des bois. Elle avançait du plus vite qu'elle pouvait, malgré l'embarras des branches, des ronces, du panier et parfois du bâton. Tantôt il l'aidait à ne pas glisser, tantôt il la gênait, se coinçait profondément entre les pierres et faisait jaillir l'eau. Enfin, à travers les feuillages, elle aperçut les hauts murs gris et les ardoises qui coiffaient la maison forte. Le ronflement de la Loire devenait rugissement, se faisait de plus en plus intense, menaçant. Sur la place de Ventressac, devant le bachat, malgré les maisons qui l'entouraient, elle n'aperçut personne. Corinne traversa la route en courant et découvrit la crue : une immense chape d'eau jaunâtre qui avançait en trombe. Des lames d'eau tordues retournaient sa surface, montaient et descendaient selon les mouvements du sol les objets submergés. Sous elle, toutes les prairies avaient disparu, des arbres arrachés flottaient très vite et, sur l'autre berge, à pic des ruines d'Artias, la Loire escaladait les roches, s'élevait de plusieurs mètres, peut-être cinq, peut-être huit. Le pire était que la crue poursuivait son ascension, sa montée en puissance s'emballait, grimpait les pentes, et de plus en plus haut. Corinne découvrait la Loire terreuse, ocre et marron, chargée de tout ce qu'elle avait arraché, de tout ce qu'elle emportait : arbres déracinés tout entiers, meubles, vaches, canards surpris dans leur mare, caravanes des gîtes de vacances, citernes vides de camions et, bien sûr, les barques de pêcheurs que, amarrées ou pas, la Loire délivrait comme des fétus. Corinne emprunta le passage qui longe la voie ferrée et la traverse sous un pont. Elle ne put aller plus loin, les eaux jaunâtres arrivaient là et lui mouillaient les pieds malgré ses Pataugas. Même des cuissardes eussent été dérisoires face à la crue si haute, si vorace, si agitée. Devant elle se bousculait la Loire, telle une folle en furie qui se sauve, aveugle, et renverse tout sur son passage. Ses vagues à leur sommet brillaient comme des écailles.

À ses pieds, sous les eaux, se cachait son pré aux jacinthes : Corinne ne se fit aucun souci pour elles. Dans cette saison, juste au jour où l'été s'efface devant l'automne, les bulbes dormaient, prenaient des forces, profondément enterrés, prêts pour l'hiver, dans l'attente de la poussée des hampes pour le fleurissement printanier des pétales en grappes. En revanche, d'où elle observait, elle n'apercevait pas Adrien. La maison émergeait, tout entière enfermée par environ trois mètres d'eau puisqu'elle arrivait à ras des traverses supérieures des fenêtres du rez-de-chaussée. À son avis, de l'autre côté de la maison, face à la Loire, l'eau devait affleurer, voire noyer le balcon. Si Adrien avait été surpris dans son sommeil, il devait se trouver soit dans les pièces à l'étage, soit sur le balcon. Les deux époux ne pouvaient se rejoindre ni même s'apercevoir. Le jour déclinait, et les vitres qu'elle voyait, celles qui donnaient du côté de la voie ferrée, étaient noires de crépuscule. Corinne décida de se hisser jusqu'aux rails par le ballast. Debout sur les traverses, dressée sur la pointe des pieds, levant haut les mains au bout des bras, elle agita son panier renversé que ses deux mains tenaient par l'anse, cria et appela de toutes ses forces :

— A… DRI… IEN… ! A… DRI… IEN… !

Corinne réalisa bien vite qu'elle s'égosillait en vain. Le vacarme des eaux qui ronflaient et ravageaient s'enflait, étouffait tout. Sa voix, même forcée, se révélait inaudible. Si Adrien avait pris le parti d'ouvrir une fenêtre, peut-être aurait-il pu deviner sa silhouette sur la voie ferrée. Mais de l'avis de Corinne, son mari devait se trouver sur le balcon, de l'autre côté de la maison, face au lit de la Loire. Elle imagina alors l'autre drame que vivait Adrien : le break était noyé. Comment pourraient-ils en acquérir un autre alors que celui-ci n'était pas encore payé ? Le contrat d'assurances stipulait-il le risque d'une crue si subite ?

La seule solution lui sembla de retourner chez Pauline à Ventressac pour téléphoner. Autrefois, Pauline vivait avec son frère. Ni l'un ni l'autre ne s'étaient jamais mariés. Corinne quitta la voie ferrée, reprit le chemin qui la longeait, se retrouva sur la petite place au bas du bachat. La maison paysanne de Pauline lui faisait face en contrebas, avec sa *montadou*[1] pour faire entrer les chars et les tombereaux dans la grange. Autrefois, lorsque les parents de Pauline exploitaient, puis son frère avec elle, c'était par cette montadou que les bœufs rentraient les chars de foin puis ceux de la moisson. Une voûte de pierres grises, bloquée d'une clé taillée, soutenait la montadou et abritait pour l'hiver la réserve de fagots et bûches de fayard. Au fond de la cour, la porte d'entrée ouvrait à droite de la montadou.

Corinne frappa du poing, mais n'obtint aucune réponse. La nuit était là et, cependant, bien que les volets de bois peints en bleu fussent ouverts, nul éclairage ne se percevait par les vitres des fenêtres. Elle se recula de quelques pas pour examiner plus en détail l'ensemble de la maison, n'y trouva nul indice de présence, à part les pépiements du poulailler fermé à clé. Soit Pauline se trouvait en visite au moment de la crue, soit elle avait eu peur de rester seule et jugé préférable de se réfugier chez des voisins. La seule solution certaine pour téléphoner à Adrien restait la maison de la garde-barrière. Le plus court était de quitter Ventressac et redescendre vers la voie ferrée pour la suivre jusqu'au passage à

1. *Montadou : montée de grange, plan incliné qui permet d'accéder à la grange,* Dictionnaire du français régional du Velay, *Éditions Bonneton, 1993.*

niveau. Le dimanche après-midi, à cette heure, aucun train ne passait. Depuis son mariage avec Adrien, vivant tous deux dans leur maison à cent cinquante mètres de la voie, jamais les horaires n'avaient varié de plus de quelques minutes, hiver comme été. Elle ne risquait donc rien et, suivant la voie, marchant sur l'allée de gravillons laissée libre en contrebas du ballast, trois minutes plus tard elle se trouva rendue au passage à niveau. Le choix de Corinne était le bon. À dix mètres du poste, elle fut même étonnée du brouhaha des voix. La porte d'Amélie et Auguste béait vers l'intérieur, grande ouverte. L'ampoule pendait du plafond et brillait : donc, l'électricité n'avait pas été coupée. De fait, si Amélie et Auguste logeaient ensemble mari et femme, seule Amélie était véritablement garde-barrière pour la SNCF. Auguste, quant à lui, travaillait à la cimenterie au-dessus de Chamalières-sur-Loire. Corinne comprit vite. Delphine se tenait adossée à la porte ; après elle, contre le poêle éteint, se serraient trois autres femmes et, couché dans un landau, un bébé – quatre générations ! l'arrière-grand-mère, sa fille, sa petite-fille et le bébé de celle-ci. Habitant la semaine à Saint-Étienne, elles venaient aux beaux jours passer les vacances, les samedis et les dimanches dans leur maison neuve construite tout au bord de la Loire. D'habitude, le jeune mari de la petite-fille les accompagnait. Ce dimanche, elles étaient seules. Toutes les trois avaient pris peur devant la crue subite. Poussant le landau du bébé, soulevant l'arrière-grand-mère bras dessus, bras dessous, elles avaient fui par la petite route heureusement goudronnée qui, de la Loire, remonte vers le passage à niveau. L'arrière-grand-mère, assise sur une vieille chaise de paille, semblait perdue, se demandait où elle avait été transportée. Amélie et Auguste, Pauline, les deux femmes debout, affolés, effrayés du ronflement qui montait jusqu'à eux, parlaient très fort pour se donner du courage. Dans son landau, les yeux brillants, le visage souriant, seul le bébé semblait heureux de vivre dans ce remue-ménage.

— Corinne ! C'est toi ? Tu es venue seule ? Adrien ne t'accompagne pas ?

— Justement, j'ai peur qu'il ne se soit laissé enfermer dans la maison. Je l'ai quitté pendant sa sieste pour faire un tour aux champignons entre Ventressac et La Fayolle. J'y ai justement rencontré un cueilleur qui n'est pas d'ici : il ramassait sur mes coins, je ne l'avais jamais vu. Au demeurant, un monsieur très poli.

— Ça ne veut rien dire et cela ne m'étonne pas : il paraît que viennent chez nous des Marseillais pour revendre à Marseille. Ils garent leurs voitures sur la route de La Fayolle.

— Je ne suis pas montée jusque là-haut. Bref, comme j'apercevais cet homme, un grand brun frisé, j'ai brusquement fait silence pour bien reconnaître le bruit qui montait. Les oiseaux eux aussi se taisaient : c'est un signe qui ne trompe pas. Ça n'a pas été long : tout de suite, j'ai reconnu le ronflement de la crue ; assourdi par la forêt, il chuintait entre les arbres, envahissait tout. Vous le savez, les sons montent, ils ne descendent pas. Je ne comprenais pas ; sur l'Emblavez, il n'a pas plu ces jours derniers. J'ai pensé à Adrien, je suis immédiatement redescendue, courant presque dans le lit du ruisseau jusqu'au bachat de Ventressac, devant ta maison, Pauline. La nôtre est complètement cernée par les eaux, tout mon pré aux jacinthes est inondé. Par le ballast, je me suis hissée sur une traverse de la voie ferrée, j'ai appelé Adrien de toutes mes forces, j'ai crié, mais la Loire ronfle si fort que je m'égosillais pour rien. J'ai marché jusque chez toi, Pauline, pour téléphoner, mais ta maison était fermée, rien ne répondait. Je comprends maintenant pourquoi puisque je te trouve ici. Je suis venue par la voie. Est-ce que je peux téléphoner ?

— Ma pauvre Corinne, le téléphone est coupé, laissa tomber Amélie.

— Décidément ! Il s'agit d'une panne ou bien d'une décision des PTT ?

— Nous n'en savons pas plus que toi, avoua Auguste. Peut-être des poteaux arrachés par la crue ! Ce qui est curieux, c'est la lumière qui éclaire. En principe, l'électricité marche avec le téléphone.

— Lorsque je me trouvais sur la voie, notre maison n'était pas éclairée. Pourtant c'est la même ligne.

— Pourvu qu'il ne soit rien arrivé à Adrien ! J'ai peur : je n'aurais pas dû partir cet après-midi.

— Tu ne pouvais rien prévoir : pas plus que toi, personne n'a rien prévu. Mais bonsoir de bonsoir, qu'a-t-il bien pu arriver ? s'écria Auguste dépité. Comme tu l'as dit, il n'a pas plu ces derniers jours, ni sur le Velay ni sur l'Emblavez !

Amélie, du regard, comptait les présents. Par ce temps et cette nuit, ils ne pourraient pas partir. Ils allaient coucher ici, à la guerre comme à la guerre. Demain matin, on verrait bien.

— Il ne me reste plus assez de soupe. Je vais faire cuire des nouilles. Pour dormir, nous avons un petit lit pour l'arrière-grand-mère.

— Vous y dormirez, mamie ! ponctua Auguste d'un beau sourire sous ses moustaches à la gauloise en se penchant vers elle.

— Quant aux quatre autres, avec les chaises et les couvertures, vous vous arrangerez ici. Pour la pitchoune, beauseigne ! elle dormira dans son landau !

Compte tenu des circonstances, de l'impossibilité de trouver un autre gîte, la seule réponse était l'acquiescement. Amélie retira un faitout du bas de son placard, y lâcha une poignée de gros sel, l'emplit d'eau sous le robinet, le recouvrit de son couvercle, le posa sur le grand feu de la gazinière, craqua une allumette. Il ne restait plus qu'à attendre que l'eau bouille. La vue de la flamme donna une idée à Corinne.

— Est-ce que vous auriez une lampe de poche ?

— Mieux que ça ! Tous les postes de passage à niveau sont équipés d'une lampe-tempête.

— En ce cas, seriez-vous d'accord, Auguste, pour m'accompagner sur la voie avec la lampe ? Aucun train ne roule le dimanche soir après cette heure. Avec la lampe-tempête, nous ferons signe d'où je me trouvais tout à l'heure. Si Adrien est présent dans la maison et de notre côté, il nous verra. Il nous répondra et nous serons lui et moi rassurés. Tel que je le connais, il doit se faire un sang d'encre.

D'un regard, Auguste quêta l'acquiescement de sa femme Amélie. D'un sourire et d'un battement des paupières, elle fit un « oui ». Il décrocha la grosse lampe carrée accrochée au-dessus de la porte, l'ouvrit ; une fois dehors, Auguste poussa du pouce sur l'interrupteur, un faisceau balaya les rails. Tous les deux s'engagèrent sur les gravillons au bas du ballast, Corinne marchant derrière

Auguste. La crue s'était encore rapprochée, des vagues épaisses de boue remontaient la prairie en s'enroulant sur elles-mêmes ; puis, arrivées au plus haut, elles s'élevaient, s'affaissaient dans un bruit de truelle qui frappe le mortier mou. Ce martèlement lourd menaçait dans la nuit. Même sur les prairies, des objets impossibles à définir dans l'obscurité voguaient au fil des flots ou parfois s'accrochaient à des clôtures, tourbillonnaient sur eux. Très vite, Corinne et Auguste se retrouvèrent là où la voie domine le pré aux jacinthes et la maison de ses maîtres. Auguste leva haut la lampe-tempête, braqua les faisceaux face à la maison, leur fit parcourir du haut de ses deux bras des arcs de cercle très larges, éleva encore plus haut la lampe, dessina toutes sortes de va-et-vient et d'arabesques susceptibles d'attirer l'attention d'Adrien s'il se trouvait de ce côté-ci de la maison. Rien.

— Il ne nous voit pas, Corinne. Sinon, il ferait signe.

— J'ai peur, Auguste. Pourvu qu'il ne soit pas parti à ma recherche et qu'il n'ait pas été emporté par les flots ! Si cela était, je ne me le pardonnerai jamais.

— Tu nous as bien dit qu'il faisait sa sieste lorsque tu es montée à Ventressac pour te rendre aux champignons ?

— Oui.

— À mon avis, lorsqu'il s'est réveillé, votre maison se trouvait déjà cernée par les eaux. Il n'a pas pu sortir. Si le téléphone n'était pas coupé, nous pourrions l'appeler, vérifier sa présence. Il doit se trouver de l'autre côté de la maison, peut-être sur le balcon, à surveiller la montée de la Loire. Mais il est impossible d'y aller voir : nous serions emportés par les flots. Inutile de rester. Il faut rentrer, Corinne.

Par acquit de conscience, Auguste effectua encore des grands moulinets de lampe, prenant soin de toujours diriger les faisceaux vers la maison, même si leurs pinceaux jaunes n'allaient pas jusqu'à elle. Hélas ! rien, aucun signe.

— Venez, Corinne ; inutile de rester. Nous reviendrons à l'aube. Peut-être à cette heure-ci le téléphone sera-t-il rétabli ? Adrien et toi, vous pourrez vous parler.

III

LES PHARES DE LA VOITURE s'apercevaient de la voie. Leurs faisceaux blancs balayaient la route qui vient de Retournac et conduit jusqu'au Puy-en-Velay par Chamalières-sur-Loire. La 505 grise hésita avant le passage à niveau, prit sur sa droite le chemin goudronné qui descend vers la Loire. L'homme au volant dut découvrir alors à la lumière des phares la crue qui barrait le chemin, et semblait monter encore. L'auto s'arrêta bruyamment devant la maison des gardes-barrières, serrant ses freins grinçants, mais sans couper le moteur. Son conducteur ouvrit la portière, descendit, hésita, marcha vers l'eau, s'immobilisa à quelques centimètres seulement des flots comme s'il trouvait plaisir au risque qu'il prenait. Encore un pas, et ses chaussures se noyaient. Il semblait s'emplir les oreilles du rugissement sourd et les yeux de l'immense surface des flots qui s'enfuyaient. S'il avait été poète, il aurait pu décrire les crêtes argentées qui sous la lune bleue se retournaient sur elles. Parfois jaillissait un jet d'écume, telle une lame de couteau. Au bout d'un moment, l'homme remonta, s'installa devant son volant, engagea la marche arrière pour reculer jusqu'au passage à niveau. Auguste et Corinne rentraient au même moment et remarquaient la visite de la voiture ; surpris de cet intrus, plutôt que de rentrer dans la maisonnette, ils attendirent pour savoir. La plaque d'immatriculation portait un 75, ce qui à Chamalières-sur-Loire ne pouvait manquer d'attirer l'attention. Son conducteur s'arrêta à leur hauteur, tourna la manivelle de la portière pour abaisser la vitre :

— Pardon. Oh ! excusez-moi mais, madame, nous nous sommes bien croisés dans les bois cet après-midi ?

Corinne n'en revenait pas : le plafonnier éclairait l'habitacle, révélait parfaitement le visage de l'homme. À son tour, elle le reconnut à ses cheveux épais, bruns et bouclés ; son regard de femme s'attardait sur des traits séduisants, des yeux noirs et profonds qu'il avait très brillants. Corinne se disait que ses yeux devaient plaire aux femmes ; d'autant plus que son teint était mat, ses lèvres bien dessinées. Posées sur le volant, Corinne découvrit que l'homme possédait de belles mains. Mais lui l'avait reconnue avant elle. C'était bien le ramasseur de champignons qui chassait sur ses coins !

— Oui, monsieur, c'est bien moi.

Le Parisien salua Auguste :

— Monsieur, peut-être ?

— Non, répliqua Auguste, tout surpris. Je suis le mari de la garde-barrière. Nous sommes ses voisins.

— Très bien. Je vous explique ma présence à cette heure : cet après-midi, en forêt, tout à coup, je vous ai entendue parler de la crue. France Bleu Pays d'Auvergne l'a annoncée à son journal de 19 heures. Je suis descendu pour me faire une idée. En effet, je n'ai jamais vu la Loire en crue.

— Vous venez de Paris pour ramasser nos champignons ?

— Non, vous pensez bien. Je ne suis pas Crésus ! Le voyage les rendrait hors de prix ! Puisque vous êtes d'ici, vous connaissez sans doute la maison dans la clairière après le hameau de La Fayolle, en allant sur Sagnes au pied du Gerbizon ?

— Bien sûr ! Elle se trouve à une centaine de mètres à gauche du sentier qui monte de Ventressac ; c'est celui que j'ai emprunté cet après-midi. Nous nous sommes croisés juste à côté.

— Et moi je l'ai pris pour descendre. Avec mon oncle, nous venions cueillir par là.

— Votre oncle ?

— Oui, pendant l'Occupation – je suis de 1930 –, mes parents me confiaient à lui et à ma tante durant les vacances. À Paris, c'étaient les tickets d'alimentation et les restrictions ; ici, je mangeais à ma faim.

— Mais alors, vous êtes le neveu d'Alexandre et de Justine ? Ils sont morts encore jeunes, dans les années cinquante, suite à un accident, et depuis – c'est-à-dire depuis vingt-cinq années environ –, la maison semblait abandonnée. Chacun croyait qu'ils étaient sans descendants.

— Ils n'avaient pas d'enfants. La succession a créé des tas de brouilles dans la famille. Finalement, c'est mon père, le frère de mon oncle, qui en a hérité. Il a dû dédommager chaque héritier pour sa part. De fait, c'est moi qui l'ai poussé à accepter l'héritage. Cette maison d'enfance, j'y tenais. À présent, je vais la restaurer et y vivre à la belle saison ; peut-être un jour toute l'année. Je suis arrivé vendredi soir pour une première visite, et je repartirai dans quelques jours, le temps de prendre des mesures.

— Eh bien ! vous ne craignez pas la solitude !

— Je la recherche plutôt. Cette maison, je ne l'avais jamais oubliée. J'y pensais souvent dans le bruit et les encombrements de Paris.

— Et vous n'aviez jamais vu la Loire en crue ?

— Non, comme je vous le confiais, pendant la guerre, enfant, je ne venais qu'en juillet et août. Lorsque parfois je descendais à la Loire par le sentier de Ventressac, j'aurais pu certains jours la traverser pieds nus en marchant sur les pierres.

— La Loire est une sauvage, tantôt ruisseau, tantôt rivière ou torrent, et puis fleuve, et parfois presque oued que l'on peut franchir à pied sec, ponctua Corinne.

Du regard et en silence, Auguste et eux s'interrogeaient sur le même point.

— Mais alors, nos enfances se sont croisées. Pendant la guerre, l'été, nous avons dû nous rencontrer. Mon mari est d'ici, du Batelier, comme on dit, et s'appelle Adrien. Moi, je suis du bourg de Chamalières-sur-Loire, mon prénom est Corinne. Je ne sais si vous vous souvenez de lui, il y avait un garçon de nos âges, Firmin, qui jouait avec nous. Ses parents étaient du Pinet ; il gardait ses bêtes dans une embouche au pied du Gerbizon. Souvent, il les abandonnait à son chien et venait se joindre à nous. Vous ne vous en souvenez pas ? Pourtant, vous étiez bien copains, tous les deux.

L'homme visiblement fouillait ses souvenirs ; ces prénoms égrenés par Corinne n'évoquaient en son esprit que de vagues réminiscences et de lointains visages d'enfance. Peut-être, de Paris et au fil des années, avait-il magnifié cette époque ? La réalité était que son regard à travers la vitre baissée était totalement absorbé par le visage de Corinne, ses yeux bleus très lumineux malgré le soir, ses cheveux auburn tout ondulés et dont le brun tirant légèrement sur le roux contrastait avec les yeux.

Il ouvrit la portière, sortit de la voiture pour se tenir debout et face à Auguste et Corinne. Celle-ci remarqua qu'il était grand et svelte, solide sur ses jambes et pour tout dire très bel homme.

— Mon prénom est Mathias. Enfant, je vivais heureux comme un sauvage parmi les arbres de la forêt et jouais dans la maison. Le grenier m'appartenait. Pour le reste, mes oncle et tante me serraient la vis : c'était la guerre, et ils surveillaient mes sorties. Parfois, ils m'emmenaient le mercredi matin au marché de Retournac, ou à celui de Vorey-sur-Arzon, le dimanche ; une seule fois dans l'été, nous nous levions tôt pour prendre l'autocar à Chamalières-sur-Loire et nous rendre à la foire d'Yssingeaux, le jeudi. Mais c'était tout. Et vous monsieur, vous êtes d'ici ?

— Mon prénom est Auguste, et je suis d'Artites. Vous connaissez ? Le village au pied des ruines d'Artias.

— J'en ai entendu parler, mais n'y suis jamais allé.

— Ma femme se prénomme Amélie, elle est native de Retournac. C'est son oncle, chef de gare à Vorey-sur-Arzon, qui lui a obtenu ce poste de garde-barrière.

Mathias, pendant la discussion, même pour sortir de la voiture, par crainte de la crue, n'avait pas coupé le moteur. Ce dernier ronflait, freins serrés. Son bruit, la lumière des phares, attirèrent l'attention des autres femmes demeurées enfermées dans la maisonnette. Et puis, elles trouvaient Auguste et Corinne bien longs à revenir. La porte s'ouvrit, Amélie, Pauline, les deux femmes du bord de Loire en état de marcher, toutes les quatre sortirent, laissant dans la maison l'arrière-grand-mère sur sa chaise, la pitchoune dans le landau, et le faitout de nouilles qui bouillaient sur le feu.

— Quelqu'un est venu voir la crue ?

— Oui. Mais ce monsieur est du pays. C'est le neveu des propriétaires de la maison dans la clairière, après La Fayolle.

Pauline le détaillait, cherchait les ressemblances.

— Cela fait si longtemps ! À propos, Corinne, as-tu pu apercevoir Adrien de la voie ?

Corinne lui répondit, mais comme si elle avait la tête ailleurs.

— Non, la maison est toute noire. Auguste a fait de grands signes avec la lampe, mais Adrien n'a pas donné signe de vie.

— Je te dis que demain matin, nous l'apercevrons. La crue, comme chaque fois, sera redescendue, il cherchera et nous trouvera. Nous aussi, nous chercherons. À propos, monsieur, où logez-vous ? Votre maison, après plus de vingt ans, ne doit pas être habitable ?

— Non, tout est à refaire ; intérieur et extérieur, à commencer par le toit. Seuls les murs sont bons. De plus, la grange, adossée à la maison, s'est écroulée. J'ai pris une chambre au *Beau Rivage*, à Retournac.

— Heureusement, nous n'aurions pas pu vous loger ici. Sept personnes et un bébé dans cette maisonnette de garde-barrière ! Nous nous tiendrons chaud !

— Je vous laisse. Demain matin, j'ai rendez-vous avec un artisan maçon. Je vous souhaite une bonne nuit.

Mathias posa son regard sur le visage de Corinne. Elle ne l'évita pas. Il ouvrit la portière, s'installa au volant, recula sur la route, braqua pour un demi-tour et prit la direction de Retournac. Avant de rejoindre les autres, Corinne suivit des yeux les faisceaux de lumière jaune qui remontaient la route.

Tous les sept avaient passé la nuit comme ils avaient pu. L'arrière-grand-mère dans la chambre d'ami, Amélie et Auguste dans leur lit à l'étage,

Pauline, Corinne et les deux femmes du bord de Loire installées sur deux chaises, le landau où dormait le bébé entre elles deux. Le premier autorail passait à 7 h 13. Auguste devait se lever à 6 heures pour prendre son travail à 8 heures à la cimenterie. Il ouvrit la fenêtre et les volets : la nuit peignait encore de noir le sommet du Gerbizon. Au bruit moins angoissant, à l'absence de ronflement, à l'odeur d'eau retirée qui laisse dans les herbes et les trous des petits poissons morts à la chair déjà molle, Auguste sut que la Loire apaisée rejoignait son lit. En même temps que son mari, Amélie quitta la couche conjugale, descendit au rez-de-chaussée pour préparer le café. Mais auparavant, sitôt descendue, elle se dirigea vers la porte, l'ouvrit, écouta, observa.

— Dans une heure, il fera presque jour. Sitôt l'autorail passé, j'accompagnerai Corinne à sa maison.

Du coup, à part l'arrière-grand-mère dans sa chambrette, tous se levèrent. Dans les bras de sa maman souriait la pitchoune. Auguste décrocha le téléphone, la ligne restait coupée. La première chose, bien sûr, avant même la toilette, fut pour presque tous de sortir et d'aller voir la Loire. Plus ils descendaient le chemin dans la nuit et plus, malgré l'eau retirée, la peur les angoissait. Auguste tenait la lampe. Ils découvraient une catastrophe, presque l'apocalypse. Plus de berges, elles étaient dévorées, ni de prairies, la boue les recouvrait, plus de clôtures, elles étaient arrachées, plus de muret autour de la maison des femmes, il était emporté ! Partout, ce n'était que des coulées de terre, parfois épaisses de plusieurs mètres, criblées de meubles emportés, de portes arrachées, de caravanes renversées, de corps de vaches mortes dont les panses enflaient déjà, sans attendre le soleil qui les ferait empester. Des amas inextricables d'arbres arrachés obstruaient le chemin ; la maison des bords de Loire était inaccessible, en dépit de ses portes enfoncées par la sauvagerie de l'eau. Sur les prairies seulement inondées, mais dont l'herbe épargnée offrait un peu de vert, des poissons morts, déversés par la crue montante mais qui n'avaient pu en suivre le retrait, agonisaient ou pourrissaient déjà. Les mouches s'affairaient avant même le plein jour. Tous imaginaient l'odeur pestilentielle qui empoisonnerait l'atmosphère dans la journée, dès le premier soleil. Impossible de s'approcher par le terrain communal qui borde la Loire vers la maison de Corinne et Adrien ; un lac de boue ! Seuls Auguste et Amélie avaient des bottes : mais, lorsqu'ils marchaient dans la terre liquéfiée, tous les deux enfonçaient jusqu'aux genoux, la boue pénétrait à l'intérieur, et il leur fallut renoncer, remonter jusqu'au passage à niveau. De retour dans la maisonnette, Corinne n'attendit pas qu'Amélie pût l'accompagner ; elle demanda à Auguste de lui prêter la lampe. Il ne pouvait la conduire, devant se préparer à rejoindre son travail. Seule, elle suivit la voie, laissant les autres dans la maison des gardes-barrières. Arrivée face à la sienne, elle agita la lampe comme la veille au soir Auguste l'avait fait, appela, mais en vain. À cette heure, entre l'aube et l'aurore, du balcon où il attendait le jour, Adrien ne pouvait ni la voir ni l'entendre.

Heureusement, pour le petit déjeuner de tous, il restait suffisamment de pain, de beurre et de confitures. Dans le réfrigérateur, Amélie trouva du lait qu'elle offrit à la maman du bébé. Sitôt le café bu, Auguste et Amélie échangèrent deux bises ; il enfourcha sa Mobylette, prit la route de Chamalières-sur-Loire pour rejoindre la cimenterie. Vers 7 heures, le jour parut ; Corinne serait bien repartie de suite, mais l'autorail passait à 7 h 13. Les autres femmes l'empêchèrent de se risquer sur la voie à cette heure. D'ordinaire, avant le passage du train, s'égrenait la sonnerie, s'abaissaient les barrières. Ce matin, rien ne se produisit. Amélie essaya encore une fois le téléphone pour appeler la gare de Retournac. Le téléphone restait muet. Dans la journée, il serait rétabli et l'on apprendrait que, par prudence, la SNCF avait préféré, le temps d'inspecter la voie, suspendre le trafic. Impatiente de savoir, Corinne prit sur elle de ne plus attendre : elle quitta la maisonnée, en quatre enjambées rejoignit la voie et marcha du plus vite qu'elle put. Le jour maintenant s'affirmait, éclairait le désastre dans un ciel presque clair. Corinne observait ses reflets sur l'eau croupissante et la boue trop liquide qui par endroits paraissait luisante. De loin, les peupliers des bords de Loire, dans la lumière transparente du matin, prenaient l'air de fumées raides et noires qui seraient montées toutes droites. La Loire retirée laissait un champ de limons sombres ; d'autres boues, plus épaisses, se figeaient lentement le long de la pente, comme des sauces brunes séchées. Les arbres arrachés, abandonnés par la crue, gisaient çà et là comme des corps noirs mutilés dont les bras seraient demeurés levés droits au-dessus des cadavres. Leur maison émergeait de tout ce désastre, avec sur les murs de la boue marron en guise de crépi ; les fenêtres du rez-de-chaussée en étaient obstruées. Malgré ses efforts, Corinne ne distinguait pas le break sous sa gangue de boue. Elle n'osa pas quitter la voie pour se rapprocher de la maison au risque de s'embourber dans la prairie et dut se contenter de battre des bras, de crier, d'appeler :

— A... DRI... IEN... ! A... DRI... IEN... ! A... DRI... IEN... !

Mais sa gorge la brûlait de crier si fort, sa voix s'égosillait. Les fenêtres à l'étage ne s'ouvraient pas, la maison apparaissait sans vie. Plus qu'inquiète, angoissée, elle décida de retourner chez la garde-barrière : si le téléphone était rétabli, elle appellerait les pompiers ; sinon, elle reprendrait la voie ferrée dans l'autre sens et courrait jusqu'à la mairie de Chamalières-sur-Loire. Elle imaginait le pire, voyait le visage d'Adrien ravagé de boue, son corps roulé loin au fond de la Loire, charrié comme les troncs d'arbres emportés par la crue. Elle voulait à tout prix longer la Loire vers l'aval mais la boue était profonde, lui venait au-dessus des genoux, lui comprimait les jambes, les lui aspirait. Réunissant ses forces, elle put à temps retirer ses pieds, un à un en ahanant, puis, pas à pas, reculer en remontant la pente vers la voie pour échapper à la boue. Elle devait renoncer. Brusquement, sans qu'elle la sente venir, une immense angoisse la prend, l'étrangle, ses yeux pleurent toutes les larmes de son corps, ses jambes s'affaissent, elle s'effondre sur l'herbe bourbeuse de son pré aux jacinthes qu'à peine la crue vient de libérer.

— Corinne ? Oh ! Corinne ! C'est moi, Baptiste, ton frère ! Ça ne va pas ?

Il s'assoit près d'elle, la serre contre lui, lui secoue tendrement les épaules comme pour la réveiller.

— Hier soir, je ne pouvais ni m'approcher de votre maison ni vous téléphoner. Je me promettais de vous joindre ce matin, Adrien et toi. Arrivé au passage à niveau, la garde-barrière m'a dit que tu étais partie à sa recherche. Je t'ai aperçue longeant la voie, j'ai entendu tes appels. Ensuite, je cherchai à te rejoindre, mais tu descendais vers la Loire, dans la boue jusqu'aux genoux. J'ai eu peur que tu t'enlises et j'ai couru. Je me trouvais à dix pas de toi lorsque tu t'es effondrée.

Contre lui, il la serre un peu plus fort, s'apitoie sur ses larmes.

— Mais pleure, petite sœur, ça fait du bien de pleurer.

Et Baptiste tient sa sœur dans ses bras, lui caresse la joue, lui frictionne le dos. Que le sang circule et que revienne la vie.

— Merci, Baptiste, ça va aller. Mais Adrien a disparu.

Corinne retire son mouchoir de la poche de sa blouse, s'essuie les yeux. Ils ne retiennent plus ses larmes qui continuent à inonder ses joues. Baptiste essaie de lui donner espoir.

— Peut-être se trouve-t-il encore enfermé dans votre maison ?

— Non, c'est impossible. De la fenêtre, il peut nous voir. Il l'ouvrirait, appellerait, ferait signe.

Baptiste à ce moment fixe la maison ; pardessus le Gerbizon, le soleil éclaire les vitres, aucune silhouette ne se dessine à travers elles. Pour le coup, il s'inquiète. Pourvu qu'hier au soir il ne soit pas parti à la recherche de Corinne, qu'il n'ait pas été emporté par la crue. Mais non, c'est impossible, il ne pouvait sortir. La maison était à cette heure, et dès l'après-midi, assiégée par plusieurs mètres d'eau tourbillonnante, jaunâtre, infranchissable. Il faut chercher ailleurs. Adrien est natif du Batelier, il connaît la Loire et le pays, a vécu plusieurs crues. Il est impensable qu'il se soit laissé surprendre.

— Corinne, je vais t'accompagner chez nous, à Ventressac. Tu te ressaisiras en compagnie de Colette. Je filerai ensuite en voiture jusqu'au bourg pour ramener les pompiers, puisqu'on ne peut téléphoner. Nous chercherons ensemble.

La Loire avait encore baissé. Ses crues descendent aussi vite qu'elles montent. Elle redevenait presque accessible. Certes pas pour une barque de pêcheurs à fond plat, mais le Zodiac des pompiers pouvait suivre la rive qui longe le communal où était la maison d'Adrien et Corinne. Après avoir garé le véhicule d'assistance à mi-chemin entre la berge et le passage à niveau, les trois pompiers avaient transporté à bras le Zodiac jusqu'à la berge. Baptiste avait obtenu de s'embarquer avec eux. C'était un Zodiac simple, mais avec un bon moteur, conçu pour descendre et remonter le courant par tous les temps. Plusieurs longues perches l'équipaient afin de sonder les trous d'eau. Compte tenu de leur âge, aucun des quatre hommes n'avait jamais vécu une crue centennale. Le spectacle était à pleurer. La digue de béton armé qui retenait l'eau pour la diriger sur la centrale électrique de Vousse avait été bousculée, fissurée comme par des coups de bélier ; par tous ces passages, la Loire reprenait ses droits dans le lit naturel dont elle avait été chassée pour les besoins de la production électrique. Les pompiers choisirent de suivre ce bras ressuscité qui bordait la prairie. C'était sans doute par là qu'Adrien avait cherché à retrouver sa femme, s'il avait fait ce choix. Le revêtement végétal de l'îlot avait été entièrement arraché : plus de terre, plus d'arbres, plus de fleurs, plus d'herbe, plus de vie. Seules quelques roches affleuraient, se montraient nues, comme des corps déshabillés par une tornade ou un typhon. Baptiste songeait aux lapins de garenne dont l'îlot était si riche. Leurs terriers avaient été bouleversés, les lapins sans doute noyés. La berge de la prairie avait disparu : plus de terre, plus d'aulnes ni de buissons, plus d'herbe, plus rien. Seule la boue s'étalait, comme si elle avait été versée du ciel. Une immense masse boueuse, camaïeu de marrons, de noirs, de bistres, dont émergeaient çà et là ce qu'elle avait arraché : piquets de clôture, arbres, meubles de maisons… ou emporté sur son passage : bestiaux, outils oubliés sur la prairie, tristes jouets d'enfants qui les chercheraient en vain… Le Zodiac s'approchait de l'embouchure du ruisseau qui divise la prairie lorsque la forme boueuse apparut, collée sur un tronc arraché et sa souche dont les racines sans terre semblaient un bouquet mort ; sans doute les flots l'avaient-ils jeté, empêtré au fond d'une déclive noyée elle aussi dans la boue.

— Regardez ! Je parie que c'est lui !

Et la forme effectivement semblait celle d'un homme. Au bas du tronc, deux cylindres boueux s'attachaient. En haut, le torse était plus large mais l'on voyait comme deux boudins épais, eux aussi couleur de boue. Soudée au corps vers le haut, une boule marron paraissait immobile.

— Dégagez-lui la bouche, peut-être est-il vivant ?

Les gros doigts de ces hommes, pourtant très doux, ôtent la boue du visage, dégagent la bouche et le nez, puis les paupières et les oreilles. Il semble que le torse se soulève, que des gargouillis remontent de la gorge.

— Vite, passez-moi le bidon d'eau du Zodiac ! Les deux autres, ôtez la boue qui recouvre le corps, elle l'emprisonne, l'empêche de respirer.

Le pompier qui parle ainsi et semble être le chef inonde le visage, rince l'intérieur de la bouche, dégage comme il peut les narines obstruées de limon, inonde les oreilles, retourne la tête sur chaque côté afin qu'elles se vident.

— Adrien ? Vous m'entendez ? Répondez-moi !

Il semble que ce n'est pas un mot et encore moins une phrase qui s'évade des lèvres, mais peut-être un gargouillis plus net que les autres.

— Pas de temps à perdre : nous allons le déposer dans le Zodiac et remonter le bras d'eau jusqu'à la Loire et le véhicule d'assistance qui attend sur la berge. Puis direction Le Puy et l'hôpital Émile-Roux !

La main d'Adrien serre plus fort celle de Corinne, assise sur son lit et de biais face lui. La chambre du centre hospitalier Émile-Roux est nette, couleur crème, dégagée de tout accessoire hors les meubles indispensables et les équipements pour les soins. De l'autre côté du lit, Baptiste et Colette sont assis sur des chaises.

— Je me voyais noyé. Brusquement, un coup terrible sous le corps, une masse que je sentais mais que je ne voyais pas ; à cause de l'eau, je fermais les yeux. Maintenant que j'ai retrouvé mes esprits, je pense qu'un arbre brisé était charrié au fond, qu'il a rencontré mon corps pardessous, m'a soulevé. Nous avons dû être tous les deux projetés par les flots dans l'embouchure du ruisseau, puis sur la pente qu'il a creusée dans la prairie. Ce matin, lorsque je suis parti à ta recherche, Corinne, il faisait à peine jour et la crue était encore haute, les flots violents. Je n'ai pas pris garde, je voulais explorer du regard, m'assurer que tu ne te trouvais pas sur les berges. Brusquement, j'ai senti le sol se dérober, je m'enfonçais, et je me suis rendu compte que la Loire m'emportait.

Baptiste opine de la tête.

— Avec les pompiers, nous y avons beaucoup réfléchi. La souche de l'arbre arraché devait emporter beaucoup de terre entre ses racines. Mais les flots, leur vitesse, les tourbillons, ont détaché cette gangue et l'arbre est remonté, te soulevant et te collant à lui lorsqu'il t'a percuté. La vitesse vous a transportés dans le lit du ruisseau, puis sur sa berge où vous avez échoué. Un vrai miracle, Adrien. Avec Corinne, vous pourrez faire brûler un cierge à l'abbatiale de Chamalières-sur-Loire. Mais le plus fort est que tu respirais lorsque nous t'avons retrouvé allongé sur le ventre, collé au tronc, malgré ta bouche obstruée par la boue.

— Pourtant j'ai bien cru que j'étais mort. J'ai même vu le film de ma vie se dérouler. J'atteste que c'est vrai. Je me souviens des coups de talon que je lançais vers le fond pour remonter à la surface, mais en vain. Je me suis vu noyé. Lorsque j'irai mieux, Corinne, j'irai récupérer l'arbre, je le nettoierai et le poserai sur des tréteaux derrière la maison pour le conserver. Pas question de le brûler ou d'en faire des planches, je lui dois bien ça.

Corinne inspecte son homme, sourit, lui caresse le front :

— Le médecin des urgences n'en revenait pas ; il n'a même pas fallu te réanimer !

— Tu sais quand ils me laisseront sortir ?

— Tu demanderas au médecin, il va passer bientôt.

— C'est qu'il y a du travail : tous les douglas coupés au Gerbizon à charroyer.

— Doucement ! Tu te crois fort ici mais, à la maison, ce ne sera pas pareil. Tu as été choqué, il va falloir récupérer. N'oublie pas : tu es un miraculé.

Il est vrai que c'est une nature ; torse nu, on dirait un homme préhistorique, large et velu comme ses ancêtres de Cro-Magnon ou de Néandertal. Parfois, dans les bois où il travaille, son compagnon Antoine l'a vu saisir et soulever à pleines poignes la cime d'un tronc écorcé pour le déplacer sans demander de l'aide. À l'hôpital, lorsqu'on l'avait déshabillé, le médecin avait dit : « On dirait un fauve ! » C'est un ours, Adrien ; un solitaire qui préférerait crever plutôt que demander. À part Corinne, son seul et véritable amour sont les bois du mont Gerbizon d'où, solitaire, il domine la Loire et la voit tout entière de

Chamalières-sur-Loire jusqu'à Retournac, sans parler de la vue sur la tour de Roche-en-Régnier.

Corinne l'aime, son Adrien : elle a failli le perdre ; elle mesure seulement qu'il est vivant, là, devant elle, sous ses yeux. Sans se soucier de Baptiste et Colette, elle se penche sur lui, se couche presque, le prend par les épaules, l'embrasse sur tout le visage, le front, les yeux, les joues qui piquent d'une barbe de trois jours, le nez, comme pour retrouver son corps et son odeur, à petits coups, gaiement ; et pour finir, elle enfouit sa bouche sur son torse large et velu que dégage la veste de pyjama. Si elle était seule, elle embrasserait ses lèvres sous sa moustache gauloise, en amoureuse. Adrien relève ses deux bras musculeux, prend dans ses mains épaisses la tête de Corinne, yeux dans les yeux, bouche contre bouche ; il ramène ses cheveux auburn et ondulés, à pleines paumes les caresse. Baptiste et Colette se prennent la main très fort, se sourient.

Il avait bien fallu que, dès le lendemain, le médecin laissât sortir cet homme qui avait si vite récupéré et dont la santé était plus florissante que la sienne ! Baptiste était revenu le chercher avec sa propre voiture puisque le break restait inutilisable, prisonnier de la boue. Son épave ne vaudrait que le prix de la ferraille, à condition qu'un ferrailleur veuille bien venir l'évacuer pour rien.

Lorsqu'il avait quitté sa maison pour rechercher Corinne, Adrien ne pouvait se rendre compte de son état. À son retour, découvrant le désastre, il ressemblait à quelqu'un qui, après un long voyage, revoit avec des yeux hagards des lieux qui lui furent familiers et qu'il ne retrouve pas. Adrien errait de bas en haut, de haut en bas, se demandait sans cesse mais sans rien avouer si cette maison était la sienne.

Seul l'étage à vivre était à peu près épargné, malgré la boue qui recouvrait le plancher et maculait les pieds des meubles. La nuit, dans leur lit, s'appliquant à écouter la Loire et à guetter sans le dire si la crue revenait, ils cherchent le sommeil, se parlent, se caressent, se retrouvent comme si cette nouvelle nuit était celle de leurs noces.

Le matin, tandis que la cafetière qui n'est pas électrique se met à chanter et que vient le bruit des gouttes qui tombent dans le verseur, et il les entend très bien ponctuer sa réflexion, Adrien décide de ne pas monter au mont Gerbizon, de laisser faire Antoine, compagnon de toujours.

Il faut faire face, être plus fort que la crue. Elle ne les aura pas, ni Corinne ni lui. Toute la journée, dans les odeurs pestilentielles des poissons morts et des boues qui s'assèchent, Corinne et Adrien nettoient les pièces de l'étage où ils vivent, jettent, débarrassent. En tout début d'après-midi, des patrouilles de CRS apparaissent et s'activent ; de Saint-Étienne, du Puy et d'ailleurs, des pilleurs rappliquaient, pénétraient dans les résidences secondaires inhabitées au moment de la crue, dévalisaient et emportaient ce qu'ils pouvaient.

Le soir, l'ombre bleutée de la montagne tente d'effleurer la Loire. Les deux époux sont épuisés. Au lit, ils se retrouvent, mais le sommeil prend Adrien ; pour la première fois depuis le retour de son mari après la crue et l'hôpital, Corinne, dans les bras de celui-ci, revoit le regard de Mathias.

C'est l'odeur qui les réveille ce mercredi matin. Une pestilence infecte, putride, de chairs décomposées, de panses éclatées, de poissons qui pourrissent, de boues qui s'évaporent, se craquellent et libèrent leurs relents. Ce n'est que vers 10 heures qu'arrivent camions et bulldozers pour, à grands coups de lames et de moteurs vrombissants, nettoyer le carnage. Sitôt son café avalé, le casse-croûte de midi dans la musette, Adrien embrasse Corinne et part pour la journée. Par le pré aux jacinthes, il remonte jusqu'à la voie ferrée, marche à grandes enjambées de traverse en traverse jusqu'au passage à niveau. Dans sa 4L, Antoine, son ouvrier, l'attend. Hier, le téléphone a été rétabli ; Adrien a pu appeler sa compagnie d'assurances et lui donner les indications succinctes nécessaires à la déclaration du sinistre. L'assureur, débordé, viendra examiner les dégâts en fin de semaine pour le constat sur place. L'urgent maintenant est de terminer au mont Gerbizon le chargement des troncs écorcés de douglas sur le grumier, de le conduire à la scierie. Celle-ci n'attend pas, son appétit féroce exige qu'elle dévore du bois. Forestier-bûcheron est un dur métier, qui rapporte peu même quand on est propriétaire, ce qui est le cas d'Adrien. On joint les deux bouts, comme on dit, mais sans plus. À la fin de l'année, on ne se retrouve guère plus riche qu'au début. Son projet serait de monter sa propre scierie, de devenir réellement indépendant, de débiter son bois, de vendre ses planches lui-même, ce qui lui permettrait de mieux gagner sa vie. C'est à cela qu'il réfléchit tandis que son ouvrier conduit et roule jusqu'au Puy-en-Velay pour le prêt d'une fourgonnette, l'achat de deux tronçonneuses et de tout l'outillage piégé par la boue maintenant durcie comme la roche dans le coffre du break. Il s'agit sans attendre de remplacer tout ce que la crue a pris. Adrien remarque à peine les gorges de la Loire ravagées, éventrées, vautrées dans la boue, les bords de la route sinueuse parfois effondrés. Et tous ces arbres arrachés, aux souches impudiques exposées à tous les regards ! Qu'en va-t-on faire ? Son esprit de bûcheron suppute, les dégâts sont effroyables. À Chadrac, dans la plaine, il découvre le parking des camions immense et nu, sans aucun véhicule, comme si, d'un gigantesque revers de main, tous avaient été balayés par la crue. Recouvrant le parking, de la boue, cette boue jaune, marron ou bistre qui s'étale partout, des arbres étendus en cadavres, des meubles arrachés aux maisons. Adrien revoit les citernes qui, dimanche après-midi, au lever de sa sieste, flottaient dans la Loire en furie, leurs tracteurs pendus à elles et raclant les fonds. Ce sont elles qui étaient sur ce parking et il ressemble à présent à un désert de boue.

Ses affaires au Puy une fois réglées, au volant de la fourgonnette louée, Adrien précède Antoine et roule bien vite vers le mont Gerbizon au sommet duquel les forêts narguent les crues. Ce vieux volcan raboté en plateau, totalement enforesté, vieux d'un million et demi d'années, à plus de mille mètres d'altitude, point culminant de la Haute-Loire, est le havre de paix d'Adrien. Il y retrouve ses forêts ancestrales, celles que sa famille exploite et fait vivre depuis des générations, l'air vif et frais qu'il aime à respirer. Antoine, son ouvrier, ou plutôt son compagnon, est presque un copain. Comme lui-même, jeune homme, il travaillait pour le père d'Adrien. Dès la mort de ce dernier, tous les deux ont restauré dans une clairière la cabane paternelle, y ont installé une gazinière et sa bouteille, menuisé en planches de sapin la table et les deux bancs.

Ainsi, ils y cassent la croûte à l'abri du vent et de la pluie, parfois même de la neige en hiver tant que sa couche blanche ne tombe pas trop épaisse et, surtout, que le froid ne risque pas de faire éclater les troncs lorsqu'ils chutent. C'est cela le vrai risque du métier : ces géants, lorsqu'ils touchent le sol, sautent et parfois ressautent par bonds de plusieurs mètres, et de façon imprévisible. Malheur à celui qui ne s'écarte pas suffisamment vite et surtout loin ! Combien de bûcherons ne sont pas rentrés chez eux le soir ou sont restés estropiés à jamais. Jusqu'à moins dix degrés, ça va ; après, il faut rester à la maison. Au début de leur mariage, Corinne le rejoignait parfois au volant de la 2 CV fourgonnette ; elle apportait le casse-croûte. Puis, presque coup sur coup, les deux fils sont nés. Accaparée par eux, elle montait plus rarement, puis presque plus, puis plus du tout. Dans la voiture, enfermé dans ses pensées, Adrien essaie de compter les années, mais cela fait bien longtemps que Corinne n'est plus venue. Finalement, lorsque la 2 CV est morte de sa belle mort, ils ne l'ont pas remplacée ; Corinne entre-temps s'était fait des amies à Ventressac et au bourg de Chamalières-sur-Loire ; celles-ci passaient la prendre au passage à niveau lorsqu'elles partaient le mercredi matin pour le marché de Retournac. Parfois, le dimanche matin, tandis qu'Adrien bricolait ou se faisait paresseux pour sortir, Corinne prenait le break et roulait jusqu'à Vorey-sur-Arzon et son marché. C'est ainsi que d'année en année, et encore plus lorsque les enfants furent mariés et partis s'installer, car aucun des deux fils ne voulut reprendre l'affaire de leur père, les deux époux vivaient chacun leur vie, côte à côte, face à face, mais presque jamais ensemble. Au lit, le baiser du bonsoir avant de s'endormir remplaçait souvent l'amour, et c'était tout juste si la nuit, une ou deux fois par mois, ils se retrouvaient mari et femme. Mardi soir, au surlendemain de la crue, après s'être crus perdus, et le retour de l'hôpital, les deux époux s'étaient embrassés, serrés très fort l'un contre l'autre, mais, épuisés, s'étaient pour finir endormis. Cependant, au petit matin, ragaillardis par le sommeil, surpris, ils s'étaient retrouvés et aimés. C'est à tout cela que songe Adrien, lorsque, suivi de son compagnon, il débouche sur la place goudronnée, autrefois clairière, qui s'étale sur le mont Gerbizon. Des chemins de terre la rejoignent et l'un d'eux va plus haut encore, là où se trouvent la cabane et les coupes.

IV

Au rez-de-chaussée, Corinne découvre les dégâts, suppute tout le travail de nettoyage, et sans doute plus encore de restauration. La crue a presque atteint les solives qui soutiennent les planches du plafond, c'est-à-dire le parquet de leur logement. Tous les meubles sont à jeter, il va leur falloir se remeubler. C'est terrible, leurs meubles pour la plupart étaient de famille, de celle d'Adrien, puisque leur maison venait des parents de Corinne. Pour lui, qui tient tant au passé, à ses ancêtres, ce ne sera pas facile à surmonter. Et puis, il va falloir trouver l'argent : des meubles hérités, sans factures justificatives pour l'assurance, seraient très mal remboursés.

Une boue liquide et fine s'est s'introduite et incrustée partout ; elle se colle, s'accroche, altère tout et corrompt plus encore. Vouloir nettoyer et restaurer ce désastre représenterait des journées et des journées de travail inutile. Mais ce n'est pas le pire : la boue s'est introduite dans les prises électriques, a souillé les provisions, pénétré dans les meubles, maculé et rendu inutilisable la vaisselle, la literie des locataires pendant l'été, sans compter tout ce que Corinne n'imagine pas et qu'elle ne découvrira qu'au fur et à mesure de ses explorations. Quant à la chambre d'amis, il faudra tout refaire. Tous ces soucis, ces travaux lui coupent l'appétit. À midi, elle grignote une tartine, se fait un café, s'assied dans le fauteuil, somnole et puis s'endort. Comme Adrien dimanche, elle se réveille à 3 heures, sans goût pour travailler. Et si, plutôt que de languir, elle allait aux champignons ? Septembre, c'est le bon mois, il ne faut pas laisser passer. Ce soir, Adrien aura la surprise d'une fricassée de girolles ou de cèpes : il adore les cèpes et leur parfum dans la poêle, rehaussé d'ail et de persil. Cet homme des bois prétend qu'ils répandent ainsi comme une odeur de forêt et de sous-bois mouillés. Corinne chausse ses Pataugas, d'une main empoigne son panier et de l'autre serre dans ses doigts son joli bâton de noisetier qu'Adrien lui a décoré de lianes entrelacées découpées dans l'écorce encore fraîche ; elle s'assure qu'Adrien a bien pris sa clé, glisse le bâton sous son bras pour libérer sa main et fermer la maison d'un tour de clé dans la serrure. Une fois sur le balcon, elle respire, entreprend de descendre les marches de l'escalier ; au fur et à mesure, marche par marche, elle retrouve l'odeur de mort. Comme les charognards sur les champs de bataille dès la fin des combats, une armée de corbeaux, à grands coups de bec noir et puissant, pioche la boue pour se gaver de lombrics rouges, longs et noués. Corinne tourne la tête pour ne pas revoir la carcasse du break engoncé dans sa fange durcie, prend la direction de Ventressac par le pré aux jacinthes. Enfin, ce qu'il reste du pré ! Le promeneur qui ne serait jamais venu au lieu-dit le Batelier avant la crue ne pourrait imaginer la verdeur de ces lieux avant la catastrophe. Certes, la Loire a retrouvé son lit, mais tout est boue séchée ; plus d'herbe, plus de verts tendres ou foncés, uniquement des couleurs tristes, des gris, des marrons et des bistres. À la hauteur que les eaux ont atteinte dimanche après-midi sont restés, accrochés dans les branches, des sacs de plastique, des papiers, des chiffons, parfois des vêtements. Oubliés sur les berges et l'îlot raboté, des meubles éventrés, des pneus, quelques réfrigérateurs et lave-linge à moitié défoncés, aux portes arrachées, des bouteilles de gaz qui peut-être exploseront au soleil. Pour des raisons d'urgence sanitaire, seuls les cadavres des bestiaux ont été tractés au filin par les pompiers vers les camions des équarrisseurs réquisitionnés. Corinne tente d'imaginer les bulbes de ses jacinthes, enfouis dans le sol, attendant qu'une nouvelle pluie lave le sol et l'herbe afin qu'au printemps les hampes puissent ressurgir. Seule l'eau lavera la boue. Corinne passe sous la voie ferrée, remonte le petit chemin creux, arrive à Ventressac. Comme tous les jours à la même heure quand le temps le permet, Pauline se tient à sa place, devant sa maison qui sent la paille, le chou et le poulailler tout ensemble. Des poules et leurs poussins picorent autour de la chaise de paille où Pauline était assise occupée à tricoter. Elle les appelle de sa voix de vieille femme :

— Petits, petits, petits !

Et leur lance du blé. À la vue de Corinne, tout de suite elle devine :

— Tu retournes aux champignons ? Tu as raison : il ne faut jamais rester sur un échec. Sous leurs chapeaux, ils t'attendent sur tes coins. Septembre, c'est le moment. J'espère pour toi que ton ramasseur de dimanche t'en a laissé quelques-uns. De toute façon, il y a place pour tout le monde entre Ventressac et La Fayolle !

Que d'émotions mal enfouies les propos innocents de Pauline ne font-ils pas ressurgir ! Cet après-midi, Corinne, sincèrement, remontait vers La Fayolle cueillir ses champignons, oublier l'état de sa maison après l'intrusion de la crue ; mais, consciemment, elle ne songeait pas à retrouver

Mathias. Maintenant, elle y pense ; se redessinent les traits du visage de cet homme si différent de son mari. Adrien, c'est un rude travailleur aux mains énormes, honnête, doux et prévenant avec elle, mais qui n'est plus amant ; même si de temps à autre, au petit matin, il prend sa femme tendrement, mais toujours de la même façon. Mathias, ce sont des traits nouveaux, des mains racées, l'attrait de l'inconnu.

— Oui, Pauline ! Je ne me sens pas le courage d'entreprendre le nettoyage de la maison. Si tu voyais le rez-de-chaussée : de la boue partout ! Et puis l'odeur, je ne te dis pas, je n'ai plus de goût à cette maison.

— L'air vif de la forêt te fera oublier tout cela. Quand ça ne va pas, rien de tel qu'une promenade dans les bois. Lorsque mes jambes me portaient, c'était bien rare si, au moins une fois la semaine, je n'y faisais pas un tour. Va vite : à 6 heures, la nuit sera là. Si tu trouves des girolles à suffisance, merci de m'en laisser une poignée à ton retour !

— Tout ce que tu voudras ! À tout à l'heure !

Corinne longe les hauts murs de la maison forte, prend le sentier dans le lit du ruisseau, avance de pierre mouillée en pierre ruisselante, retrouve le tronc du chêne tout étranglé de lierre, rejoint son coin. L'homme a si bien cueilli qu'elle n'insiste pas, monte un peu plus haut, bifurque sur sa droite après des roches moussues, redécouvre les bouquets de bouleaux où poussent les girolles. Mathias n'a pas repéré les corolles jaunes et parfois presque orangées. Elles sont sorties de plusieurs jours, déjà grosses, leurs chapeaux charnus épais à point, les lamelles fines et fermes. Il existe deux façons de cueillir : glisser trois doigts au pied, à peine le serrer entre les ongles, l'incliner jusqu'à ce qu'il cède proprement, sans dégât pour le mycélium, admirer le champignon pour le plaisir, le renifler comme pour un vin, et délicatement le déposer dans le panier ; un panier d'osier où il respire et prend sa place, jamais un sac de plastique où il s'entasse, s'étouffe et s'amollit. L'autre façon est le couteau. On fait glisser contre le pied le fil bien aiguisé de la lame et, d'un seul mouvement du recul de celle-ci, on tranche. C'est précis, c'est propre, mais le risque est que le tronçon du pied laissé en place pourrisse et altère le mycélium. Corinne préfère n'utiliser que ses doigts. C'est une belle plaque de lumières orange parmi les feuilles jaunies déjà tombées. Pauline avait raison, la fragrance des sous-bois fleure si bon les parfums de feuilles, d'aiguilles de pin, de champignons ouverts, de sève fraîche sous l'écorce, de mousses odorantes, que Corinne en oublie sa maison et les pestilences de la crue disparue. Le problème ou l'agrément de la cueillette des champignons est l'ignorance du temps. On ne sait pas s'arrêter, chaque plaque en appelle une autre. Après les girolles, ô miracle et sublime découverte, Corinne repère plus loin sous des douglas des bolets fermes à peine ouverts, aux têtes dures sur leurs pieds raides, trapus, légèrement ventrus. Ils s'offrent là en lignée, éclos comme les girolles de quelques jours à peine. À toute chose malheur est bon. Dimanche après-midi, leurs têtes devaient à peine se frayer un passage parmi les aiguilles de pins, ils devaient être si minuscules que, même si Corinne les avait repérés, elle n'aurait pu les cueillir. Du coup, à force de remonter, elle devine la route de La Fayolle. À sa montre, il est 5 heures. Son panier est plein jusqu'à ras bord, Adrien ne rentrera pas avant 7 heures. La curiosité est là, maligne ; Corinne ne peut s'en libérer. Elle avise le sentier oblique qui lui fera gagner du temps ; celui-ci débouche derrière la maison dont Mathias a hérité et qu'il veut restaurer. Corinne décide de voir. Ses deux jambes marchent vite ; il suffira d'un instant. Dans cinq minutes, elle redescendra sur Ventressac. De son bâton, elle écarte les ronces, redresse les fougères, avance. Au vu des herbes folles et des épines qui encombrent le sentier, des rejets de charmilles, des petits pins qui naissent et soulèvent les mousses, des pousses de fayards, le sentier ne doit pas être emprunté bien souvent.

Et dire qu'autrefois, lorsque Corinne était enfant, des charrois, tirés par des chevaux, l'empruntaient pour descendre les troncs ! Déjà, par la clairière, elle débouche sur la maison.

La voiture est là. L'autre soir, il faisait nuit, elle l'avait mal regardée, sans aucune attention à sa marque. Et puis, l'homme, son récit, les souvenirs d'enfance, la crue, Corinne pensait à bien autre chose qu'à cette voiture grise immobilisée au passage à niveau devant la maisonnette d'Amélie et Auguste. C'est une 505, un modèle récent.

— Vous êtes venue en reconnaissance ?

Elle ne l'a pas aperçu. L'homme apparaît, vêtu d'une combinaison bleue, occupé à dégager à la faux, derrière la maison, une épaisse masse de ronces et d'orties que les années d'absence ont laissé proliférer en toute liberté. Dans ce lieu découvert, Mathias semble plus grand que parmi les fourrés, et bien sûr davantage qu'assis dans sa voiture. De toute façon, il doit dépasser Adrien d'une tête tout au moins. C'est la saison pour faucher les orties et les ronces ; coupées en début d'automne, elles ne repousseront pas avant le printemps. Mathias le sait-il, lui a-t-on dit ou le fait-il sans le savoir ? Il pose sa faux, manche au sol et plat de lame contre les pierres du mur, s'avance à la rencontre de Corinne au débouché de la clairière dans la cour qui protège la maison de la forêt et l'écarte de la route.

L'autre soir, elle n'avait pu voir ses yeux. Sur lui, elle lève son regard : comme ils sont beaux, ses yeux, dans le jour qui est là ! Emplis de tendresse, tout en lumière. Du coup, Corinne baisse les siens. Pourtant, elle sait qu'ils attirent ; souvent, Adrien au début lui en a fait compliment. Fréquemment, il lui disait : « Tu as des yeux qui pleurent l'amour. » Mais cela date de si longtemps ! Pourtant, elle sait qu'Adrien l'aime ; mais son mari à présent ne prononce plus cette phrase, la néglige comme femme, la considère compagne, ne prend ni soin ni plaisir à lui faire la cour. Plutôt que de répondre, Corinne se surprend des parfums vifs de la clairière, du murmure d'une source voisine dans le silence de ce refuge. L'odeur prégnante de la forêt autour de la maison, en bordure de la route, lui paraît différente de tout à l'heure. C'est celle de la futaie plus haute, avec davantage d'air. Son fumet, c'est l'humus, les feuilles et les fougères mouillées, la terre chaude, l'humidité, les arbres et leurs racines à vif. Se surprenant elle-même, comme Corinne sait bien mentir !

— Je ne savais pas trouver votre maison ici. Dans mes souvenirs d'enfance, je l'imaginais plus loin, vers Sagnes. Dimanche soir, au passage à niveau du Batelier, lorsque vous l'avez située, j'avais la tête ailleurs. Cet après-midi, l'envie m'a prise de retourner aux champignons, puisque dimanche je n'ai rien pu cueillir.

— Et vous avez bien choisi, votre panier déborde. À propos de débordement, vous avez retrouvé votre mari ?

— Oui, je vous remercie. C'est un miracle. Lundi, à l'aube, voyant le recul de la crue, il était parti à ma recherche, avait entrepris de fouiller la berge. Il a marché trop près des flots, les bords se sont effondrés, la Loire l'a emporté ; il s'est vu noyé, mais un arbre à la dérive l'a soulevé et Adrien, c'est le prénom de mon mari, s'est retrouvé sur l'embouchure pentue d'un ruisseau, collé par la boue sur le tronc de l'arbre. C'est mon frère et trois pompiers qui l'ont retrouvé. Il respirait, il n'y a même pas eu besoin de le réanimer. Un vrai miracle ! À l'hôpital, ils n'en revenaient pas !

— Eh bien ! si vous êtes croyants, vous pouvez faire brûler un cierge !

— C'est ce que nous allons faire à l'abbatiale de Chamalières-sur-Loire.

— Je suis content pour vous deux. Et votre maison, elle n'a pas été trop endommagée ?

— L'étage où nous vivons paraît intact. En revanche, le rez-de-chaussée a été envahi par la boue ; elle a submergé le break, qui est à changer.

Comme si elle voulait détacher son regard de celui de cet homme, Corinne tourne la tête, promène ses yeux sur la maison ouverte, surprend la faux adossée au mur.

— Je vois que vous avez entrepris un sacré chantier !

— Oui, mais j'ai le temps, et je m'y tiendrai. Vous voulez regarder ?

L'occasion s'offre si belle de satisfaire à sa curiosité ! Du temps de son enfance, elle n'y était jamais entrée. Une ou deux fois peut-être, elle était passée devant avec ses parents, sans plus. Elle ne se souvenait même plus que, derrière la maison, au fond de la clairière, sous une pierre plate, coulait clair le filet d'une source dans le creux d'une autre pierre excavée et disposée en vasque pour le recueillir précieusement. À cette époque, l'eau en était parfaitement potable. Comme celle de Ventressac, elle sourdait du Gerbizon après en avoir traversé les strates de vieilles roches. C'est sa musique si particulière qui tout à l'heure lui a rappelé son existence. L'oncle et la tante de Mathias ne sortaient guère, passaient pour des sauvages à vivre loin de tout dans cette maison totalement isolée au milieu de cette clairière parmi les bois, au pied du Gerbizon. Personne ne les connaissait vraiment.

Le soleil n'est pas encore couché, mais déjà très bas à l'horizon. Corinne s'en aperçoit.

— En vitesse, alors ; il faut que je redescende. Mon mari va rentrer.

Mais à propos, lui, Mathias, comment vit-il ? Corinne imagine mal une femme, parisienne de surcroît, vivre ici dans les bois, à plusieurs kilomètres de toute habitation. Et de surcroît, aux hameaux de La Fayolle et de Sagnes, ne se trouve aucun commerce. Malheur à qui n'a plus de pain : ce sont des kilomètres de route de montagne jusqu'au bourg de Chamalières-sur-Loire, quand ce n'est pas jusqu'à la ville de Retournac.

— Et votre femme ? Elle va venir ici ?

— Je vis seul.

Corinne sourit, mais sans ironie.

— L'homme des bois !

— Absolument ! Vous ne croyez pas si bien dire.

Et son rire franc découvre de belles dents, prêtes à tout croquer.

— Mais venez.

C'est une petite maison forestière, de pierres grises. Sur sa droite, une grange s'est effondrée. Mais la maison paraît solide. Mathias n'avait pas refermé la porte d'entrée ; elle est épaisse, de vieux bois, percée d'une lucarne. De chaque côté, deux fenêtres. À l'étage, deux autres fenêtres également, toutes les quatre encadrées de chambranles de grosses pierres non taillées, équarries seulement. En haut, sous le toit, une énorme pierre ornée d'une volute et d'une croix en pétales gravés indiquant l'année 1895.

— Votre maison fêtera bientôt ses cent ans ; elle paraît bien conservée.

— Les murs sont solides, la charpente également, mais la toiture est à refaire et la grange à reconstruire. J'en ferai mon garage et mon atelier. Permettez que j'allume une bougie, la maison n'est pas raccordée au réseau électrique.

À la lueur de la petite flamme qui vacille puis brûle plus fort dans l'escalier, Corinne dévisage cet homme qu'elle n'a jamais eu le temps d'examiner de près. Outre sa haute taille, il est de forte carrure, ses bras nus jusqu'aux coudes paraissent vigoureux et souples. Son regard sombre exprime quelque chose de lointain, de voyageur, de nostalgique. L'autre soir, elle n'avait pas suffisamment prêté attention à sa moustache : celle-ci se redresse telle celle d'un major anglais, mais brune, courte et mangée aux bords, sur une lèvre pleine de bonté. Les cheveux d'un noir profond, à peine atténués de quelques-uns devenus gris et d'autres franchement blancs, s'accrochent en boucles rudes et serrées, courtes. Elle compare ses cheveux à ceux d'Adrien, sans poésie, perpétuellement coiffés en brosse pour éviter les accidents. Corinne attarde son regard sur le front modelé comme si un sculpteur lui avait imprimé des coups de pouce énergiques et nets.

Comme elle s'apprête à franchir la porte et que déjà il la précède sur la première marche de l'escalier, un long grumier, équipé d'un palan, chargé de troncs écorcés, passe devant la maisonnette. Intriguée, elle regarde. À la suite du grumier roule une fourgonnette que Corinne n'a jamais vue. Son chauffeur paraît surpris, freine, immobilise le véhicule sur le talus qui borde la forêt. Compte tenu du sens où roule la fourgonnette, dans la clarté qui diminue et rend les vitres opaques et noires, Corinne distingue mal les traits du chauffeur. Mais, l'observant avec davantage d'attention, elle le reconnaît bien vite : ce n'est ni plus ni moins que son mari ! En un instant, comme toute femme en sa position, elle imagine les questions. Dès le moteur coupé, Adrien descend, contourne la fourgonnette, descend vers la maison.

— Mais qu'est-ce que tu fais ici ?

Elle doit faire vite et répondre tout net. Engagé dans l'escalier, Mathias s'étonne que Corinne ne le suive pas. Il se retourne et aperçoit ce visiteur qui approche de sa maison.

— Je te présente l'homme qui dimanche soir est descendu voir la crue. C'est le neveu des gens qui habitaient cette maison pendant la guerre.

— C'est exact. Bonsoir, monsieur.

— Bonsoir, monsieur.

Adrien interroge sans nuances :

— Et aujourd'hui, vous vous êtes donné rendez-vous ?

— Mais non ! Que vas-tu imaginer ? Regarde le panier plein ! Je suis montée aux champignons par Ventressac pour me changer les idées. Je voulais commencer à nettoyer le rez-de-chaussée, mais je ne m'en suis pas senti le courage. Une fois dans la forêt, à force de chercher de coin en coin, j'ai débouché sur un sentier que j'ignorais et qui m'a conduite à cette clairière.

Lorsqu'il les a reconnus de la route, Adrien descendait de ses coupes au sommet du Gerbizon. Après avoir chargé les troncs au palan sur la plate-forme du grumier, Antoine en prenait le volant pour rouler vers la scierie et Adrien suivait avec la fourgonnette. Dans les rétroviseurs, Antoine remarqua l'arrêt de son patron et, sitôt qu'il le put sur la première aire de croisement, tant la route est étroite, immobilisa son camion. Certes, l'attitude de Corinne et de cet homme, à distance suffisante, ne peut prêter à soupçons. Mais tout de même…

Adrien s'interdit de soupçonner Corinne. Il est persuadé de sa fidélité. Mais c'est quand même troublant : de Ventressac à ici, il faut une heure de marche. Et là, dans cette clairière, il ne pousse pas de champignons. Corinne le sait, encore mieux que lui peut-être ; née ici, à Chamalières-sur-Loire, elle est chez elle dans ces forêts, y a passé son enfance, en connaît tous les coins. De plus, comme elle le laisse entendre, son panier était plein, elle n'avait qu'à redescendre. Pourquoi continuer pour rien à monter jusqu'à la route ? Car ce sentier, contrairement à ses dires, conduit à la route, et cela depuis toujours, Corinne le sait.

— Tu ne vas pas redescendre à pied. Dans une heure à peine il fera nuit. Assieds-toi à côté de moi sur le siège de la fourgonnette.

Mathias dévisage le couple, s'émeut de la situation de Corinne, ne veut créer aucun soupçon. Déjà peut-être est-il trop tard.

— Votre mari a raison, vous n'allez pas redescendre par les bois à la nuit.

Il lui tend sa main chaude et sent la sienne toute fraîche. Dans sa paume, il en ressent l'émoi. Corinne en perçoit la tiédeur et la douceur.

— Au revoir, travaillez bien à restaurer votre maison.

— Et vous, gardez le moral. Au revoir, monsieur.

— Au revoir. Bon courage.

Dans la fourgonnette, au côté de son mari, Corinne se dit que la main de Mathias était douce. Ce n'est pas celle d'un travailleur de force, large, aux gros doigts pleins de corne, comme la main de son mari.

Adrien rumine, veut savoir.

— C'est qui, ce type ? Il n'est pas d'ici ?

— Je t'en ai parlé, mais tu n'y as pas prêté attention. C'est le neveu du couple qui habitait cette maison. Il venait en vacances chez son oncle et sa tante pendant la guerre. Tu ne t'en souviens pas ? Enfants, nous jouions ensemble.

— Son visage ne me dit rien.

— Depuis toutes ces années, le contraire serait surprenant. Tous les deux ne le laissaient guère s'éloigner. Il vit à Paris, mais veut revenir s'installer ici, du moins pendant l'été.

— Je lui souhaite du plaisir.

Corinne est soulagée, elle s'attendait à pire, bien que jusqu'à ce jour, après vingt-cinq années de mariage, Adrien ne lui ait pas fait de scènes.

— Et toi, je vois que tu as pu trouver une nouvelle fourgonnette ?

— Je l'ai louée. Pour en acheter une autre, il faut attendre l'accord de l'assureur. Il viendra samedi évaluer les dommages.

Ils débouchent en ce moment de la route forestière, tournent à droite pour descendre sur Chamalières-sur-Loire. À cette heure, la nuit s'installe ; le village est si calme qu'à part les chats la rue principale serait déserte. La Loire sous le pont a retrouvé ses marques, mais, sur des kilomètres, les berges sont dévastées. De la route, tous les deux distinguent les gîtes de vacances défigurés, envahis par la boue, leurs portes enfoncées et, sans doute, les appartements à refaire. Quelle idée aussi de construire des gîtes de vacances à dix mètres de la Loire, en pleine zone inondable ! Le camping ravagé, les arbres arrachés, les caravanes absentes, soulevées, emportées de leurs places dimanche après-midi comme des balles de ping-pong ! Adrien se souvient des cubes blancs que les flots charriaient ; c'étaient elles.

Lorsqu'ils arrivent chez eux et ouvrent les portières, l'odeur fétide les rebute, les dissuaderait presque de vouloir revivre ici. Odeur de mort sèche qui prend le cœur et empêche de respirer. Pour nettoyer ce désastre, il faudrait qu'il pleuve longtemps, d'une petite pluie fine qui laverait, donnerait à la Loire le temps d'évacuer ses boues, les choses mortes accrochées dans son lit, et jusqu'à ce que les remugles, les moindres puanteurs, toutes les odeurs de crues soient chassés ; sitôt que l'herbe verte apparaîtra, libérée de la boue, l'odeur saine des prairies renaîtra. Chacun sait bien que seules les pluies d'automne et encore plus les neiges et gelées d'hiver pourront tout nettoyer. Mais comment souhaiter l'hiver en un si beau septembre ? Dans la maison, les mêmes relents s'accrochent : Corinne ouvre les fenêtres, provoque un courant d'air, mais ce dernier ne brasse que des miasmes tenaces. Tous les deux, silencieux, avant-bras bien posés sur la table de la cuisine, ils épluchent les champignons, en nettoient les pieds ; les pointes de leurs couteaux ôtent une à une les saletés. Surtout, ne pas laver les cryptogames : les parfums seraient chassés, les chairs alourdies. Bientôt, l'exhalaison de l'huile d'olive que Corinne a versée dans la poêle et qu'elle fait chauffer fleure bon dans le logement, donne l'illusion que l'imprégnation de la crue est chassée. Mais à table, un moment après, pendant qu'ils savourent, les mots ne sortent pas.

Et si lui, Adrien, n'était pas arrivé, qu'auraient-ils fait tous les deux ? À bientôt cinquante ans, Corinne se sait encore belle femme. Les hommes la regardent, sans doute la désirent-ils. Et Mathias, honnêtement, sans doute moins accablé qu'Adrien d'un travail aussi dur, semble mieux conservé que son mari assis en face d'elle, malgré sans doute dix ans de plus, puisqu'il est retraité. Derrière ses yeux sombres, comment lire ?

Décidément, Adrien est passé devant la maison juste au mauvais moment. Si elle s'était trouvée à l'intérieur à visiter comme Mathias le lui proposait, son mari n'aurait rien vu, ne se serait posé aucune question ; et ce soir, ils causeraient comme à l'ordinaire, alors que le malaise est là, telle une planche entre eux deux. Après la visite de la maison, car rien ne se serait produit, ses pas l'auraient déjà engagée dans le sentier, occupée à redescendre, et sans s'attarder davantage pour arriver à la maison avant la nuit. Ouvrant la porte du balcon pour pénétrer chez elle, la senteur de la forêt l'aurait suivie, elle en eût ramené l'odeur.

À présent, ils sont là, tous les deux, dos à dos, dans le lit. Même s'ils font semblant, le sommeil ne vient pas. Et pourquoi ne pas tenter de reconquérir sa femme, qu'il aime et a toujours aimée, même si depuis quelques années il ne l'a pas aimée comme elle voulait ? Adrien se retourne, se redresse sur un coude, approche ses lèvres de la bouche fermée, pose sa main sur la blanche épaule nue qui ressort très claire dans la pénombre de la chambre. Aucune nuit n'est noire : la lune, les étoiles, les reflets de la Loire, toujours un peu de jour se montre par les fentes des volets, éclaire les chambres et les nuits. Corinne, immobile, ressent la paume de la main et les lèvres si près.

— Tu dors ?

— Non, tu sais bien.

Les lèvres d'Adrien embrassent la bouche sans défense, la main caresse l'épaule fraîche, si tendre et si soyeuse, va à la chemise, déboutonne le haut, s'infiltre entre les seins, en titille les pointes jusqu'à les faire durcir. Corinne sourit dans la pénombre, vérifie qu'en amour la jalousie agit comme le sel dans la cuisine, lui donne le goût qu'il faut, stimule l'appétit. Elle remonte sa main et, à son tour, au rythme d'Adrien, caresse la nuque épaisse aux cheveux drus serrés et coupés court.

— Tu es belle, tu sais.

La main de velours rêche quitte le haut, suit la chemise jusqu'au ventre, retrousse le fin tissu, vérifie l'absence de culotte, le jour de liberté. De la pulpe de ses doigts, il peigne la toison, glisse le majeur entre les lèvres humides. Corinne, accueillante, écarte un peu les cuisses, laisse la main explorer, provoquer le désir. Invité, Adrien écarte grand Corinne, la pénètre lentement, l'investit tranquillement, très maritalement. Quelques rais de lune percent un peu les ajours des volets, et les yeux des époux redécouvrent leurs deux corps si bien faits l'un pour l'autre. Ils ne bougent pas, se murmurent seulement des onomatopées dont eux seuls savent le sens après tant d'années de mariage et d'amour, même s'ils les croyaient un peu usées. Le miracle d'être joints leur suffit, l'étonnement de pouvoir s'aimer encore les comble et les rassure. Satisfaits, ils s'endorment sans nul détachement des corps.

V

LES FAYARDS, les bouleaux, les châtaigniers, et parfois les branches basses des douglas, se rejoignent en voûte au-dessus de la route de La Fayolle. Leurs feuillages embrassés tamisent la lumière, donnent au jour une demi-teinte verte. Des mousses bleues parfois recouvrent les taillis, en font comme des buissons d'argent. La petite route chemine si étroite que seules les voitures peuvent se croiser sans s'arrêter. Les camionneurs quant à eux doivent trouver un lieu pour permettre à l'un de garer son camion tandis que l'autre passe. Pour éviter qu'ils ne s'accrochent, leurs conducteurs doivent également compter avec la pénombre générée par ces voûtes feuillues jointes par-dessus la route étroite ; elles rendent les talus indistincts dans le clair-obscur. Lorsque deux voitures s'approchent, leurs chauffeurs dans la pénombre concentrent leur attention pour ne pas s'accrocher, ne pas trop mordre des roues le talus herbeux glissant, éviter le fossé. Souvent, masqués derrière leur pare-brise, ils ne se reconnaissent pas, trop occupés qu'ils sont à la manœuvre de croisement.

Un peu après l'aire de pique-nique des châtaigniers, avant la maison de Mathias, la fourgonnette et la 505 se surprennent face à face, se déportent au maximum sur les talus pour s'éviter. Adrien de toute façon prête peu d'attention ce matin à tout ce qui n'est pas sa nuit ; c'est tout juste s'il prend la peine d'une réponse aux propos d'Antoine assis à son côté. Cela faisait si longtemps qu'avec Corinne ils n'avaient pas retrouvé l'extase d'une nuit d'amour pareille à celles de leur jeunesse. Mariés, plusieurs lustres ils étaient restés amants. Les années, le travail, les enfants, tout dans la routine des jours remplaçait l'amour par l'habitude. Corinne ne s'était jamais plainte, elle savait qu'il en était ainsi dans la plupart des couples. La tendresse s'installe, certains mêmes l'apprécient. Mais la rencontre avec Mathias avait réveillé son désir féminin. Pourquoi le démon de midi ne serait-il que masculin ? Cette nuit, par le miracle de la jalousie, elle avait retrouvé son homme.

Il fallait que Mathias rentre à Paris. Il redescendrait dans quelques semaines, non pas tant pour fermer la maison – elle ne risquait rien, même pas le gel, puisqu'elle ne possédait pas l'eau courante – que pour préciser ses plans et les confier à un architecte local pour le projet final et le dépôt du permis de construire. Car il voulait tout rénover, transformer : reconstruire la grange, aménager une allée d'accès depuis la route, élever un murget de clôture. Enfin, et ce n'était pas le moindre, il lui faudrait prendre contact avec un géomètre expert ; ses oncle et tante possédaient, mais sans les exploiter, quelques hectares de forêt tout autour de la maison, là où sourdait la source dont Corinne avait reconnu le chant ; il lui faudrait en retrouver les limites aux services du cadastre pour borner définitivement sa propriété afin d'être chez lui. Ces bornes, elles avaient bien dû exister : il les avait recherchées dans les fouillis de la végétation, mais n'avait rien trouvé. Cependant, avant son départ, Mathias voulait redescendre en bord de Loire, apprécier de jour les effets de la crue écoutée de nuit, dimanche soir, lorsqu'il était descendu jusqu'au passage à niveau. Mais surtout, apercevoir la maison de cette femme. Par trois fois déjà ils s'étaient rencontrés, mais, à part quelques faits de leur vie ordinaire, ils ne s'étaient rien confié ; Mathias et Corinne ne savaient rien d'eux, si ce n'est leur prénom. La veille, lorsqu'elle s'était risquée à le surprendre dans sa clairière et que lui l'avait surprise, il avait pu la dévisager de plus près. À l'âge qu'elle laissait supposer, puisque leurs enfances s'étaient presque croisées, il la trouvait belle femme. Certes, il vivait seul, mais il avait eu des rencontres, des débuts de vie à deux, parfois même des périodes, mais jamais une femme ne lui avait plu assez longtemps au point de lui sacrifier sa vie de solitaire ; tout en elle selon lui devait séduire un homme. Comme tous les êtres qui traversent un désert affectif, son cœur s'enflammait à la première étincelle, mais s'éteignait tout aussi vite, faute de comburant. Il cherchait chez la femme une réalité, un être, la différence, et non pas seulement un coup de cœur qui disparaît au terme d'une rencontre, de quelques nuits, de quelques jours. Corinne – depuis dimanche soir Mathias ne cessait de prononcer ce prénom –, au fil des trois rencontres, lui apparaissait différente, plus profonde, plus réelle que les autres, un cœur à prendre, comme cela se dit. Et cependant elle était mariée, mal peut-être selon lui, mais enfin elle n'allait pas tout lâcher pour lui.

Après le croisement avec la fourgonnette, Mathias comprend enfin : c'est celle-là même qui hier soir s'arrêtait devant sa maison ! Il revoit le grumier chargé de troncs la précédant, il comprend à présent qu'il vient de croiser le mari. Sans doute ce dernier est-il forestier, retourne-t-il à son travail ? Corinne serait-elle seule ? Il s'arrêtera devant sa maison, la verra, lui parlera.

C'est l'été finissant. Mathias regarde face à lui le soleil suspendu au-dessus de la vallée. Septembre déshabille les peupliers que la crue a épargnés. Au-dessus des champs de boue séchée, les vols des corbeaux transpercent le ciel blanc, ouaté. En ce milieu de matinée, toutes les brumes sont chassées, c'est le début du plein jour. La Loire, à présent épurée de ses boues, est redevenue un long ruban : noire et argentée, elle brille sous le soleil. De son balcon où Corinne s'est installée pour éplucher ses carottes, elle aperçoit une 505 grise qui débouche du chemin et s'engage sur le terrain communal. La voiture emprunte exactement les rails de boue séchée laissés par la fourgonnette d'Adrien. En quatre jours, une coque durcie et qui porte, ocre et marron, a remplacé la boue. Au fur et à mesure des nuits et des journées, celle-ci craquelle de partout, comme les lacs asséchés présentés dans les documentaires. Et par ces craquelures remonte l'odeur de la terre humide et de l'herbe noyée. Bientôt, la verdure réapparaîtra par les fêlures, et les prairies sembleront des mosaïques de verts et d'ocres. Tout de suite, Corinne ne réagit pas. Mais ce n'est qu'un instant. Cette 505, c'est celle de Mathias. Et justement, il suffit de parler du loup pour qu'il sorte du bois. Faisant aller et venir son Économe sur la peau rougeote des carottes, elle pensait à lui. Cette nuit, sous le corps d'Adrien, parfois elle s'imaginait sous celui de Mathias, s'efforçait à humer sa tiédeur. Elle s'interdisait ce fantasme, mais le voyait quand même. Adrien, dans son ardeur et son élan, ne pouvait rien deviner, mais elle, son épouse, en songe, dévorait des yeux l'image de Mathias, s'attardait à la fiction de son regard sombre, revoyait ses cheveux noirs bouclés, épais sur sa nuque, imaginait les caresses de ses mains sur la peau de ses hanches. Corinne oublie sa nuit, ne dit rien, demeure immobile à la vue de la voiture grise, s'applique à l'épluchage de ses carottes. Elle ne l'a pas confié à Adrien, mais veut lui faire la surprise d'un bœuf braisé. C'est le plat préféré de son mari ; il aime les cuisines mijotées, et ce sera sa récompense pour cette nuit. Dans sa cocotte de fonte, Corinne le laissera cuire doucement ce matin, puis en fin d'après-midi réchauffera le bœuf-carottes pour qu'au moment de dîner elle puisse le servir dans toute sa saveur et même sa perfection. C'est un plat qui gagne à être réchauffé. Prise au dépourvu, elle a téléphoné à sa belle-sœur Colette qui, ce jeudi matin, devait se rendre au marché d'Yssingeaux ; elle lui rapportera le morceau de bœuf à braiser et les pieds de porc qui l'accompagnent afin d'en lier le jus. Le jeudi, les boucheries sont fermées à Retournac car le marché se tient le mercredi. Il faut donc se rendre à celui d'Yssingeaux. Corinne voit bien que la 505 hésite et cherche. Au débouché du chemin, face à la Loire, sur la droite, se cache derrière ses douglas aussi touffus que hauts la villa blanche des Parisiens. Après, c'est la maison d'Adrien et Corinne. À cet instant, elle sait que Mathias la reconnaît sur son balcon. Il gare sa voiture devant la clôture basse, descend, s'assure que la boue a séché, qu'elle assure bien ses pas.

Pour que Corinne l'entende d'où il se trouve, Mathias se croit obligé de parler fort. Il ignore qu'en bord de Loire, face à la falaise d'Artias, la roche phonolithique porte et renvoie les paroles.

— Bonjour ! Je remonte à Paris dès cet après-midi. Mais auparavant je voulais découvrir de jour les effets de la crue, mais surtout vous saluer et en même temps vous dire au revoir. Je ne resterai que quelques semaines dans mon appartement parisien, puis je redescendrai ici.

En plein jour, que Mathias lui apparaît bel homme ! Comme sa stature se dessine sur fond de Loire. L'eau a retrouvé sa couleur, ses écumes argentées que le soleil attise ; toute cette lumière auréole le profil de Mathias. Tout sourire, elle se lève, rince ses mains sous le robinet extérieur, les essuie à son tablier, l'ôte, le pose sur le dossier de sa chaise et descend lentement les marches de l'escalier, telle la noble dame d'Artias celles de son donjon. Corinne se sent toute rajeunie. Il se tient là, face au portillon de bois qui ouvre sur la cour. Elle lui tend la main, il offre la sienne, leurs deux paumes se rencontrent en même temps que leurs regards et leurs doigts se serrent comme pour s'éprouver, se marquer de leur empreinte.

— Vous avez retrouvé facilement ?

— Bien sûr, je me souvenais du passage à niveau. D'ailleurs, j'ai reconnu la garde-barrière ; comme vous, elle épluchait des légumes, assise au soleil devant sa porte. Elle a dû me reconnaître aussi, nous nous sommes fait signe.

Corinne soupire, mais pour Mathias elle sourit.

— Comme cela, tout Chamalières-sur-Loire, Ventressac et le Batelier sauront que vous êtes venu me voir !

Elle marque une pause, ajoute :

— Sans oublier mon mari.

— Vous me voyez désolé. Il est jaloux ?

— D'ordinaire, non, mais il m'a surpris chez vous hier soir et se pose des questions.

— C'est le problème des petits villages. À Paris, on est plus libre.

Mathias examine la cour, les marques de boue sur les murs à hauteur du balcon, le break momifié sous une gangue terreuse, puis se tourne vers la Loire, découvre sur l'autre berge, sous les ruines d'Artias, face à la maison de Corinne, les à-pics rocheux, d'ordinaire gris, bistrés de limons secs collés à plusieurs mètres au-dessus de l'eau, et tout le craquelage de boue séchée qui engonce la prairie communale.

— Eh bien ! je n'aurais pas imaginé ce paysage lunaire. C'est comme si un typhon était passé par là. Dimanche soir, il faisait nuit, et je fus surtout frappé par les bruits. La Loire roulait ses eaux comme un troupeau de bisons qui surgit au galop, j'entendais le grondement des roches et des berges arrachées, le roulement des flots qui poussaient et repoussaient tout ce qu'ils rencontraient. J'imaginais la guerre que je n'ai jamais vue. Et de ce côté-ci, sur votre berge, la crue est montée haut ?

— Venez voir.

Corinne repousse le portillon qui s'est refermé tout seul pendant qu'ils conversaient. D'ordinaire, il ne bouge pas. Adrien possède des doigts d'or. Tout ce qu'il fait tombe droit, sans défaut, et il sait presque tout faire. Maçon, charpentier, menuisier, plombier si nécessaire, il pourrait à lui tout seul construire sa maison. Lancées comme des béliers, les milliers de tonnes des masses d'eau ont bousculé les sols, le scellement du portillon a sans doute bougé.

— Du vivant de chacun, personne en Emblavez n'avait jamais vu une pareille crue. Il en est d'annuelles, d'autres décennales, certaines centennales. Celle-ci en était une. Il paraît qu'il en existe des millénaires. Je ne sais pas ici mais, enfant, j'avais appris à l'école primaire qu'avant l'an mille le Rhône, dans le Bugey, avait ainsi changé de lit. Il paraît qu'il ne coule pas où il coulait.

Elle parle tout en marchant ; Mathias la suit, l'écoute, mais surtout la couve des yeux. Sous la jupe serrée au-dessus du genou, ses hanches ondulent à souhait, éveillent le désir. Attisés de soleil, ses cheveux auburn prennent des reflets de blés lorsqu'ils sont mûrs l'été. Corinne contourne la maison, entre dans le pré pentu boueux de boue séchée qui doucement monte vers la voie ferrée.

— Regardez : l'eau est arrivée à mi-distance de la voie. On voit très bien la limite de la boue, comme si un peintre géant en avait enduit son pinceau pour défigurer mon pré aux jacinthes.

Mathias a rejoint Corinne sur la boue craquelée ; surpris du propos, il l'interroge :

— Des jacinthes poussent dans votre pré ?

— Je ne cultive pas de jacinthes domestiques ; je transplante des sauvages que je cueille dans les bois.

— Ça alors, je n'aurais jamais deviné. C'est votre violon d'Ingres ?

— Une passion, je vis pour elles.

— Mais elles sont où ?

— En cette saison, leurs bulbes sont en repos, enfouis dans le sol, à dix centimètres de profondeur, ou plus selon les rigueurs de l'hiver à venir. Au printemps, leurs hampes vont jaillir, jusqu'à parfois trente centimètres de hauteur. Si vous êtes revenu de Paris à cette époque, vous viendrez voir, c'est superbe, le pré en est plein, un tapis de hautes grappes de clochettes bleues, violettes, ou rouges, ou jaunes ! Nous en profitons presque un mois. Beaucoup de gens viennent admirer.

— Je serai là, je vous le promets. De toute façon, au printemps, mon chantier aura démarré. J'arriverai à Pâques.

— Alors, vous verrez tout. C'est magnifique.

Corinne ne se voit pas, mais, disant cela, ses joues rosissent de fierté. Mathias la dévisage, admire ses yeux bleus, sa jolie bouche de femme, se demande s'il peut oser. Il est 11 heures, le soleil darde et, sous la mosaïque des carrés de boue encadrés de l'herbe qui s'échappe, la vie semble reprendre ses droits. Ce sont de minuscules insectes qui vaquent, des bergeronnettes et des pinsons qui les guettent et s'en régalent, des herbes fortes qui percent la boue séchée entre les interstices des craquelures pour s'échapper au jour.

— La chaleur vient, et sans doute quelqu'un nous regarde ; venez donc à la maison, nous y serons à l'ombre.

Lorsqu'ils passent devant les fenêtres basses qui donnent jour au rez-de-chaussée, Mathias découvre leurs vitres toutes maculées de boue. Corinne ne peut se décider à entreprendre de tout laver à grande eau.

— Vous contemplez les dégâts ?

— Je vous plains.

— À l'intérieur, la boue sèche est partout : un vrai pisé. Je voulais nettoyer, mais je ne m'en sens pas le courage. J'attends samedi. Adrien enlèvera le plus gros au Kärcher, mon frère Baptiste en possède un, il le lui prêtera. J'achèverai à l'éponge. Pour le sol, c'est de la terre battue, il faudra nettoyer au râteau, puis balayer aux genêts. Ensuite, tout décaper, brosser, aspirer. Nous en avons pour plusieurs jours. Mais montez donc.

Mathias découvre un logement propret composé de trois pièces : celle où ils pénètrent est sobre, tendrement nimbée de soleil ; elle donne sur la Loire. Sur le mur du fond, le balancier de cuivre d'une vieille horloge oscille paresseusement avec un déclic à chaque fin de course. Vis-à-vis de cette pièce s'aperçoit la cuisine par sa porte grande ouverte ; des fenêtres de celle-ci, Mathias distingue la voie ferrée et le pré aux jacinthes. Au fond de la pièce, une porte est poussée, mais non fermée ; sans doute la chambre.

— Je vous en prie, asseyez-vous. Qu'est-ce que je vous offre ? Un pastis, une bière, un petit blanc bien frais avec du cassis ?

— Et vous ? Que prendrez-vous, nous allons boire de même.

— Je ne bois guère d'alcool. Mais je vais faire exception pour vous accompagner. Il me reste un saint-pourçain blanc et de la crème de cassis. Je la fais moi-même avec ceux qui poussent derrière la maison. Je vais nous servir un kir.

Elle se baisse, ouvre la porte basse du buffet, en retire un flacon rouge rempli à ras bord de crème de cassis. Mathias en profite, admire ses hanches arrondies par le geste, ses cuisses blanches découvertes sous la jupe relevée. Dans le mouvement de Corinne pour regarder vers le bas, l'échancrure du corsage dévoile l'arrondi d'un sein lourd. Laissée au frais dans le bac du réfrigérateur s'offre une bouteille de saint-pourçain blanc. Corinne déniche un tire-bouchon dans le tiroir du buffet.

— Je vous confie le soin de l'ouvrir.

À son tour, elle admire les belles mains à l'œuvre, leur doigté pour ôter le bouchon.

— Merci.

Elle emplit les deux verres à pied d'un tiers de crème rouge sombre, complète avec le saint-pourçain. Puis, se tournant vers Mathias, elle n'ose pas dire : « À nos amours. »

— À notre santé !

— À notre santé ! Je peux vous appeler Corinne ?

— Mais oui.

Cependant, elle s'abstient de dire Mathias ; et il sourit.

Tous les deux, assis devant leur ballon rose, ils savourent ce vin de soif. Leurs yeux se parlent, mais les mots sont difficiles à trouver. On dirait deux enfants. Cette nuit, Adrien lui a montré qu'il l'aimait. Mais Mathias possède un charme qui lui toque le cœur. La parole n'est pas seule à dire les sentiments : Mathias avance sa main et, comme par mégarde, son index effleure celui de Corinne. Elle ne le retire pas de suite. Le regard de Mathias se fait si doux et le sourire de Corinne si engageant. Mais, depuis le communal, une voix appelle :

— Corinne !

— Mince, il ne manquait plus qu'elle : c'est Colette, ma belle-sœur, elle apporte ma viande ; pour le coup, tout Chamalières saura. Ou plutôt, ne bougez pas, je vais sortir.

C'est bien Colette ; du balcon, elle découvre sa belle-sœur, debout devant le portillon ouvert.

— Merci, tu as eu toute la peine ! Tu arrives d'Yssingeaux à bicyclette ?

— Non, de Ventressac seulement. Une voisine m'a montée à Yssingeaux avec sa 4L. Tu as quelqu'un chez toi ?

Corinne, tout à la surprise de Mathias, ne s'était pas ressouvenue de la 505 ! Le mieux est de ne pas mentir.

— Oui, le monsieur de La Fayolle, qui est redescendu découvrir les ravages de la crue avant de remonter chez lui à Paris. Il n'avait jamais vu pareille chose ; je lui ai offert un verre. Tu veux monter ?

— Non, merci, je suis pressée. Baptiste va rentrer de la cimenterie et je n'ai rien préparé.

— En ce cas, je te dois combien pour la viande ?

— Rien ne presse. Quand tu auras l'occasion de passer.

Dans le réfrigérateur, Corinne garde toujours de quoi pour un en-cas. Adrien ne rentre pas à midi ; avec Antoine, il casse-croûte à l'abri de sa cabane au Gerbizon. Corinne et Mathias ne savent comment se le dire mais, tant qu'ils le peuvent, ils veulent rester ensemble. Aucun horaire SNCF ne le contraint, il rentre à Paris avec sa voiture. Pour son futur chantier, il a des relevés de mesures à emporter et, au prochain retour, doit rapporter les premiers petits objets nécessaires à un court séjour avant de remonter à Paris pour y passer l'hiver.

— Vous n'allez pas me quitter comme cela. Je n'ai rien de chaud sur le feu, mais des pâtes sont vite cuites. Avec du jambon et du fromage, nous ne mourrons pas de faim.

— Avec plaisir, Corinne. Je n'osais pas vous proposer de vous inviter à déjeuner *chez Clément* à Chamalières-sur-Loire.

— Y seriez-vous déjà allé ? On y mange très bien. Mais nous serons bien plus tranquilles tous les deux, et ici.

Cette tranquillité ouvre tant de perspectives et de possibles…

C'est du bon jambon cru. Adrien et son beau-frère Baptiste conservent tous les deux la pratique de la tuade chaque année en janvier et se partagent le cayon. C'est Baptiste qui l'élève. Pour cela, il dispose encore d'une soue dans la ferme paternelle. Mais Adrien l'approvisionne en pommes de terre. Ainsi, part à deux, sans perdant. Quant au beurre, pour accompagner les tranches de belle couleur grenat cerné de blanc, Corinne l'achète le mercredi à Retournac chez une paysanne de Jussac qui vient sur le marché.

— Je me régale. C'est meilleur qu'à Paris.

Elle se lève pour préparer le café, va au buffet, prend le sac, verse la poudre odorante dans le filtre. Ses deux mains sont ainsi occupées ; de sa chaise, Mathias la regarde faire, et ses yeux d'un noir profond parcourent son cou si blanc. Il s'approche, se décide à oser, lui effleure le cou de bisous rapides et à peine déposés. Honnêtement, Corinne ne s'y attendait pas. Occupée à sa cafetière, elle ne peut se retourner.

— Non, il ne faut pas. Je suis mariée, vous le savez.

Il retire ses lèvres, se tait ; comment lui dire ses sentiments ? Ses mots à elle et ses silences à lui les lient et les délient.

Libérée du filtre plein et du café tassé, doucement, gentiment, elle fait face.

— Adrien ne le mérite pas.

— Vous m'en voulez. Ce sera toujours non ?

Comment lui dire qu'elle n'est pas insensible à son charme de bel homme ? Si Adrien ne lui avait pas fait l'amour cette nuit si amoureusement, ce serait différent. Elle n'y croyait plus. Cela faisait si longtemps que les deux époux ne s'aimaient point comme elle le désirait. Elle ne peut tromper Adrien maintenant que leur amour a repris vigueur.

— J'éprouve à votre égard une très grande sympathie, mais j'aime Adrien. Buvons notre café. Le mieux pour vous est de retourner à Paris.

Corinne hésite.

— Nous resterons très bons amis. Quand reviendrez-vous ?

— Sans doute pour la Toussaint. Je profiterai de l'été indien pour nettoyer et préparer les travaux.

Corinne sourit.

— Ne redescendez pas ici. Je ne veux pas que ça jase. À la campagne, les bruits vont vite. C'est moi qui monterai vous voir pendant votre prochain séjour.

— Nous allons quand même nous embrasser pour nous dire au revoir ?

— En amis.

Les deux bisous se posent sur les joues, à la commissure des lèvres, à la limite du baiser.

— Vous avez oublié : en Auvergne c'est trois ! Vous pouvez encore une fois.

— Il est revenu ?

— Comment cela, il est revenu ?

— Ne joue pas la surprise. Je suis passé par Ventressac en descendant du Gerbizon. Je voulais emprunter le Kärcher de Baptiste. Colette m'a dit qu'elle était venue te porter la viande que tu lui avais commandée. J'en ai profité pour la payer. Elle m'a dit qu'elle n'avait pas voulu te déranger en montant à la maison car tu avais quelqu'un chez toi. Toujours le même je suppose : le Parisien de La Fayolle. Je trouve que ça fait bien souvent.

C'est tout juste si elle ne regrette pas. Elle a refusé, et voilà sa récompense. Corinne ne se faisait guère illusion, d'ailleurs : Colette est une pipelette. À coup sûr, tout Ventressac dès ce soir sait que l'homme de La Fayolle est venu chez elle boire un verre, et demain ce sera tout Chamalières-sur-Loire.

— Tu ne vas pas me faire une scène de jalousie. Avant de remonter sur Paris, il voulait observer l'état de la Loire trois jours après la crue. Il ne venait pas me voir. Je me tenais sur le balcon à éplucher des carottes pour te faire une surprise : un bœuf braisé aux carottes fraîches bien mijoté, comme tu les aimes. Ne me le fais pas regretter. Il m'a aperçue. Nous avons discuté et je lui ai offert un verre. Colette est arrivée sur ces entrefaites ; elle m'apportait la viande. Je lui ai proposé de monter, mais elle n'a pas voulu. Voilà, c'est tout. À cette heure, il roule vers Paris. Te voilà rassuré, il n'y a pas lieu d'en faire une montagne.

D'autant plus que, vu les circonstances, elle se garde bien de tout dire, d'évoquer le repas pris à deux, les bisous effleurés sur le cou dont sa peau garde en mémoire le frémissement sous les lèvres. Comme la prévenait sa mère : « Femme qui dit tout à son mari pleure plus souvent qu'elle ne rit. »

Est-ce la bonne odeur du bœuf qui se réchauffe sur le cercle du fourneau ou bien tout simplement qu'Adrien aime sa femme ? Il la sait jolie et désirable, et la peur de la perdre parfois l'effleure.

Toute la journée, il trime dans sa forêt et Corinne reste seule. Les hommes du pays vivent comme lui, au dur travail de tous les jours qui façonne les muscles et forge les mains larges et solides aux doigts épais : des paysans, des artisans, tous hommes de peine, habillés comme lui de velours ou de bleu, à la va-vite et sans recherche. Tandis que ce Parisien, même si enfant il passait ses vacances à La Fayolle, roule en voiture neuve, ne semble pas tirer après l'argent, peut se loger à l'hôtel, s'habille en homme de ville. Pendant le peu de temps qu'il l'a côtoyé dans la clairière devant sa maison, Adrien a bien vu que cet homme n'était pas comme lui un homme de peine. Un Parisien, un élégant aux mains propres même si ce jour il s'était déguisé en paysan, une faux à la main. Cette allure, cette élégance peuvent bien certainement séduire une femme éprise de nouveauté, de changement. Tout cela, silencieux devant Corinne, le nez dans son assiette, il se le dit à table, sachant à peine complimenter la femme qu'il aime sur le bon plat mitonné amoureusement préparé. Et c'est vrai qu'elle cuisine bien, Corinne ; depuis toujours, elle a très bien cuisiné. Au début de leur mariage, il la trouvait même meilleur cordon-bleu que sa mère à lui ; cela, chez un jeune marié, ne constitue pas un mince compliment.

Corinne mange doucement, et elle aussi ressasse des mots qui restent au plus profond. Adrien a-t-il seulement compris que par ce plat elle voulait lui faire hommage de cette nuit d'amour ? Depuis tant d'années si longues, elle ne l'espérait plus ! Et à nouveau elle songe à ce début d'après-midi où, par fidélité à son mari, elle a maintenu ses distances avec cet homme. Pourtant, il savait si bien faire courir ses lèvres sur son cou et lui proposer l'interdit !

— Tu m'as dit que Baptiste t'avait prêté son Kärcher pour nettoyer le rez-de-chaussée et le break ?

— Si tu es toujours d'accord, nous entreprendrons le nettoyage samedi. Je ne peux pas avant. J'ai du bois à livrer qui m'attend au Gerbizon. De toute façon, il faudra plusieurs journées.

— Je n'ai rien commencé. Je ne m'en sentais pas le courage ; cette crue m'a découragée. Et puis, de savoir mes jacinthes sous la boue, c'est terrible. J'ai peur de ne plus les revoir. Depuis que les enfants sont mariés et qu'ils nous ont quittés, ces jacinthes sauvages, elles sont mes petits. Je ne sais pas si tu le comprends ?

— Bien sûr que oui, je le comprends. Tu es là, seule toute la journée. Si je pouvais construire ma scierie, ce serait ici, je serais avec toi plus souvent ; à midi, nous déjeunerions ensemble.

À ce propos, ton bœuf, tu l'avais bien réussi, je me suis régalé.

Corinne, toute surprise, le regarde, lui sourit. Ses paroles semblent sincères. Regretterait-il vraiment sa scène de jalousie de tout à l'heure ?

— Pour la boue, il faudrait qu'il pleuve. La pluie lavera tout. Tu verras, au printemps, tes jacinthes ressortiront. Elles seront encore plus belles.

Leur nuit fut différente, pleine de l'infinie tendresse qui transcende l'amour.

VI

CE NE FUT que vers la fin d'octobre, quelques jours avant la Toussaint, qu'il commença à pleuvoir. Dans la nuit du 28 au 29, le vent d'ouest poussa les nuages au-dessus de l'Emblavez ; ils éteignirent une à une les dernières étoiles. Après l'aube, au moment de l'aurore, le soleil n'apparut pas. Lorsque Adrien se leva, il ouvrit les persiennes de la porte-fenêtre qui donnait sur le balcon, puis sortit pour regarder la Loire. Depuis sa petite enfance, c'était toujours la première chose qu'il faisait le matin. Ceux qui vivent sur ses bords le savent : la journée commence par le salut au fleuve précieux. Selon son tempérament, le soyeux et la couleur de son eau, ou le mouvement de ses vaguelettes, la façon dont elles s'argentaient, Adrien prévoyait le temps qu'il allait faire, la douceur ou l'inquiétude de la journée. Ce matin-là, des gouttes d'une eau très douce éclataient sur la Loire et produisaient des petits ronds vivants. Il tendit la main pour ressentir ces premières gouttes ; d'abord larges et espacées, il aurait pu les compter. Puis, rapidement, presque sans transition, elles devinrent fines et dures. De plus en plus serrées et rapides, jusqu'à dessiner des traits hachés, elles rayaient la Loire, accéléraient leur chute, noyaient enfin le fleuve sous une pluie dense et drue. L'air se faisait plus frais, humide à respirer. Adrien rentra, alla à la chambre.

— Corinne, il pleut.

Il ne l'embrassa point de nouveau ; chaque matin, avant de se lever, il lui déposait un baiser sur le front. Parfois, elle dormait encore. Ce matin, lorsque Adrien revint à la chambre, assise sur le lit, Corinne glissait ses jolis pieds dans ses pantoufles. Elle se leva, se dirigea vers le balcon, s'appuya des deux mains à la rambarde. Il la rejoignit, lui passa son bras droit autour de la taille, de sa large main gauche lui caressa la hanche sous la chemise fine.

— Si seulement il pleuvait suffisamment pour laver toute la boue…

Depuis plus d'un mois que la crue avait tout détruit, arraché et étouffé, le soleil tapait, séchait, craquelait la boue en carrés aussi durs que des briques. Entre les plaques durcies, l'herbe reprenait ses droits dans les interstices sombres ;

parfois même et de plus en plus souvent, elle soulevait ces plaques en tommettes mal dessinées, aux contours relevés, de boue brune et durcie. Seule une pluie abondante, drue et de longue durée pourrait tout emporter, redonner à la prairie ses couleurs de vert ardent.

— Il n'a pas encore gelé. Avec la pluie, ça ne risque pas. La terre est chaude, d'ici un jour ou deux les champignons vont ressortir.

Un silence s'installe. À travers le fin tissu de la chemise, les doigts d'Adrien se crispent sur la chair. Corinne laisse faire et frémit. Pourquoi Adrien réveille-t-il les fantasmes endormis sous pareille invitation ? Manquerait-il de finesse à ce point ? Raison de plus pour aller aux champignons.

Il a plu toute la journée, toute la nuit et encore le lendemain. D'heure en heure, les plaques de boue sous la pluie reprenaient leur couleur sombre d'après la crue, puis progressivement se délayaient, se laissaient transpercer par l'herbe revigorée. Gorgée d'eau, cette dilution laissait place à un lavis de couleur ocre qui glissait sur la prairie, teignait l'herbe encore une fois et rejoignait la Loire en ruisselets d'eau boueuse qui la peignaient de jaune-brun teinté d'orange. La pluie, peu à peu, méticuleusement, lavait tout, redonnait à la prairie ses couleurs d'avant la crue.

Corinne ne trahit rien de son projet à Adrien. Au petit jour du 31 octobre, veille de la Toussaint, tandis que le soleil levant rosissait le paysage sous les ruines d'Artias, et qu'ils s'attablaient tous les deux pour le petit déjeuner, Adrien la prévenait entre café et tartines qu'il ne rentrerait pas à midi. Il voulait ainsi gagner du temps et terminer son travail avec Antoine. Le lendemain, jour férié, il pourrait se reposer, demeurer avec sa femme et en famille. Comme chaque année pour le jour de la Toussaint, les enfants devaient venir, et les petits-enfants. Ils déjeuneraient entre eux au restaurant *Le Prieuré* car la maison était trop petite pour accueillir tout le monde ; puis, l'après-midi, ils se rendraient tous ensemble au cimetière de Chamalières-sur-Loire sur les tombes des grands-parents ; mais pas seulement eux, car les deux familles depuis des générations y dormaient sous les branches des sapins, face à la Loire en contrebas.

Fin octobre, dans les bois noirs qui couronnent le Gerbizon, de vrais repaires à loups, il fait nuit à 6 heures. Dire 18 heures, c'est bon pour la SNCF ; tout le monde au pays dit 6 heures. Pour terminer la coupe, ébrancher à la tronçonneuse, écorcer à la cognée, débarder les troncs lisses jusqu'à la clairière, les charger à la grue hydraulique sur le camion grumier, bref tout faire dans la même journée pour livrer la scierie, Adrien et Antoine ont travaillé dur et mis les bouchées doubles du matin jusqu'au soir. C'est tout juste si, à midi, les deux hommes ont pris le temps du casse-croûte. Point de chaud, pas le temps de réchauffer une portion dans la cabane. Adrien n'avait prévenu Corinne qu'au dernier moment, le matin même ; au dépourvu, elle avait empaqueté pour tous les deux et en vitesse, car le patron nourrissait son ouvrier, de la charcuterie et des œufs durs qui tiendraient au ventre, de la viande froide, de la brique de chèvre de Jussac, des noix et des pommes ; sans oublier la miche de pain et la Thermos de café. Quant aux litres de vin et aux cannettes de bière, Adrien en tenait une réserve dans une caisse de hêtre au fond de la cabane. Ils gagnèrent ainsi une demi-heure et, à 5 heures et demie, Antoine s'installait au volant du grumier. Adrien suivait dans la fourgonnette, phares allumés. Ils descendraient par Retournaguet, laisseraient le grumier à Retournac sur le parking de la scierie. Ensuite, Adrien reconduirait en fourgonnette Antoine à Chamalières-sur-Loire où ce dernier demeurait ; puis, à part le temps d'offrir un verre à son compagnon *chez Clément*, geste obligé de patron à compagnon, d'autant plus que ce soir Antoine l'avait bien mérité pour cette rude journée, il rentrerait chez lui au Batelier.

Le lampadaire, planté au bout du chemin face à la Loire, n'éclaire que le communal au Batelier. La maison d'Adrien donne sur le chemin de terre et, dès qu'il fait nuit, le passant s'efforce à la deviner dans la pénombre. Il est 8 heures du soir et il fait grand nuit lorsque les phares de la fourgonnette éclairent enfin la maison d'Adrien où Corinne doit l'attendre.

Bizarrement, toutes les vitres des fenêtres sont obscures, les volets n'ont pas été fermés et aucune trace de fumée ne semble s'élever du conduit de la cheminée. Pourtant, à cette heure, il ne fait pas chaud et, de toute façon, Corinne aurait dû allumer son fourneau, ne serait-ce que pour faire cuire sa soupe. D'ordinaire, la fumée dégagée par le charbon qui brûle ou les bûches de fayard s'aperçoit pourtant de loin. Enfin, quand il arrive, qu'il claque la portière de sa fourgonnette, Corinne l'entend : le silence est profond au Batelier où, dès la nuit, les oiseaux se taisent et où personne ne passe. De l'intérieur, au bruit de la portière et du moteur, elle allume l'ampoule qui donne sur le balcon et éclaire quelque peu les marches de l'escalier ainsi que la cour et le portillon. Ce soir, tout est noir et l'ampoule ne s'éclaire pas. Corinne, sans doute, est-elle sortie et n'est pas encore rentrée : ce n'est pas son habitude de vivre dans le noir.

Adrien referme la portière et la fait claquer fort. Rien ne s'allume. Il monte les marches de l'escalier, trouve fermée à clé la porte d'entrée. C'est bien cela : Corinne est sortie. Elle ferme toujours la porte à clé lorsqu'elle sort. Le Batelier est tellement isolé ! Leurs voisins parisiens ne sont même pas arrivés ; d'habitude, ils viennent pour la Toussaint fleurir le caveau familial au cimetière et vidanger les conduites d'eau avant de remonter hiverner à Paris. Adrien cherche ses clés dans sa poche, se souvient qu'il les place toujours dans la boîte à gants de la fourgonnette ; rien n'est si traître qu'une poche : on se change, on retourne la poche en prenant son mouchoir et on perd ses clés.

Effectivement, elles y sont. Adrien remonte les marches de l'escalier, ouvre la porte, allume la lumière. Le tic-tac de l'horloge semble plus lent qu'à l'ordinaire. Le reflet qui s'étire sur le balancier de cuivre se dessine sur le mur d'en face.

— Corinne ? Corinne ? Tu n'es pas là ?

Décidément, c'est bien bizarre. Par acquit de conscience, il fait le tour du logement, descend au rez-de-chaussée, appelle, mais rien ne répond. Serait-elle dans le pré aux jacinthes ?

À cette heure, c'est impossible. Il fait nuit noire, la lune n'est pas encore levée. Néanmoins, il ouvre la fenêtre qui donne sur le pré, appelle à pleine voix :

— Corinne ? Corinne ?

Adrien commence sérieusement à s'inquiéter ; il descend à l'atelier, saisit la grosse torche, quitte la cour, marche sur le pré derrière la maison, balaie l'herbe du faisceau de la torche.

— Corinne ? Corinne ?

Il glisse la torche sous son aisselle, la serre bien fort pour qu'elle éclaire droit, place ses mains en porte-voix, ouvre grand la bouche, appelle du plus fort qu'il le peut :

— Corinne !... Corinne !... Corinne !...

Inutile de s'égosiller : elle est sortie, mais chez qui, et où ? Sans doute chez une voisine, une amie, sa belle-sœur, sa mère. Brusquement, Adrien réalise que le fourneau était éteint, ou plutôt n'avait pas été allumé, que Corinne n'avait rien préparé pour le dîner. Ce n'est pas la première fois qu'il trouve la maison vide à son retour. Mais le fourneau est allumé, et la soupe mijote sur la plaque de fonte. Dans ce cas, Corinne ne tarde pas à rentrer.

Adrien retourne à la maison, vérifie ses dires un à un. Le mieux est de téléphoner, de faire le tour des amis, des parents. Et d'abord, commencer par Clémence, sa belle-mère. La mère de Corinne va sur ses quatre-vingt-sept ans, il se peut qu'elle ait appelé Corinne suite à un problème de santé et que sa fille se trouve toujours chez elle.

— Qu'est-ce que vous dites ? Corinne n'est pas rentrée ? Mais non, cela fait plusieurs jours qu'elle n'est pas venue me voir. Je m'en inquiétais d'ailleurs. Ce n'est pas normal qu'elle ne soit pas chez elle à cette heure. Le froid pince et il fait grand nuit : il faut vous en soucier. Qu'est-ce que vous attendez pour appeler son frère Baptiste et sa belle-sœur Colette ? Elle se trouve peut-être chez eux. Tenez-moi au courant. Vous n'êtes pas sérieux de ne vous en soucier que maintenant : ça ne s'est jamais vu, un homme sans souci de sa femme !

Il ne manquait plus que cela : sa belle-mère lui reproche l'absence de son épouse !

— Baptiste ? C'est Adrien. Est-ce que Corinne se trouve chez vous ?

— Non, elle n'est pas là. Mais j'arrive seulement. Attends, j'appelle Colette. Colette ? Est-ce que Corinne est passée à la maison ? C'est Adrien qui téléphone. Il me dit que Corinne n'est pas chez eux.

— Adrien ? Non, Corinne n'est pas venue cet après-midi ; de toute façon cela fait longtemps que je ne l'ai pas revue. Avant, elle venait plus souvent. Tu as appelé ta mère ?

— Oui, bien sûr. Elle ne l'a pas vue non plus.

— Alors, je ne sais pas. Appelle plutôt Pauline, elles sont très amies. Il y a aussi Amélie et Auguste, les gardes-barrières. Attends... n'oublie pas Angèle, la commère du bourg, elle est au courant de tout. Elle te dira peut-être... Je te repasse Baptiste.

— Adrien ? Si d'ici un moment tu ne l'as pas retrouvée, rappelle-moi ; c'est ma sœur, il faudra partir ensemble à sa recherche.

Écoutant son mari, ce que Colette ne dit pas, est ce qu'elle glisse sous « Avant » : « Avant », c'est depuis qu'elle a surpris cet homme de La Fayolle chez Corinne. À partir de ce jour, sa belle-sœur n'a plus été la même. Pourvu que celle-ci n'ait pas fait de bêtise ! Mais Colette se tait, garde cette pensée pour elle.

— Pauline ? C'est Adrien. Corinne n'est pas à la maison. Je me fais un sang d'encre. Est-ce que vous l'avez vue, cet après-midi ?

— Votre femme est passée vers 2 heures. Avec son panier, son bâton, son anorak rouge, ses Pataugas aux pieds, elle montait aux champignons. Nous nous sommes parlé ; j'approuvai son choix. Vu la pluie des derniers jours, ils avaient dû pousser ; elle faisait bien d'en profiter avant les premières gelées. Ils seraient les derniers de l'année. Corinne m'a promis de m'en donner à son retour. Mais je ne l'ai pas revue passer. À moins qu'elle ne soit descendue à la nuit ; en ce cas, peut-être a-t-elle voulu éviter de me déranger ? Je serais d'ailleurs surprise, car Corinne ne m'oublie jamais quand elle rentre son panier plein ; elle m'en laisse choisir moi-même quelques poignées. Je ferme mes volets et ma porte à clé dès qu'il fait nuit. Elle est peut-être passée après ; quoique ce serait étonnant. En ce cas, elle aurait frappé au volet. J'espère qu'il ne lui est pas arrivé un accident, qu'elle ne gît pas dans un trou.

— Merci, Pauline, merci bien. Je vais chercher.

— Fais vite et tiens-moi informée !

Inutile de continuer à téléphoner. Mais auparavant, vérifier, comme il aurait convenu de le faire. Adrien descend au rez-de-chaussée, cherche les Pataugas, le bâton et le panier : ils n'y sont pas. D'ailleurs, pourquoi Pauline aurait-elle inventé des sornettes ? À sa montre, Adrien lit 9 heures et demie du soir. La nuit va être froide, il n'y a pas une minute à perdre. Si Corinne est tombée dans un trou, si elle s'est fracturé une jambe ou pire, il faut faire vite. Du plus profond de son être remonte tout l'amour ressenti pour elle qu'il n'a pas su lui dire, et surtout lui montrer. La vie est comme cela : on s'aime, on vit ensemble, on s'habitue, on ne prend plus le soin de renouveler son amour, de faire sa cour comme au début, on se laisse happer par les enfants, le travail, et puis un jour tout s'écroule, la maladie, l'accident... Il pense au sien lorsque la crue l'a emporté.

Il ne va pas partir tout seul à sa recherche. Vite, appeler Baptiste, c'est son frère, il s'est proposé.

— Oui ?

— C'est toi, Colette ? Pauline a aperçu Corinne vers les 2 heures à Ventressac. Elle montait aux champignons. Mais Pauline ne l'a pas vue redescendre. Elle comme moi nous craignons un accident. Baptiste s'est proposé tout à l'heure ; peut-il partir avec moi à sa recherche ?

— Bien sûr, je te le passe. Baptiste ? C'est Adrien. Corinne n'est pas rentrée.

— Allô ? Adrien ? C'est Baptiste. Bien sûr que je pars avec toi. Tu me prends ou je te prends ?

— Pour gagner du temps, le mieux est de se rejoindre à Ventressac devant la maison de Pauline. C'est à cet endroit qu'elles se sont parlé pour la dernière fois.

— D'accord. À tout de suite.

Vite ! Enfiler les bottes, passer une parka, se saisir d'une torche, en renouveler les piles, empoigner un fort bâton, et en route. Colette observe son mari en ses préparatifs, lui prend le bras, se décide :

— Écoute-moi : tu ne diras rien à personne et surtout pas à Adrien. Mais j'ai peur que Corinne n'ait fait une bêtise ; si vous ne la trouvez pas sur son parcours de champignons, sans rien dire à Adrien ni lui laisser soupçonner quoi que ce soit, incite-le à vous rendre à la maison de la clairière sur la route de La Fayolle. Mais fais bien attention qu'il s'imagine en prendre l'initiative. Je ne peux t'en dire plus. Reste avec Adrien si vous rentrez dans la maison. Je crains le pire. Protège bien ta sœur.

Baptiste tombe du ciel, regarde sa femme.

— Explique-toi : qu'est-ce que tu sous-entends ?

— Tu veux savoir ? La dernière fois que je suis allée au Batelier, Corinne ne se trouvait pas seule chez elle, mais avec ce Parisien de La Fayolle.

Baptiste, sidéré de la révélation, plante son regard dans les yeux de sa femme.

— Ma sœur est une femme honnête ; dans ma famille, aucune femme n'a jamais fait cela ; tu n'as pas le droit d'accuser ta belle-sœur.

Pour le coup, Colette à deux mains lui saisit les deux bras.

— Je le dis pour son bien, et pour la protéger. Va-t'en vite maintenant, Adrien t'attend à Ventressac. Embrasse-moi.

Elle le précède et colle ses lèvres sur les siennes.

Les paroles forment prisme. Les yeux voient à travers elles des formes et des personnes désormais redessinées. Lorsque, sur la place de Ventressac et devant la fontaine, Baptiste distingue la sombre silhouette de son beau-frère, à peine éclairée dans la nuit d'un halo de lune entre les nuages qui courent, il redécouvre Adrien à l'aune des confidences conjugales. Ce dernier est un costaud, un homme des bois, à la stature totalement adaptée à son métier de forestier. Ici, dans la nuit, ses épaules paraissent si larges qu'elles donnent à sa personne un aspect presque carré. Sous sa coiffure en brosse, sa physionomie paraît étrange, sa tête encore plus carrée, ses lèvres épaisses sous sa moustache gauloise semblent davantage charnues et ses traits plus osseux : il semble dans la nuit sous la lune un homme de la Préhistoire surgi du fond des bois. C'est sans doute toute cette force qui a séduit Corinne, elle aussi femme de nature qui aime à courir les bois, à replanter dans son pré les jacinthes des lisières.

— Bonsoir. Si tu veux, nous allons monter par le ruisseau. Au gros chêne, nous nous séparerons et appellerons Corinne à tour de rôle pour ne pas nous égosiller. Gardons notre voix s'il faut crier longtemps.

Baptiste, en l'écoutant, examine l'équipement de son beau-frère : comme lui, il est chaussé de bottes, revêtu d'une parka, muni d'un bâton, mais d'épines.

— Je te suis.

Sous les voûtes des branchages qui se joignent, le lit du ruisseau est caché de toute lumière. Même l'eau, qui glisse sur les pierres noires en cascades successives, ne garde pas de clarté. Les bulles qui se forment ne sont plus argentées et les deux hommes prennent garde à ne pas glisser. Heureusement, ils connaissent ces passages pour les avoir mille fois pratiqués, enfants. Corinne et d'autres filles se trouvaient avec eux et l'amour entre Loire et forêts remonte aux années tendres. Peu de mariages proviennent de lointaines rencontres ; on se connaît au pays dès l'enfance.

Il faut prendre garde aux branches souples des noisetiers qui fouettent les visages, aux ronces accrocheuses, aux orties dissimulées dans la nuit ; elles irritent les paumes lorsqu'on les saisit, croyant dans l'obscurité qu'il s'agit d'herbes hautes. Parfois, une bête saute le ruisseau et s'enfuit comme une flèche. On ne la voit pas, mais les yeux la devinent. D'autres fois, c'est un chat-huant ou une chouette, qui surprend de son hululement dans la nuit. Les quatre bottes éclaboussent encore un peu, puis s'enfoncent dans la boue. Sur une courte distance, le ruisseau suit son cours en dehors du sentier, le gros chêne apparaît.

— Tu prends à gauche ou à droite ?

— Quels sont les coins de Corinne ? Où a-t-elle ses habitudes ?

— Quand nous y allions ensemble, elle cherchait à droite.

— Alors prends à droite ; je cherche à gauche.

Ce qu'Adrien ne précise pas, mais Baptiste le sait, est que pour la première fois lui et Corinne se sont embrassés en amoureux à l'orée de ce sentier, à droite, dans une clairière déclive, bien cachée de bouleaux en bouquets, de fougères, et riche de girolles. Il avait dix-sept ans et elle un peu plus de quinze. Le temps de remonter le ruisseau, les yeux d'Adrien se sont habitués à l'obscurité. Depuis le temps qu'ils ne sont plus allés ensemble aux champignons, les bouleaux ont forci, et dans la nuit la clairière lui paraît plus mystérieuse et presque fantastique. Les souvenirs remontent ; à leur évocation, sa bouche s'ouvre grand comme si sa gorge voulait crier tout ce qu'avec Corinne ils ont vécu ici. C'était leur promenade secrète des dimanches après-midi, en cachette des parents ; du moins le croyaient-ils, car à cette époque à quinze ans on surveillait les filles.

— CORINNE ! CORINNE !

Baptiste a entendu et répond en écho :

— Corinne ! Corinne !

Adrien se tait, écoute en silence, tente de repérer une réponse, un appel de Corinne, un bruit que pourrait faire une personne blessée. Mais rien n'indique sa présence et les oiseaux eux-mêmes ne semblent pas réveillés par ses appels. Il se penche. Dans les cercles de lumière de sa torche, à la pointe de son bâton, il inspecte l'humus, les mousses, les feuilles soulevées, les sols humides ; les girolles, les trompettes-de-la-mort et les pieds-de-mouton ont été ramassés, cela se voit à leur pied délicatement brisé au ras du mycélium ; c'est la façon qu'avait Corinne de cueillir les champignons, sans couper. Ce n'est pas une preuve, mais Adrien, après les dires de Pauline, imagine mal une autre que sa femme en ramasser par là. Rien ne troue le silence ; de la gauche du sentier, là où cherche Baptiste, aucun son ne parvient. Lui aussi après l'appel doit écouter, veiller à ce qu'aucun de ses gestes ne trouble le silence.

Le mieux est de poursuivre entre les arbres le parcours habituel de Corinne, de tenter dans la nuit de retrouver ses coins. Toutes les deux ou trois minutes, il s'arrête, relance son appel :

— CORINNE !… CORINNE !…

Baptiste le suit, et le même appel parvient, mais en plus assourdi :

— Corinne !… Corinne !…

Adrien tente de repérer les accidents de terrain, les trous qu'il connaît, les ronces rampant en liane qui peuvent la faire chuter.

Et, régulièrement, tous les deux appellent, leurs mains en porte-voix, et jamais aucun mot en réponse à leurs appels ; Adrien une seule fois espère : un bruit de branche sèche brisée après son cri, un remuement. Il n'a pas même le temps de se précipiter ; le chevreuil détale...

Vers les 11 heures du soir, tous les deux et presque en même temps se rejoignent sur le sentier qui longe par en dessous la route de La Fayolle pour ensuite la rejoindre à hauteur de la clairière. Leur rencontre est inévitable puisque, par quelque détour de la forêt que l'on choisisse pour monter vers La Fayolle, ce sentier tout du long la clôt, caché derrière sa lisière. Sans doute, avant que la route ne soit construite, il la remplaçait.

— Que faisons-nous ? questionne Baptiste.

Et il se souvient des dires de Colette, observe le sentier, sachant trop bien où conduit celui-ci. Adrien suit le regard de son beau-frère. Du plus profond de ses passions surgit alors la jalousie. Ce sentier, mais bien sûr, il se rend à la clairière de la maison du Parisien ! Comment a-t-il pu être idiot à ce point ! Lui revient la vision de Corinne sur le seuil de cette maison, surprise lorsqu'il descendait du Gerbizon au volant de sa fourgonnette : il suivait le long grumier que conduisait Antoine ; puis se réveillent à leur tour les propos tenus à ses oreilles sur la visite du même Parisien à Corinne dans leur maison du Batelier. Mais le pire en sa mémoire est la remarque prononcée par lui-même concernant la poussée des champignons après les pluies. Il s'explique maintenant le silence de Corinne après cette phrase. Mais au-delà de tout, le véritable élément déclencheur, lui-même ce matin en a donné l'occasion à Corinne : « Je ne rentrerai pas déjeuner, nous devons terminer le travail. » Voilà bien pourquoi elle n'a fait état d'aucune remarque, s'est même empressée à garnir sa musette d'un double repas froid. Elle n'avait plus qu'à saisir cette occasion d'une journée tout entière offerte par son mari pour monter à la clairière. Corinne savait que le Parisien était là, lui-même avait annoncé qu'il reviendrait à la Toussaint ; ainsi, telle une chatte en chaleur, elle n'a pas pu attendre !

Adrien se crispe, sa poigne serre son bâton d'épines.

— Allons-y !

Et il s'engage sur le sentier, suivit aussitôt de Baptiste qui ne le lâche pas d'un pas. Adrien marche à grands pas, sans même se soucier d'écarter les ronces ou les branches sauvages. Ses bottes repoussent tout et, sans qu'il y prenne garde, ses épaules de colosse écartent les longues branches qui obstruent le sentier. Baptiste porte haut son bâton, s'en protège le visage. Dans la clairière apparaît la 505 immatriculée en 75.

— Regarde !

— La voiture ?

— Oui, mais en plus ?

— Quoi ?

— Tu ne vois pas ? Le fenestron à l'arrière de la maison est éclairé. Ils ont bien pris garde de fermer les volets de la fenêtre de la chambre ; elle donne sur la route.

— Oh ! doucement ! Ils ? Pourquoi, ils ? Tu parles de qui, là ?

— Corinne est avec lui, j'en suis sûr.

— Je t'interdis : c'est ma sœur !

— Tu verras bien !

Et il fonce sur la porte du bas, cogne sur ses montants, son panneau, sa serrure à grands coups de bâton. Son tintamarre retentit dans la nuit.

— Ouvre, le Parisien ! Ouvre ! Je sais que ma femme est ici ; sinon, j'enfonce tout.

Baptiste se colle derrière lui, prêt au pire, prêt à protéger sa sœur si elle se trouve ici. Si cela est, on réglera les affaires en famille, on cassera la figure au Parisien, on morigénera la sœur, mais pas ici.

L'un des deux volets en bois de la fenêtre, celle de l'étage, à droite de la pierre ornée, s'écarte doucement, poussé par une seule main, tandis que l'autre tient un bougeoir. À la lumière de la flamme, Adrien reconnaît le Parisien.

— C'est quoi, tout ce vacarme ? Ce n'est pas une heure pour déranger les gens. Vous avez de la chance, je lisais. Si vous m'aviez réveillé, dès demain matin j'aurais prévenu la gendarmerie pour tapage nocturne. Et d'abord, qui vous a autorisés à pénétrer sur mon terrain ? La clairière et les bois alentour m'appartiennent.

Mathias n'a aperçu qu'une seule fois le visage d'Adrien, ici même, au pied de l'escalier, à la tombée de la nuit, le soir où Corinne était venue le surprendre dans sa clairière. À la lueur de la flamme, à sa silhouette carrée, à sa coiffure en brosse, à ses moustaches qui tombent, il le reconnaît de suite. C'est le mari de Corinne. En revanche, il n'a jamais vu l'autre homme. Que se passe-t-il ?

— Ouvrez ! Je sais très bien que ma femme est ici !

— Vous êtes fou. Je suis seul.

— Ouvrez ou j'enfonce votre porte.

— Je vous assure que votre femme n'est pas ici.

Mathias comprend que cet homme ne se contrôle plus, qu'il est capable du pire. Mais surtout, il prend peur pour Corinne. Pour que ces deux hommes viennent forcer sa porte en pleine nuit, c'est qu'il est arrivé quelque chose de grave. Il faut savoir.

— Je descends vous ouvrir. Mais je vous préviens que vous vous mettez dans une sale situation. Vous commettez une effraction de domicile, par la force.

Baptiste n'y avait pas pensé. Du faisceau de sa torche, il observe son beau-frère ; ses pommettes sont violacées, son front ruisselle de sueur, ses oreilles rouge vif semblent prêtes à s'enflammer.

— Calme-toi, Adrien. Je t'avais prévenu : ma sœur n'est pas ici.

— Je le croirai quand j'aurai fouillé toute la maison. De toute façon, je le verrai au lit défait.

La rage le reprend, il martèle la porte de grands coups de bâton. À tel point que, lorsqu'elle s'ouvre, Mathias manque de se faire assommer.

— Prenez garde ! Vous êtes fou, ma parole !

— Laissez-moi passer !

Adrien bouscule Mathias, vêtu d'une robe de chambre bien luxueuse aux yeux du forestier, lui plaque le torse contre le mur d'une épaule herculéenne, grimpe quatre à quatre les marches de l'escalier de ses courtes pattes d'ours, ne découvre dans la chambre que le matelas pneumatique rapporté de Paris, le sac de couchage qui le recouvre et un vieux livre laissé ouvert sans marque-page sur un tabouret en guise de table de nuit. La pièce est vide ; il court vers celle de gauche où moisissent des vieux meubles, en ouvre les portes, redescend, parcourt du faisceau de sa torche la pièce du bas où l'attendent son beau-frère et Mathias.

— Où est-elle ?

Baptiste apporte une chaise, fait asseoir son beau-frère.

— Assieds-toi et calme-toi. Tu vois bien que Corinne n'est pas là.

— Mais enfin que se passe-t-il ? interroge Mathias d'une voix d'homme irrité qui attend une réponse.

Adrien se tait, incapable de parler.

— Ma sœur Corinne est montée cet après-midi aux champignons par les bois de La Fayolle en passant par Ventressac. Lorsque son mari est rentré ce soir vers les 8 heures, sa femme ne se trouvait pas à la maison. Il a téléphoné, s'est renseigné, mais personne ne l'a vue revenir. Nous sommes partis à sa recherche. Mon beau-frère s'était mis dans la tête que sa femme était chez vous.

Baptiste hésite, ne sait comment dire :

— Enfin… vous comprenez.

Comme il comprend, Mathias !

— Je peux vous dire, monsieur, qu'entre votre femme et moi il ne s'est rien passé. Nous nous sommes croisés par hasard, une seule fois dans les bois en cherchant des champignons. Nous nous sommes revus le soir même de la crue, en présence des gardes-barrières, lorsque votre femme vous cherchait. Et puis une autre fois chez vous, il est vrai. J'étais venu lui dire au revoir avant de remonter à Paris. Vous n'avez rien à reprocher à votre femme.

Il ne ment pas : les bisous dans le cou, ce n'est pas elle, c'est lui.

Adrien relève la tête, abattu. Il ne s'en veut même pas. Il l'aime, sa femme, sa Corinne, comme il dit, en est jaloux tant il craint de la perdre. Il examine ce Mathias si différent de lui, et comprend pourquoi il le jalouse. Mathias est racé, c'est un homme de la ville, il ne travaille pas de ses mains ; et lui, il est l'homme de la force, de la nature et des bois ; ses grosses mains sont calleuses. Mathias aussi pour la première fois attache de très près son regard sur Adrien ; il comprend qu'une femme ait ce mâle dans la peau. Lui, il est trop fin pour elle. Mais ses sentiments pour Corinne sont si réels, attentifs et impatients qu'il ne peut supporter de la savoir perdue, accidentée, morte peut-être.

— Ce n'est pas le tout, que faisons-nous ? Il est minuit. Ce serait un miracle de la retrouver en forêt à cette heure. Peut-être est-elle rentrée ?

— J'allais le dire, ajoute Baptiste.

— Il faut s'en assurer. Je vous propose de nous rendre chez vous avec ma voiture. Je vais m'habiller, fermer la maison et nous allons descendre chez vous. Si elle ne s'y trouve pas, vous devrez prévenir la gendarmerie.

VII

La route de La Fayolle est sinistre par cette nuit presque sans lune et sans étoiles. Toute lumière est cachée par les hautes cimes des fayards et des bouleaux penchés. Seuls les faisceaux des phares de la 505 percent loin et profond ce long tunnel noir. Parfois, un chevreuil, ou bien deux, un sanglier, un garenne traversent en un éclair le petit ruban noir que forme dans la nuit l'enrobé de la route. Au carrefour du Pinet, ils redescendent sur Combres, passent devant l'entrée du cimetière dont sans doute, à cette heure, en cette veille de Toussaint, toutes les tombes sont fleuries, rejoignent la route de Chamalières-sur-Loire. L'abbatiale bien éclairée dévoile ses pierres romanes ; ils traversent le village endormi, longent la Loire dont les vagues se retournent et s'argentent de la lune en liberté, libérée de la forêt.

— Écoute, Baptiste, ce n'est pas la peine que tu viennes jusque chez moi. Si Corinne est rentrée, je te téléphonerai pour vous rassurer, Colette et toi. Vous en êtes d'accord, monsieur ? Nous allons te poser chez toi à Ventressac.

— C'est bien naturel.

Baptiste examine les deux hommes un à un, s'assure qu'ils ne se battront pas sitôt seuls et face à face.

— Merci. Mais, de toute façon, Adrien, que Corinne soit rentrée ou pas, appelle-moi demain matin. Bonsoir.

La voiture s'arrête et puis repart vers le passage à niveau. Mathias tourne à gauche, descend le chemin, touche à la Loire pour s'immobiliser sur sa droite devant la maison de Corinne et Adrien. Les fenêtres sont noires, sans doute Corinne n'est-elle pas rentrée. Les deux hommes montent très tristement les marches de l'escalier, Adrien ouvre la porte, allume la lumière, et tous les deux s'assoient face à face de chaque côté de la table. La caisse de l'horloge avec son balancier de cuivre étire paresseusement le reflet de ce dernier. Mathias regarde autour de lui : comme elle est triste, cette pièce qu'il avait vue un jour de grand soleil, où il s'était assis, et ses yeux ce jour-là couvaient ceux de Corinne ! Adrien se retrouve perdu ; dans cette maison, Corinne et lui se sont aimés et, là, face à lui, il dévisage cet homme. Il n'est pas dupe, même s'il ne s'est rien passé – au sens strict de cette expression populaire –, et il le croit maintenant : entre Mathias et sa femme, des sentiments se sont tissés. Il refuse le pire. Lorsque Corinne sera de retour, comment vont-ils vivre ? Et pourquoi cet homme ne repart-il pas dans sa clairière ? Comment lui faire comprendre qu'il ne veut plus le voir chez lui ? Il va appeler la gendarmerie. Après, il faudra qu'il parte.

— Gendarmerie de Vorey-sur-Arzon ?

La sonnerie s'éternise. À 1 heure du matin, les appels sont transférés sur un unique centre de veille pour tout le département. Enfin, une voix répond :

— Gendarmerie nationale, j'écoute.

— Voilà, ma femme a disparu.

— Quoi ? Que dites-vous ? Mais d'abord, présentez-vous, qui êtes vous ?

— Adrien Reboise, j'habite au Batelier, à Chamalières-sur-Loire.

— Êtes-vous bien certain qu'elle a disparu ? Quand l'avez-vous vue pour la dernière fois ?

— Ce matin ; enfin, à cette heure, hier matin. Nous avons pris notre petit déjeuner ensemble, puis je suis parti à mon travail dans la forêt du Gerbizon. Je suis forestier. Ce soir, à 8 heures, quand je suis rentré chez moi, la maison était vide. J'ai cherché, appelé, téléphoné aux personnes que mon épouse connaît. La seule à l'avoir vue dans la journée est une voisine. Il était 2 heures de l'après-midi lorsque ma femme est passée devant chez elle au hameau de Ventressac. Elle lui a dit qu'elle partait aux champignons dans les bois de La Fayolle.

— Comment était-elle habillée ?

— Pauline, c'est la voisine, m'a dit qu'elle était chaussée de Pataugas, revêtue de son anorak rouge. Elle tenait d'une main son bâton à champignons et de l'autre son panier. J'ai vérifié : rien de tout cela n'est à la maison. Pour les autres vêtements, Pauline ne m'a rien dit.

— Et depuis 8 heures du soir, qu'avez-vous fait ?

— Mon beau-frère Baptiste et moi, nous sommes partis à pied à sa recherche. Nous avons suivi ses parcours habituels jusqu'à la route de La Fayolle. À deux voix, nous l'avons appelée tout le long. Mais elle n'a jamais répondu et nous ne l'avons pas aperçue. À part des pieds de champignons brisés de l'ongle selon sa façon de cueillir, je n'ai repéré aucune trace. Et encore, il faisait nuit, j'observais à la torche, je ne suis pas certain. Au bord de la route, dans une clairière, le fenestron d'une maison était allumé.

Adrien s'assure du regard que Mathias approuve la version qu'il va entendre. La scène de jalousie ne regarde pas le gendarme.

— Je vous écoute…

— J'ai frappé à la porte. Le propriétaire nous a ouvert. Il n'avait vu personne lui non plus. Il était alors minuit. Vu l'heure, nous avions peu de chance de retrouver nous-mêmes ma femme en poursuivant seuls les recherches. Comme la maison n'est pas équipée du téléphone pour pouvoir vous appeler, le propriétaire nous a proposé de nous ramener chez nous dans sa voiture. Il a déposé mon beau-frère chez lui à Ventressac. Je vous appelle de chez moi. Celui qui m'a reconduit est assis en face de moi.

— Bien. Effectivement, poursuivre des recherches en forêt à cette heure reviendrait à chercher une aiguille dans une meule de foin. Je vais prévenir mes supérieurs. Vraisemblablement, demain matin, une équipe avec un maître-chien se rendra chez vous. Cette nuit, restez auprès du téléphone ; ne bougez pas de chez vous. Si votre femme revenait, prévenez-nous de suite. À propos, hier matin, vous ne vous étiez pas disputés ?

— Non, pas du tout.

— Votre couple marchait bien, il n'y avait pas de problème ?

Adrien hésite à peine :

— Non.

Cette hésitation, le gendarme la remarque. Mathias ne peut entendre, mais devine : il se doute que l'interrogatoire prend une tournure non désirée par Adrien.

— Dites-moi, ma question indiscrète est uniquement motivée pour le besoin des recherches, ne la prenez pas mal. Votre femme n'avait pas d'amant, elle n'aurait pas profité de votre absence pour le rejoindre en cachette sous le prétexte d'une promenade dans les bois pour ramasser des champignons ?

Au regard d'Adrien, à son silence avant de répondre, Mathias perçoit sans peine le contenu de la question.

— Non, je vous avais déjà répondu.

— Très bien. Mes collègues seront chez vous demain matin. Ne bougez pas de votre maison. Tenez-nous au courant s'il survient du nouveau. Bonsoir. Essayez de vous reposer.

— Bonsoir.

Les yeux d'Adrien sondent ceux de Mathias ; il veut savoir, n'hésite pas, quitte à relancer le conflit, d'homme à homme.

— Vous avez entendu la question dans l'écouteur. Tout à l'heure, dans votre maison au milieu de la clairière, vous m'avez dit la vérité ?

— Je le répète, il ne s'est rien passé entre votre femme et moi que nous ayons à vous cacher.

— Bon sang de bon sang ! mais où a-t-elle pu aller ? Je ne crois pas à l'accident. Elle connaît les bois comme sa poche.

Comme hypnotisé par son idée, il y revient encore :

— Personne au pays n'a jamais vu un homme s'inviter à manger chez une femme en l'absence de son mari ! Ici, dans nos villages, cela ne se fait pas. Ma belle-sœur elle-même en a été surprise ; elle a préféré rentrer chez elle pour ne pas être témoin.

— C'est vrai que je ne voulais pas rentrer à Paris sans avoir revu la Loire après les ravages de la crue. Votre femme épluchait des légumes sur votre balcon. Nous nous sommes aperçus. Nous avons parlé. Elle m'a confié sa passion pour ses jacinthes, m'a montré le pré où elle les cultive. Il faisait chaud, elle m'a invité à boire un verre dans votre maison. Pendant que nous bavardions, votre belle-sœur lui a rapporté la viande que votre femme lui avait commandée. Colette, j'ai entendu prononcer son prénom, n'a pas voulu monter nous rejoindre boire un verre. Midi était passé depuis longtemps, votre épouse m'a proposé de casse-croûter chez vous.

Mathias repense aux bisous dans le cou, les tait, dévisage Adrien, ne peut s'empêcher de lui confier :

— Votre femme, je l'estime.

Cette phrase est sortie d'un trait. Il se lève.

— Je vous laisse.

Mathias tend la main, mais Adrien ne la prend pas. Il a trop bien compris.

C'est à peine s'il a dormi. Comment dormir d'ailleurs ? Corinne est partie, Adrien ne croit plus à l'accident, il est maintenant certain des sentiments entre elle et ce Parisien. Son estomac le brûle ; à présent, ce qu'il craint et désire le plus est le retour de Corinne. Comment vont-ils vivre ? Partira-t-elle avec Mathias ? Si elle reste, l'acceptera-t-il dans le mensonge ? Si seulement depuis longtemps il ne l'aimait plus ! Mais il l'aime. Sinon, il ne serait pas jaloux, ne craindrait pas de la perdre, de la savoir entre les bras d'un autre. Pourtant, elle n'était pas dans la maison. Mais alors où ? Chez qui ? Va-t-il devenir fou ?

Il fait grand jour. Il devait même faire grand jour depuis longtemps. Sans doute s'est-il endormi puisque à travers la vitre les ruines d'Artias semblent plus claires. Dans un moment, le soleil se lèvera au-dessus du Gerbizon. Cependant, c'est une clarté bizarre, la montagne semble trop proche, les arbres se dessinent trop facilement à l'œil. Derrière Artias, mais aussi au-dessus de Chamalières-sur-Loire – c'est de là que vient le temps –, des nuages se noircissent, s'empilent au-dessus de la Loire : ils ne présagent rien de bon. Le plus inquiétant est le vent d'ouest, celui qui vient des Cévennes et apporte la pluie. Sur la Loire, les petites vagues sous le vent produisent un bruit très doux. Ce vent cévenol peigne l'eau qui court comme les longs cheveux d'une femme ; il la coiffe de vaguelettes, les retourne et teint leurs crêtes de vif-argent. Une ondée, puis une averse et une pluie qui dure pourraient surgir n'importe quand dans la journée. Adrien s'aperçoit qu'aujourd'hui est la fête de la Toussaint, que la famille va venir et questionner. Que va-t-il dire aux siens si Corinne n'est pas revenue ? Et que vont-ils penser si les gendarmes la retrouvent ? Peut-être vaudrait-il mieux téléphoner et tout dire aux enfants. Et puis non ; le plus sage, lui semble-t-il, est de laisser faire. Le plus tard sera le mieux.

Depuis une heure, le jour est là, s'est installé. Les gendarmes ne devraient pas tarder. Adrien utilise ce temps pour faire du café, fort et en grande quantité ; si les gendarmes en veulent, il en faudra beaucoup... Combien seront-ils ? Cinq, dix, vingt ? Il va en faire le maximum, une pleine cafetière. Cet arôme de café chaud lorsque le jour s'installe est pour lui l'un des meilleurs moments de la journée. Les autres matins, c'est Corinne qui le prépare. Et ils le savourent à deux, l'un en face de l'autre, de chaque côté de la table.

Au milieu sont les tartines. Mais ce matin, il n'a pas faim ; attendant les gendarmes, il se contente de boire son café.

Les deux véhicules bleus s'arrêtent devant la maison. Il ne les a pas entendus venir puis se garer. Un petit autocar bleu sombre précédé d'une estafette d'un bleu plus clair. Adrien sort sur le balcon, compte les gendarmes : douze plus le chien, un superbe berger allemand, au poil brillant, tenu en laisse par son maître.

Un gradé monte les marches de l'escalier, le rejoint sur le balcon.

— Vous êtes Adrien Reboise ?

— Oui.

— Votre femme n'est pas revenue ?

— Non, je vous aurais téléphoné.

Adrien examine les autres gendarmes qui attendent dans le communal et se parlent entre eux.

— Je vous ai préparé du café.

— C'est bien aimable à vous, mais il faut partir de suite. Si votre femme gît blessée dans un trou, peut-être après une chute, chaque minute compte. Auparavant, avez-vous du linge intime qu'elle aurait porté, sans qu'elle l'ait lavé bien sûr. C'est pour le chien.

— Vous voulez dire... ?

— Le plus imprégné de son odeur : des culottes, des chaussettes, des bas, et surtout pas lavés.

Le pauvre Adrien n'aurait jamais imaginé qu'un jour une main de gendarme, une truffe de chien, tripoterait, fouinerait les petites culottes de sa femme. Où pourrait-il les trouver, lui qui jamais ne s'est occupé du linge ? Il va au cabinet de toilette où se trouve le lave-linge et, à son côté, la corbeille de linge sale. Sa main s'y plonge, remonte du linge à poignée, découvre des petites chaussettes, des mi-bas, des culottes, des soutiens-gorge. Adrien laisse les soutiens-gorge, le gendarme n'en a pas parlé, lui présente quelques culottes, des bleues, des noires, des blanches…

— Deux culottes suffiront ; ajouter une paire de petites chaussettes et une paire de mi-bas. Ça ira.

Le gendarme ouvre un sachet de plastique transparent, y enfourne le linge.

— Le mieux serait que vous vous équipiez de bottes ou de grosses chaussures de marche pour crapahuter dans les bois ou ailleurs. Nous nous sommes chaussés de nos rangers. Nous allons suivre exactement l'itinéraire de votre femme ; ensuite, nous verrons. Nicolas !

Le maître-chien s'approche.

— Voilà le linge.

Le gendarme ouvre le sac, le chien plonge sa truffe, son maître lui donne tout le temps de renifler.

— Sniffe, Oural, sniffe.

Cela fait une longue colonne, toute bleue, car même Adrien a revêtu sa salopette de travail : il s'y sent plus à son aise. Au vu du ciel ce matin, il glisse dans une poche un K-way roulé en boule. Les gendarmes suivent le chien, l'animal tire sur sa laisse, sa truffe flaire l'herbe, Théophile marche vite. Adrien, sans surprise, découvre l'itinéraire. Corinne a traversé le pré aux jacinthes – reverra-t-elle ses filles ? –, puis emprunté le passage sous la voie ferrée ; ensuite, elle a remonté le sentier jusqu'à la route, l'a traversée, puis est passée devant la maison de Pauline à Ventressac. Bien sûr, tout le monde sait déjà. Toute la soirée, les téléphones ont sonné. Certaines portes s'ouvrent, parfois une fenêtre, et souvent des visages se profilent derrière des rideaux. Mais personne n'ose parler à Adrien. Le malheur, c'est bien connu, est contagieux.

La difficulté pour le chien commence au sentier noyé dans le lit du ruisseau. L'eau a emporté l'odeur de Corinne, mais Adrien sait bien que les coins où elle cherche ses champignons commencent au vieux chêne. Plus le sentier s'élève, et plus l'eau se fait rare. Chaque fois qu'elle l'a pu, Corinne, comme tous ceux qui empruntent ce passage, a marché sur les rebords du sentier, plus au sec, préservant ainsi la toile de ses Pataugas. Le chien l'a senti, retrouve l'odeur bien imprégnée sur les aiguilles de pin et les feuilles mortes entassées en couches épaisses. Cette nuit, au faisceau de la lampe, Adrien ne voyait pas ; maintenant qu'il fait jour, lui qui possède l'œil de l'homme des bois, repère d'ailleurs les feuilles dérangées sous les pas de Corinne. Comme il l'avait prévu, après le chêne, le chien renifle sur sa droite, entraîne son maître. Il ne marche plus, va de place en place, retrouve une à une les odeurs des champignons cueillis par Corinne. Que respire-t-il ? La marque des doigts, l'odeur des pieds ? Adrien redécouvre au jour les traces de girolles, de trompettes-de-la-mort, de pieds-de-mouton brisés par les doigts de sa femme et que cette nuit il repérait du faisceau de sa torche. Pourtant, cherchant à voir, à retrouver, il observe que le jour s'assombrit. Plus inquiétant, le ciel se charge de nuages prégnants.

Le maître-chien ausculte le plafond de nuages, sent une goutte sur sa main.

— S'il pleut, ça ne va pas être facile pour le chien.

Mais l'animal va à sa guise, prend le temps exactement qu'a pris Corinne pour sa recherche. Il ne peut aller plus vite, puisqu'il ne peut qu'identifier l'une après l'autre toutes les haltes qu'elle a observées pour sa cueillette. Enfin, le chien tire sur sa laisse, entraîne son maître, quitte l'espace des bouleaux. Il remonte la forêt, zigzague, cherche, comme sans doute Corinne a cherché. Parfois, il s'arrête, renifle, puis repart ; d'autres fois, il marche vite et tout droit : Corinne ne devait rien trouver, et ne s'attardait pas. Vers les 10 heures, Adrien repère que le chien a entraîné vers la route de La Fayolle toute la colonne bleue. À présent, les gouttes se font plus rapides, plus larges, plus serrées. Adrien sent que la pluie va s'installer. C'est toujours comme cela en Emblavez : les nuages s'épaississent, s'accumulent au-dessus de la Loire, emplissent la vallée, s'accrochent au Gerbizon et tombent enfin en pluie qui dure. Le chien relève sa truffe, renifle les gouttes, se remet en recherche, mais son maître sent bien que les difficultés s'accumulent.

— J'ignore combien de temps encore Oural pourra chercher. Si la pluie s'aggrave et dure, la journée sera perdue. De plus, l'odeur va disparaître, délayée par la pluie, et il faudra poursuivre les recherches sans pouvoir compter sur l'aide du chien.

Effectivement, la pluie tombe de plus en plus fort et en traits continus qui mouillent, traversent les vêtements, lavent les odeurs dont les sols sont imprégnés. Les gendarmes sortent de leurs poches leurs vêtements de pluie. Le maître-chien ouvre la capote de protection de son animal, l'en revêt. Adrien extrait son K-way à l'abri et au sec dans sa poche, le déploie et s'en couvre. Il sait bien que l'étanchéité de la fine toile en plastique ne le protégera pas longtemps ; mais ça lui est égal. Ils sont là pour retrouver Corinne et elle aussi est sous la pluie. La colonne approche de la route de La Fayolle et, même s'ils n'ont pas encore rejoint le sentier de la clairière, Adrien sent la rage de la jalousie qui le reprend. À toute chose malheur est bon : les fléchettes de pluie qui piquent ses joues le calment.

Brave chien ! Oural s'acharne à renifler, tourne en rond, mais ne perçoit plus que l'eau qui ruisselle sur sa truffe et sa tête, noie ses yeux.

— Nous allons nous déployer en tirailleurs. Le chien ne peut plus rien pour nous aider. Vous savez où mène ce sentier ? demande le chef à Adrien.

La question tire ce dernier de ses pensées, il met du temps pour répondre.

— Il conduit à une clairière, où se trouve une petite maison abandonnée.

— Deux gendarmes vont vous accompagner. On ne sait jamais. Les autres, venez avec moi. Cinq sur ma droite, cinq sur ma gauche. Déployez-vous le plus largement possible. Si l'un de vous trouve, qu'il lance une fusée éclairante.

Pendant que le chef donne ses ordres, la pluie redouble. De mauvais gré, les gendarmes s'enfoncent sous les branchages chargés d'eau au creux des feuilles, et tout ce liquide froid les transperce chaque fois que les ramées les heurtent.

Sur le sentier, sous les hautes voûtes des cimes qui se rejoignent, mais laissent passer la pluie, Adrien, comme s'il avait mal fait, chemine entre deux gendarmes.

Quand ils débouchent dans la clairière, ils observent la maison. La 505 n'est pas là, mais au coup d'œil les trois hommes lisent sur le sol qu'elle est partie depuis peu ; démarrant dans la boue, les pneus ont labouré la terre mouillée de la clairière, arrachant les feuilles tombées. Deux longues traces boueuses rejoignent la route et tournent non pas vers Chamalières-sur-Loire, mais dans la direction de Retournac.

Deuxième partie

LES AMANTS

VIII

CE N'ÉTAIT PAS SEULEMENT l'ankylose du poignet gauche, ni même l'angoisse sous la nuit chargée de nuages lourds et sombres, mais l'écrasement sous les pierres du mur de la grange écroulée qui faisait souffrir Corinne et l'angoissait à l'étouffer. Lorsque le mur s'affaissa sur elle, la femme d'Adrien hurla de douleur et d'effroi. Elle se voyait morte, écrasée et étouffée sous les pierres qui la couvraient, la brisaient, l'empêchaient de respirer. Sa cage thoracique se trouvait comprimée, son dos blessé lui interdisait le moindre geste, sa cheville droite lui semblait écrasée. Une pierre, immobilisée sur son front, renversait sa tête en arrière, lui laissait apercevoir quelques étoiles dans les espaces laissés libres parmi l'amoncellement des pierres. Il lui sembla s'être évanouie ; puis le froid de la nuit sans doute l'avait-elle réveillée, car maintenant il faisait nuit alors que l'accident s'était produit dans l'après-midi.

Sous les ruines d'Artias, au hameau du Batelier, dans sa petite maison en bord de Loire, l'appel de la forêt, la dernière course aux champignons évoquée par Adrien, s'était fait entendre toute la matinée au tréfonds de Corinne. Pourquoi son mari avait-il eu besoin aussi de prononcer cette phrase ? La veille de la Toussaint, juste avant l'été de la Saint-Martin, les champignons se font rares ; beaucoup sont grillés par les premières gelées et ne repoussent plus.

À midi, sa décision est prise : elle avale en vitesse un déjeuner léger, expédie une vaisselle réduite, chausse ses Pataugas, d'une main s'empare de son panier d'osier, de l'autre empoigne son bâton, prend soin de vérifier qu'elle a bien fermé à clé la porte d'entrée de la maison, remonte le pré en pente où dans le sol reposent ses jacinthes, emprunte le passage souterrain pour ressortir au-delà de la voie ferrée, monte par le sentier creux jusqu'à Ventressac. Pauline, comme presque tous les après-midi, est assise devant chez elle.

— Tu vas aux champignons ?

— Oui, je profite des derniers beaux jours.

— Tu as raison, c'est la fin. Prends garde à la nuit, elle tombe vite à présent.

— N'aie crainte. Si j'en ramasse suffisamment, je penserai à toi en redescendant.

— Merci d'avance. À ce soir.

— À ce soir.

Inutile de chercher les passages, Corinne connaît toute la forêt absolument par cœur entre Ventressac et la route de La Fayolle. Son plan est prêt : elle va vite se rendre sur les coins dont elle est sûre, remplira son panier, puis rendra visite à la clairière. Mathias doit être de retour et elle veut lui parler. C'est peut-être la première fois de sa vie qu'elle prétexte d'aller aux champignons pour une autre raison que marcher en forêt. Dieu sait si depuis toujours elle s'y est rendue souvent ; c'est pour elle un appel, un refuge des bons comme des mauvais jours. Une semaine, voire un seul jour sans rendre visite à la forêt, lui semble une journée perdue, incomplète. Parfois, prise par le temps, elle se contente d'en visiter les lisières, et cela lui suffit. Maman, elle y emmenait ses enfants, et tous deux y prenaient goût. La musique forestière, car la forêt regorge de sons, de cris, de murmures, d'appels secrets, est comme une symphonie que souvent les urbains ne peuvent déchiffrer. Jeune fille, parfois le samedi soir, en été, elle allait s'y asseoir dans un lieu connu d'elle seule et écoutait les bruits. Lorsqu'elle rentrait chez elle, sa mère lui demandait si elle s'était bien amusée ; celle-ci se persuadait que sa fille lui mentait en lui avouant de quelle façon elle avait occupé sa soirée.

Comme la plupart des filles et des garçons, Adrien et elle s'étaient rencontrés dans les bals du pays. Très amoureux, et lui aussi homme des bois, ils s'y promenaient ensemble et échangeaient leurs premiers baisers, mais aussi leurs coins à champignons. C'était bien la première fois qu'elle allait aux champignons en cachette de son mari avec dans la tête une tout autre raison.

Son panier plein – et il fallait s'appeler Corinne Reboise pour remplir un plein panier des derniers champignons de l'année –, elle débouchait dans la clairière sur la route de La Fayolle. Corinne scrutait, cherchait, mais ses yeux ne repéraient pas la voiture. Elle se dit que peut-être Mathias n'était pas encore arrivé. Il avait dit la Toussaint, mais sans préciser s'il s'agissait de la veille, du jour ou du lendemain. Corinne entreprit de faire le tour de la maison, vérifia même que la porte était fermée à clé. Mathias n'était pas encore revenu. Elle avisa la grange au toit effondré, entreprit d'en faire le tour. L'ayant fait, elle repéra entre les murs et sous une poutre gisant au sol entre les tuiles parmi les ronces et les orties un coffre de bois noirci à moitié écrasé. Par curiosité, ne pouvant résister, elle s'aventura jusqu'à lui entre les gravats. Le coffre ne semblait pas si coincé sous la poutre qu'en le poussant elle ne pût le dégager et peut-être l'ouvrir. Corinne posa son panier, chercha une pierre ou une tuile dont elle pût faire office de marteau. Répandus sur le sol entre les herbes folles, ce n'étaient que gravats impropres à l'opération. En revanche, encastrée entre les pierres du mur et les dépassant, sans doute ayant dû servir de support, une longue pierre plate s'offrait par un bout ; elle pourrait sans doute faire office d'outil. Femme de la campagne, les mains de Corinne n'étaient pas celles d'une minette aux doigts de mannequin. À deux mains, elle empoigna la pierre, la secoua, la fit bouger dans sa niche, secoua encore plus fort, la tira d'un coup sec et, sans que Corinne eût le temps de bondir en arrière, le mur branlant s'effondra sur elle.

Écrasée sous les pierres, étouffée entre les blocs, la tête renversée, les yeux dans les étoiles, elle ne pouvait parler. En silence forcé, Corinne se demanda si elle n'était pas punie de ce mensonge. Outre l'écrasement, sa souffrance était la soif, et le manque d'air tellement sa cage thoracique se comprimait, serrée entre les pierres comme dans un étau. Elle entendit un bruit de moteur qui se rapprochait : il ne venait pas de Retournac, mais de Chamalières-sur-Loire. Pour la première fois, des larmes quittèrent ses yeux et roulèrent sur ses joues. Si le bruit du moteur était venu de Retournac, il aurait pu être celui de la voiture de Mathias, Mathias arrivant enfin de Paris. Corinne se vit perdue. Elle ne pensa ni à Mathias ni à Adrien, mais à ses deux enfants et à toutes les tortures qu'elle allait endurer ; sans être ni médecin, ni infirmière, ni même secouriste, elle savait les souffrances terribles de mourir étouffée et de soif.

Pourtant, la voiture ralentit ; Corinne l'entendit descendre le chemin caillouteux qui traverse la clairière puis chemine sur l'herbe pour arriver devant la maison. Le moteur se tut et les phares s'éteignirent. Corinne entendit une portière s'ouvrir, puis claquer en se refermant. Elle tenta de crier, de hurler, de bouger au moins ses mains, mais aucun son ne voulait sortir de son larynx bloqué.

Mathias, ce ne pouvait être que lui, ouvrit la porte de sa maison. Corinne le devina à la reconnaissance du bruit des tours de clé dans la serrure, du grincement des gonds, puis au son mat de la porte qui se referme. De ses paupières ouvertes, les larmes de Corinne coulèrent à nouveau ; elle allait mourir, agoniser toute la nuit alors que Mathias se trouvait à quelques mètres de son tombeau. Cependant, ce qui lui sembla bizarre, était que Mathias n'avait déchargé aucune valise alors qu'il arrivait de Paris. Paralysée dans sa prison, Corinne ne pouvait plus qu'attendre et souffrir. Elle repensait à sa vie, en revoyait des faits qu'elle croyait oubliés, des personnes qui lui paraissaient plus proches qu'elle ne l'aurait cru. Certaines, qu'elle voyait tous les jours, par exemple les membres de sa famille vivant près d'elle à Chamalières-sur-Loire, étaient absentes de son esprit. D'autres, au contraire, comme ses enfants installés loin de chez elle et qui arriveraient tout à l'heure dans la maison du Batelier, la faisaient pleurer. Ressurgissaient des amis d'enfance, des jeunes gens qu'elle avait aimés et avec qui elle avait cru un jour qu'elle se marierait. Le visage d'Adrien apparaissait souvent, elle l'imaginait seul dans la maison ou acharné à la rechercher ; mais le visage omniprésent, c'était celui de Mathias, cet homme nouveau et différent qui, le jour de la crue, avait émergé dans sa vie et depuis ne l'avait pas quitté. C'était pour avoir voulu lui rendre visite ce matin, ou plutôt le matin d'avant, car Corinne voyait bien que la nuit s'avançait vers le jour, qu'en ce moment elle souffrait, et savait, sauf miracle, sa mort quasi inéluctable.

Brusquement, elle reconnut des voix, des voix fortes, des voix de colère, dont celle de son mari. L'autre, plus apaisée, semblait appartenir à Baptiste, son frère. Elle ne distinguait pas les mots, mais les voix et leur intonation. Un bruit de bâton qui cogne sur une porte, puis des cris, puis une voix qu'aussitôt elle reconnut : c'était celle de Mathias. Un silence suivit, puis une porte qui se ferme, une voiture qui démarre. Elle se persuada que les trois hommes partaient à sa recherche ou quérir des secours.

Combien de temps s'était-il écoulé ? Corinne avait dû somnoler. Mais le bruit du même moteur la réveilla, puis le claquement d'une portière et le grincement des gonds d'une porte. Mathias était de retour, sans doute seul, car aucune voix ne parvenait à Corinne. Il était là, à deux pas d'elle, et rentrait dans sa maison… Elle se désespéra. La faiblesse et la douleur la plongèrent-elles pour un moment dans une nouvelle perte de conscience ? Ou bien dormit-elle à nouveau ? Sans qu'elle le voulût ou le cherchât, elle se retrouva vivante, ses yeux s'ouvrirent.

L'observation des étoiles à travers l'espace entre les pierres était tout ce qui la rattachait à la vie. Bloquée, ne pouvant remuer sa tête prisonnière, Corinne, brusquement, prit conscience qu'elle n'apercevait plus d'étoiles, mais seulement un ciel très gris. Ne croyant qu'au pire, elle crut que sa vision la quittait, comme d'autres sens avant la mort. Mais ce n'était pas cela. Femme de la campagne, de la nature, elle sentit que l'air se transformait, devenait humide et doux, que la couleur grise était celle des nuages et que bientôt il pleuvrait. Cette vision du gris signifiait aussi que la nuit était finie, qu'elle n'avait pas assisté à la disparition des étoiles, à l'arrivée du jour, à l'emprise des nuages.

Sur la face d'une pierre, celle exposée au ciel, ses yeux aperçoivent des taches sombres qui se forment ; elles lui paraissent d'un gris humide, de plus en plus rapprochées, de plus en plus constantes, de plus en plus rapides. Elle réalise alors qu'il pleut et ne peut plus en douter lorsque l'eau imbibe la pierre puis s'écoule sur son front. Corinne tend sa langue sèche et boursouflée de soif, tente par d'insensibles oscillations de la tête d'orienter l'eau qui dégoutte entre ses sourcils, glisse sur son arête nasale et goutte à goutte ruisselle enfin sur sa lèvre supérieure. De la pointe de sa langue, elle la recueille et la boit. Comme c'est bon ! Elle lape de haut en bas, à l'inverse des chiens, et ressent dans sa bouche et son corps le bienfait de cette eau. Il pleut de plus en fort, l'eau maintenant infiltre toutes les pierres, suinte et coule entre elles, inonde Corinne qui, à présent, grelotte de cette eau de pluie trop abondante et froide. Sans obstacle, l'eau ruisselle trop abondamment sur son front, inonde son visage ;

Corinne ferme la bouche, refuse ce déluge qui la noie.

De retour de Chamalières-sur-Loire après y avoir déposé Adrien, Mathias s'était résolu à s'allonger de nouveau sur son lit de camp, à songer dans le noir à ce qui avait bien pu arriver à Corinne, à cette femme qui maintenant le hantait encore plus. Il supputait les accidents possibles, mais surtout convenait qu'il avait menti à Adrien, que seule l'absence de circonstances avait fait que Corinne et lui n'étaient pas devenus amants. Cette femme, il l'aimait, quoique ne sachant pas vraiment si l'immense et permanent désert affectif que depuis des années il traversait ne favorisait pas cet amour. Il avait vécu avec des femmes, mais jamais les liaisons n'avaient duré, soit de son fait, soit du leur ou des deux à la fois ; le résultat en était invariablement que lui et elles brisaient leur couple éphémère hâtivement construit pour retrouver leur solitude réciproque. Peut-être même son désir de terminer sa vie dans la maison et la forêt de son enfance n'était-il tout simplement que la mise à l'abri de nouvelles aventures. Avec Corinne, il lui semblait que l'amour fût possible. Certes, elle était mariée ; mais à Paris, il ne côtoyait le plus souvent que des couples séparés.

La fatigue du voyage – Paris à Chamalières-sur-Loire en voiture et d'une traite est bien long –, la veille sans sommeil avant d'être tiré du lit par les deux hommes, – et de quelle façon ! –, l'aller et retour en voiture pour les ramener chez eux, tous ces éléments réunis firent qu'il succomba au sommeil. Pourtant, il luttait, cherchait à aligner dans son esprit toutes les suppositions d'accidents possibles dont Corinne aurait pu être la victime.

Le bruit caractéristique de la pluie sur les branchages et les tuiles du toit, le jour à travers les fentes des volets le tirèrent de son sommeil. Mathias regarda sa montre, les aiguilles indiquaient 8 h 30. Malgré la brièveté du somme, son organisme fatigué s'en était régénéré. Il se leva, ouvrit la fenêtre, puis les volets, se pencha pour observer la forêt et la clairière entièrement prises dans les nuages et sous la pluie qui tombait dru. Un détail le surprit : il lui sembla que l'un des murs encore debout de la grange effondrée s'était à son tour écroulé. Il voyait juste, ne se trompait pas : les pierres entassées au sol présentaient des faces claires, nettes, sans mousses. L'écroulement ne datait que de peu. Mathias résolut d'en avoir le cœur net, de s'en faire une idée plus précise ; il s'habilla en vitesse, passa un ciré qui lui protégerait à la fois le dos et la tête, descendit de sa chambre, enfila au rez-de-chaussée les bottes qu'il avait rapportées de Paris et déchargées hier au soir du coffre de sa voiture. Cet écroulement l'intriguait ; il se préparerait le café du matin seulement après avoir reconnu les lieux. Ensuite, il prendrait sa voiture et sillonnerait les petites routes à la recherche de Corinne. S'il ne l'apercevait pas, il redescendrait trouver Adrien à Chamalières-sur-Loire ; en cas d'absence du mari de Corinne, il se rendrait à la gendarmerie de Vorey-sur-Arzon pour avoir des nouvelles ou – qui sait ? – faire déclencher des recherches si Adrien ne l'avait pas fait. La présence hier au soir du frère de Corinne le rassurait ; celui-ci n'abandonnerait pas sa sœur.

Dès la porte ouverte, Mathias se dirige vers les ruines de la grange, enjambe un pan de mur.

— Mais ce n'est pas possible, je connais ce panier !

Il se précipite, le panier de Corinne gît au pied du tas de pierres, rempli des champignons noyés de pluie mais cueillis la veille. Car il s'agit bien du sien ; il le reconnaît, en palpe l'anse. Il l'a vu deux fois : l'après-midi de leur première rencontre, le jour même de la crue ; ensuite, le surlendemain, à l'occasion de leur au revoir, le panier attendait, posé dans la cuisine au pied de la gazinière. Mathias l'avait bien observé et même reconnu. Un panier d'osier bien tressé, solide, mais ancien ; sans doute, depuis de longues années, il accompagnait Corinne dans ses cueillettes sylvestres. Peut-être même y transportait-elle ses jacinthes en mottes après leur extraction du sol des lisières. À côté du panier gisait le bâton de noisetier. Mathias imagine le pire, échafaude une hypothèse : tout lui paraît de sa faute ! Il lui a confié son intention de venir pour la Toussaint, elle l'a précédé, le croyant de retour à la date indiquée ; désorientée par son absence, pour se rassurer, elle a improvisé une cueillette de champignons dans les lisières de la clairière ; puis, par curiosité ou pour laisser passer le temps, Corinne s'est aventurée dans les ruines de la grange. Le mur s'est écroulé…

— CORINNE ! CORINNE ! CORINNE ! Réponds ! Tu es là ?

Corinne entend l'appel, reconnaît la voix, bande nerveusement tous les muscles de son corps et son larynx bloqué, aucun son ne s'échappe, elle s'effondre et pleure. Elle pleure de toutes ses larmes, et un peu plus encore. Elle va mourir, et il est là. S'il la sauve, elle se promet à lui, elle sera sa femme.

Fou de douleur, Mathias contourne le tas de pierres écroulées, persuadé d'instinct que Corinne gît dessous.

— Mon Dieu ! mon Dieu ! faites qu'elle soit vivante !

Et lui qui, depuis sa première communion, n'a plus mis les pieds dans une église se signe de bonne foi.

Ses mains blanches de libraire parisien – et pas n'importe où : dans l'île de la Cité, à deux pas du Marais et du quai aux Fleurs – empoignent sans souci des écorchures la plus haute pierre du tas, la soulèvent et, d'une force dont Mathias ne se serait pas cru capable, la rejettent au pied du tas. Elles en saisissent une seconde, l'arrachent, la hissent haut et la jettent. À la troisième, lorsqu'elles l'arrachent, les yeux qui aiment se rencontrent. Mathias les reconnaît : ce sont deux yeux très bleus, très lumineux encore malgré la détresse et l'épuisement. Ceux de Mathias sont noirs de jais, injectés de volonté, résolus à se battre.

— Corinne ! Corinne ! Je suis là, je vais te sauver. Réponds-moi !

L'étouffement colore les lèvres d'un violet pâle ; dans un effort à la limite de ses forces, Corinne les entrouvre ; la pointe de la langue encore rouge parvient à se montrer, les mâchoires tentent en vain de s'écarter, mais aucun son ne sort. Mathias craint le pire, un traumatisme crânien, une paralysie. Pour lui parler, il hurle :

— Sois courageuse, Corinne. Pour la première fois, je te le dis : je t'aime. Je vais me battre et te sauver. Ne bouge pas.

Et ses mains, ses bras, ses épaules et ses muscles, son cœur et son amour s'acharnent sur les pierres, les arrachent une à une, les soulèvent et les jettent. Ses doigts fins sont en sang, la sueur coule sous le ciré, son dos lui fait mal, mais il ne sent rien. Enfin, après peut-être une heure de combat et de rage, Corinne est dégagée. Il glisse ses bras sous son corps, la soulève à hauteur de ses épaules, embrasse ses lèvres et la porte jusqu'à sa voiture. Cette nuit, il n'en avait pas fermé les portières. Qui l'aurait volée ?

De l'index, Mathias ouvre la portière arrière, allonge Corinne sur le siège. La peste soit des papiers restés à l'intérieur de la maison ! Aucune seconde n'est à perdre ; celle-ci restera ouverte et il roulera sans papiers.

— Si tu ne peux parler, ferme les paupières. Je saurai que tu m'entends.

Et les paupières se ferment sur les beaux yeux si bleus.

— Je t'emmène au centre hospitalier Émile-Roux du Puy-en-Velay. N'aie pas peur, tu es sauvée.

La clé de contact est restée engagée ; Mathias la tourne, le moteur démarre, les roues patinent dans l'herbe mouillée, l'arrachent et la rejettent, creusent deux rails boueux, attrapent enfin le chemin caillouteux. Mathias tourne sur sa droite vers Chamalières-sur-Loire, suit la route de La Fayolle. Sous la pluie diluvienne, la forêt devient noire ; peut-être aussi sous la couleur des pins qui occultent les fayards et les bouleaux. Au bout de la route, au premier embranchement, il tourne encore à droite, descend sur Chamalières. Entre deux S, dans le rétroviseur, Mathias s'assure que Corinne n'a pas bougé, qu'elle respire. Au bourg, il prend à gauche et roule désormais aussi vite qu'il le peut sur la route gorgée d'eau vers Vorey-sur-Arzon et Lavoûte-sur-Loire. Les gorges sombres du jeune fleuve sont encombrées de brumes mouillées hachées de la pluie qui éclabousse l'enrobé noyé. Enfin, il touche à Chadrac encore mutilé de la crue, traverse Le Puy et entre en trombe au centre hospitalier.

La 505 venait à peine de disparaître que survenaient dans la clairière Adrien et les deux gendarmes. Le bruit de la pluie qui frappait les branchages et hachait les feuilles mortes épandues sur le sol les empêchait de discerner les autres sons, pas même celui d'un moteur qui s'éloigne ou des pneus qui écrasent les flaques. Adrien marche vers la maison, jette un coup d'œil aux ruines. Aussitôt saute à ses yeux de forestier habile à déceler les détails extérieurs le panier rempli de champignons et le bâton dans l'herbe. Il bondit à la porte, la trouve ouverte.

— Ah ! la garce ; ah ! le salaud ; hier soir, ils se sont bien moqués de moi. Ils sont là ! Ils sont là !

Et Adrien se précipite sur les marches de l'escalier, les grimpe quatre à quatre.

— Mais qu'est-ce qui vous prend ? Vous êtes fou, l'interpellent les gendarmes, sidérés.

— Ma femme ne s'est pas perdue, elle est là, en haut. Ils ont passé la nuit ensemble. C'était bien son amant.

Trop tard ! Inutile de l'appeler pour le rappeler à la raison. D'en bas, ils l'entendent courir partout sur le plancher, chercher une trappe vers un grenier illusoire. Ils montent, trouvent Adrien debout sur une chaise. Il l'a placée juste sous le fenestron de la chambre, l'a ouvert et, debout sur la pointe des pieds, passe la tête à travers. Les cheveux et le front sous la pluie, il scrute la forêt de La Fayolle qu'avec les gendarmes il vient de parcourir à la recherche de Corinne.

— Vous pouvez nous expliquer ce que vous cherchez ?

— Je cherche ma femme et son Parisien.

— Refermez le fenestron, descendez de votre chaise et gardez votre sang-froid. Vous voyez bien qu'il n'y a d'étalé sur le plancher qu'un matelas pneumatique à une seule place et personne dans la maison. Votre femme n'est pas là. Et, pour votre information, nous vous rappelons que si elle est partie avec un homme, c'est malheureux pour vous, mais nous n'y pouvons rien. Notre rôle consiste à la retrouver pour nous assurer qu'elle est en vie. Le reste ne nous regarde pas.

Adrien se tait, baisse la tête, à pas lents cette fois se dirige vers les marches de l'escalier qu'en réfléchissant il entreprend de descendre une à une. Arrivé en bas, il traverse la salle, sort tête nue dans la clairière sans même sembler s'apercevoir qu'il pleut. Il avise les rails boueux dans l'herbe, les observe, se retourne et déclare aux gendarmes qui l'ont suivi :

— Il possédait une voiture, une 505. Il l'a emmenée, le salaud ! Je les retrouverai.

IX

C'EST UNE CHAMBRE à un lit, peinte de couleur crème, comme il s'en voit tant dans les hôpitaux. Corinne immobile est allongée sous le drap blanc, la tête inclinée vers Mathias ; ses yeux bleus fixent le visage soigné, les cheveux noirs bouclés, épais, à peine parsemés de certains devenus gris, rarement blancs. Les yeux sombres de Mathias, un instant détournés par la présence d'Adrien, sourient derechef à Corinne immobile. Les blessures dues aux arêtes tranchantes des pierres tracent sur le visage des sillons boursouflés ; les ecchymoses dont le bleu se violace zèbrent et maculent son front, ses tempes et ses joues. Médicalisée dès son arrivée, la seule fracture repérée est celle située au poignet gauche, un os du métacarpe : un miracle sous un tel effondrement de pierres ! De l'avant-bras jusqu'aux doigts dont à peine les extrémités des phalanges restent libres, le poignet et la main sont plâtrés. Nul traumatisme crânien ou médullaire ! Mais la tête a tellement été renversée en arrière par l'écroulement des pierres sur le front que le larynx distendu demeure endolori, empêchant pendant quelque temps la phonation. Corinne ne gardera pas de séquelles, mais il lui faut pendant une journée ou deux du repos vocal, donc s'abstenir si possible de parler.

Bien sûr, hier matin, au bureau des entrées, Mathias a dû tout expliquer. Corinne ne portait sur elle aucun papier. Ce n'est pas son habitude de glisser dans une poche sa carte d'identité lorsqu'elle part aux champignons ! La forêt représente la liberté, le retour à la vie originelle ; pourquoi s'y rappeler la société paperassière en y emportant ses papiers ? Les recherches déclenchées à l'initiative d'Adrien, la mobilisation de la gendarmerie inscrivaient d'office Corinne sur la liste des personnes disparues et recherchées dans l'intérêt des familles. Dès qu'il fut prévenu par les gendarmes de Vorey-sur-Arzon de l'hospitalisation de sa femme, Adrien, contrairement aux menaces proférées dans la clairière, se retrouva malgré lui plongé dans une douloureuse sidération. Il ne comprenait pas. Au matin de cette veille de la Toussaint, tout allait bien entre eux. Corinne ne disait rien, mais c'était souvent ainsi au sortir de la nuit. Cet ours parlait peu, il n'avait jamais été loquace. Pourtant, jeune homme, il sut la séduire pour l'épouser ; les paroles amoureuses venaient sans besoin d'y penser et Corinne y succombait ! En silence, après le petit déjeuner, il déposait sur ses joues et très près de ses lèvres trois tendres baisers comme il le faisait chaque matin au moment de partir. Puis, il l'avait quittée pour s'en aller terminer sa tâche au sommet du Gerbizon, ne s'inquiétant même pas du soir.

Lorsque Adrien ouvre la porte de la chambre, il surprend la présence de Mathias à côté du lit où le corps de Corinne soulève le drap blanc. Il serre les poings, s'efforce à se maîtriser, s'applique à parler doucement à sa femme, fait mine d'ignorer le Parisien, comme il le nomme. Adrien se penche sur le visage blessé qui émerge du drap, embrasse les lèvres pâles.

— Je reviens te chercher. Peux-tu marcher ? Préfères-tu que je te porte ?

Le visage de Corinne indique l'incertitude, l'impossibilité du choix. Comment répondre à la question d'Adrien ? Il est là, mais déjà ses yeux fusillent Mathias. Il veut savoir, attend ou plutôt exige une réponse. Pourtant, dans son bureau, le médecin l'a prévenu :

— Votre femme ne peut ni ne doit parler. Elle a absolument besoin de repos vocal. Vous pouvez la voir – elle n'a pas interdit votre visite –, mais respectez son silence.

Il peut la voir ! C'est encore heureux ! Il ne manquerait plus qu'il lui soit interdit de rencontrer sa femme, et qu'elle-même refuse sa visite. La loi, le règlement, il n'en a rien à fiche. C'est son épouse, et dans sa tête il a le droit. Se maîtriser n'est pas dans la nature d'Adrien ; au bout d'un seul instant, toute l'antipathie éprouvée à l'égard du rival remonte en lui. Il s'efforce à le cacher, mais ses poings se serrent. Grand, calme, toujours élégamment vêtu, Mathias est le contraire du forestier aux épaules carrées, à la taille trapue, aux vêtements rustiques où couve un tempérament sanguin.

Au moment de se rendre à l'hôpital pour retrouver Corinne, Adrien se souvient que ce jour est celui de la Toussaint. Toute la famille va venir. Il lui faudra la recevoir, et ce sera impossible. Corinne s'occupait de tout, lui sera bien incapable de la remplacer. Il ne pouvait se décider à quitter sa maison et partir pour Le Puy-en-Velay où il sait que Corinne est hospitalisée. Adrien demeura ainsi longtemps prostré, assis, les coudes sur les genoux, la tête enfouie dans ses mains de forestier. Puis il se leva, alla sur le balcon et regarda la Loire. C'était elle la fautive.

Sans la crue, cette damnée relation entre Corinne et Mathias ne se serait pas développée. Ayant contemplé longtemps la Loire à nouveau grossie et colorée de terre par la pluie comme elle le faisait à chaque fois que le ciel se vidait en elle, qu'il pleuvait dru et longtemps, Adrien rentra, ferma la porte. Il venait de se décider à entreprendre la tournée des membres de sa famille, de celle de Corinne, pour chercher à comprendre, parfois à se faire plaindre. Mais, tout d'abord, il décida de téléphoner tour à tour à ses deux fils, mariés et établis à Saint-Étienne. Stupéfaits, sidérés, ils écoutaient, ne saisissaient pas le discours d'Adrien. Leur père parlait d'amant, d'enlèvement ; son laïus incohérent se situait tellement à cent lieues de ce qu'ils savaient de leur mère qu'ils crurent leur père devenu fou, décidèrent de partir de suite, d'arriver sans attendre. Mais tout d'abord, ils téléphonèrent à la gendarmerie de Vorey-sur-Arzon. Leur stupéfaction fut encore plus grande d'apprendre la vérité. L'incompréhension de ses deux fils détermina Adrien. Il se résolut à ramener Corinne à la maison.

Corinne ne devait pas parler, et d'ailleurs ne pouvait pas. Chaque fois qu'elle essayait, la douleur surgissait c'était comme une brûlure ardente tout au fond de la gorge. Elle sentait l'incandescence d'un fil immatériel descendre dans son larynx. Lorsque la porte s'ouvre, Corinne tourne la tête, abandonne la contemplation de Mathias, regarde Adrien qui entre, s'avance vers elle et lui parle ; les larmes qui perlent aux coins des deux yeux bleus expriment la réponse. Comment dire à Adrien, son mari, le père de ses enfants, qu'elle l'a aimé vraiment mais qu'à présent, depuis la rencontre de Mathias, bien qu'encore ils se soient à nouveau fait l'amour, c'est Mathias qu'elle aime ? Pourrait-elle lui avouer que, lorsqu'il la prenait, l'image de Mathias la visitait ? Comment exprimer à Adrien que, si elle est vivante, c'est à cet homme qu'elle le doit ? Comment lui faire comprendre que, si son mari l'aime un peu, il doit remercier Mathias de lui avoir gardé sa femme vivante ? Elle ne peut le lui exprimer, bien sûr, puisqu'elle ne peut parler. Mais, même le jour où elle retrouvera la parole, il lui sera bien difficile de trouver les mots pour lui dire la fin de leur amour. Si Adrien pouvait se satisfaire de tendresse et d'amitié ! Mais non, c'est impossible, Adrien est une force de la nature, un sanguin, un fougueux, un violent, et c'est pour cela qu'elle l'a aimé. Il lui faisait l'amour comme une bête ! Mais maintenant, elle en aime un autre, son contraire exactement. Comme ce nouvel amour va être difficile à vivre ! Ne va-t-il pas falloir partir, quitter le pays de son enfance pour vivre avec Mathias ?

À nouveau, elle tourne la tête vers cet homme ; il lui sourit. Corinne retire son bras libre qui repose sous le drap et le lui tend. Ainsi Adrien comprendra. Mathias observe Adrien, s'excuse du regard, saisit la main offerte.

Pour le coup, c'est trop fort ! La jalousie explose ! Adrien bondit, fait le tour du lit, saisit dans ses deux mains les deux poignets en les serrant très fort, les sépare d'un coup sec et violent ; puis, de toute sa force herculéenne, entre ses poignes de forestier, Adrien attrape le libraire à la gorge, l'étrangle.

— Ainsi l'autre soir, dans ma maison, chez moi, tu m'as menti, salaud. C'est toi qui as tout brisé ! Corinne n'était pas comme cela avant ton arrivée ; elle m'avait toujours été fidèle ! Salaud ! Salaud ! Salaud !

Il serre fort, de toutes ses forces, et sans y prendre garde. Jamais Adrien n'a connu les limites de ses forces. Mathias s'effondre, Adrien jette un regard terrible à Corinne, un regard suppliant.

— Je t'emmène, Corinne. C'est toi que j'aime ; je t'ai toujours aimée, tu le sais, et toi aussi tu m'as aimé.

Adrien contemple Mathias inerte, étalé sur le carrelage de la chambre.

— C'est lui qui a tout brisé ; viens !

Les yeux bleus sont terrifiés ; Corinne, autant qu'elle le peut, oscille violemment la tête pour dire non. Adrien, comme s'il s'agissait d'une plume, la saisit à pleins bras et l'emporte dans le couloir, sans autre vêtement que sa chemise de malade.

À cette heure, le hasard fait que le couloir est vide. Adrien ignore l'ascenseur, emprunte l'escalier que personne ne prend, enfonce d'un coup de pied la porte du rez-de-chaussée qui ouvre sur la cour, plaque Corinne contre son corps, court vers le parking, slalome entre les voitures, rejoint sa fourgonnette. Il faut ouvrir la portière sans être vu. Il serre Corinne entre lui et la voiture, saisit la clé dans sa poche, ouvre la portière arrière, allonge Corinne sur le siège, referme, s'assoit devant le volant, démarre. Il suffit maintenant de retrouver la route de Retournac, de rouler jusqu'à Chamalières. Dans le rétroviseur, il observe Corinne, le plâtre qui lui enserre l'avant-bras et la main gauche.

— Ne bouge pas, mon amour, tu es sauvée.

Adrien résout de ne pas retourner dans leur maison du Batelier où lui et Corinne seront recherchés en premier, mais de se rendre ailleurs, dans un lieu où l'on ne les chercherait pas. Il sait que ses deux fils vont venir. Tant pis pour eux, ils n'ont pas compris leur père lorsqu'il leur a téléphoné, ils ne trouveront dans la maison familiale ni leur père ni leur mère. En ce jour de Toussaint, avec le reste de la famille, ils se recueilleront seuls sur les tombes. Les siens, il n'en a désormais rien à faire, ne veut plus en entendre parler. Là où il va avec Corinne, il faudra du temps pour les trouver tous les deux ! Cinq personnes seulement connaissaient ce refuge. Lui, Corinne, Antoine, son compagnon, et les deux gardes-barrières qui n'y étaient jamais montés mais en connaissaient l'existence. Mais comme le chantier forestier était terminé depuis la veille de la Toussaint, comme son patron serait absent, Antoine serait longtemps à soupçonner la cabane du Gerbizon. Quant aux gardes-barrières, la cabane ne leur viendrait même pas à l'esprit.

À l'entrée de Chamalières, Adrien tourne à droite, en direction de la route de La Fayolle et du mont Gerbizon.

Depuis le changement d'horaire – comme si les hommes pouvaient sans dommage pour eux changer l'heure du soleil ! –, le jour de la Toussaint il fait nuit à 6 heures. La nuit est là. Corinne, allongée sur le dos sous un duvet qu'Adrien a apporté à dessein, la main droite crispée au siège, concentre toute son attention à la reconnaissance des lieux. Elle commence à comprendre qu'il ne s'agit pas seulement chez son mari d'une crise de jalousie, même violente, mais d'une perte de raison. Elle ne connaît strictement rien à la psychiatrie, en a seulement entendu parler comme de la science des fous, mais il lui semble qu'Adrien le devient. Et Corinne commence à se sentir coupable de cela. La nuit se révèle très claire, bien étoilée ; d'ici une heure ou deux, la lune apportera une lumière supplémentaire, plus proche et moins froide que celle des étoiles. Elle reconnaît le hameau de La Fayolle puis, peu après, celui de Sagnes. À Fau, Adrien prend à droite. Corinne sait alors qu'ils roulent vers le mont Gerbizon, vers la cabane ancestrale où Adrien se sent vraiment chez lui, qu'avec Antoine il a reconstruite de ses mains après la mort du père. C'est là qu'il l'emmenait en l'absence de ce dernier, c'est entre ses planches épaisses que, vingt-cinq ans auparavant, il l'avait demandée en mariage, qu'elle avait répondu oui, et qu'alors sans attendre il en avait fait sa femme.

Adrien tourne la tête, scrute Corinne dans la nuit.

— Je t'emmène à notre cabane. C'est là que nous nous sommes aimés, c'est là que nous allons nous cacher pour nous retrouver comme autrefois.

Comme autrefois... Voilà la phrase lâchée... Comme autrefois... Ne jamais rien changer... Vivre toujours pareil, de la même façon. C'est cela, sans savoir se le dire, que Corinne ne supportait plus. Peut-être que Mathias n'a été que l'élément déclencheur de ce besoin de fuite, de renouvellement, de bond en avant à l'automne de sa vie.

La fourgonnette slalomait entre les nids-de-poule creusés par les charrois de troncs. Le poignet plâtré de Corinne la faisait horriblement souffrir ; Adrien s'appliquait à éviter les trous mais les coups de volant brusques, les cahots dans les nids-de-poule – et il y en avait tant qu'il était bien difficile que sur les quatre roues l'une d'elles n'y roulât pas – la bringuebalaient sur le siège, avivaient les douleurs des multiples traumatismes, même si par miracle l'examen clinique les avait révélés bénins.

Au sommet du Gerbizon, Corinne reconnut les branches immenses des gigantesques fayards et les énormes douglas de la grande clairière. Les longs faisceaux jaunes des phares la traversaient et indiquaient à son bout l'amorce d'un petit chemin, creusé de profondes ornières, et à peine assez large pour la fourgonnette. Adrien parcourut une centaine de mètres, gara le véhicule parmi des fourrés, coupa le moteur et les phares. Dans la lumière nocturne, sous une lune cachée par les voûtes noires des arbres, Corinne reconnut la cabane de planches de sapin. Elle mesurait à peu près quatre mètres sur six, et les voliges du toit étaient recouvertes de bardeaux de sapin chargés de pierres. Cloués à même les planches horizontales, d'autres bardeaux verticaux recouvraient les parois. Une seule porte rustique, fermée par un cadenas, permettait d'y entrer. Aucune fenêtre ne l'éclairait. Bien qu'elle comportât un long coffre plat empli de couvertures pour pouvoir s'y allonger et y faire la sieste, cette cabane n'était pas du tout conçue pour y vivre, mais seulement pour y casse-croûter à midi et s'y mettre à l'abri en cas d'orage brusque. Corinne la connaissait bien : elle s'y rendait souvent, parfois avec les deux enfants du temps où ils possédaient deux véhicules ; elle apportait ainsi le repas de midi d'Adrien et de son compagnon Antoine. Tous les cinq déjeunaient ensemble à l'abri de cette cabane. Depuis qu'elle ne s'y rendait plus, c'est-à-dire à partir du mariage des enfants, Corinne s'était parfois demandé si Adrien, de temps à autre, n'y amenait pas une femme lorsque Antoine ne travaillait pas avec lui. Cependant, sans trop de peine, elle avait rapidement chassé de son esprit cette éventualité ; du moment qu'elle ne voyait rien… Et puis, de toute façon, depuis cette époque, sa passion était ses jacinthes, ses nouveaux enfants. Dans un coin de la cabane, Adrien avait installé un petit poêle à bois, équipé d'un seul cercle ; avec Antoine, ils y faisaient réchauffer le contenu de leurs gamelles et chauffer de l'eau pour se faire du café. Sur une planche fixée en étagère à la paroi se voyaient d'ailleurs une provision de café et de sucre, des bouteilles de vin et l'inévitable litre de gnôle. Entre le poêle et le coffre, Adrien avait installé une table équipée de deux bancs latéraux. Ainsi, avec la place nécessaire au tas de bois et au plot pour le fendre et le couper, la cabane ne laissait guère d'espace libre pour se mouvoir. Il fallait se déplacer entre les différents équipements et surtout prendre garde à ne rien déplacer.

Adrien ouvrit la portière, descendit, décadenassa la porte, alluma la bougie collée sur une rondelle de bois et posée sur la table, revint à la fourgonnette. Les yeux bleus de Corinne se fixèrent sur les siens, cherchant à comprendre. Ses yeux marron d'homme des bois, tels ceux d'un cerf, se plantèrent dans les siens. Il se mit à genoux sur le siège et se pencha pour l'embrasser. Elle détourna la tête ; de sa main, il la remit droite, et planta sur ses lèvres un baiser qu'il voulait amoureux. Corinne n'y répondit pas. Il passa ses mains sous elle, la tira vers lui jusqu'à ce que son corps se retrouve à l'air libre. Pendant tout le trajet, pour Corinne, Adrien avait mis le chauffage. Lui, tous les jours en forêt, et même souvent l'hiver tant que la neige ne tombait pas, il n'avait jamais froid. Le soir, lorsqu'il redescendait au

Batelier, il étouffait dans la maison que sa femme tenait bien chaude. Tout au contraire de lui, et les années passant encore davantage, Corinne était frileuse. Dehors, au cœur de la forêt, sous sa seule chemise d'hôpital, malgré le duvet, elle frémit de l'air froid et sa peau se hérissa en chair de poule. Adrien la prit contre lui, elle ressentit la chaleur de ce corps qui chaque nuit la réchauffait, mais, dès qu'ils furent dans la cabane, Adrien se souvint que des couvertures se trouvaient au fond du coffre. Aucun feu ne brûlait dans le poêle. Début novembre, à 9 heures du soir et au sommet du mont Gerbizon, à plus de mille mètres d'altitude, les nuits sont fraîches pour ne pas dire froides. Il repoussa la bougie, allongea Corinne sur la table enveloppée dans le duvet. Adrien prit alors le temps d'ouvrir le coffre, d'en extraire les couvertures ; tout d'abord, il en plia une en quatre pour qu'elle fît matelas sur le coffre ; avec une infinie tendresse, ses grosses mains soulevèrent Corinne de la table, l'y allongèrent pour la recouvrir ensuite de deux autres couvertures dont il la borda comme une mère eût fait à son enfant. Une personne non avertie, témoin de ces attentions, n'aurait pu deviner qu'elle assistait à une séquestration ; les gestes d'Adrien étaient doux, parsemés de petits baisers et de caresses amoureuses auxquels cependant Corinne ne paraissait pas sensible. Elle restait immobile, les traits figés, les yeux cependant ouverts comme si profondément elle réfléchissait. Éclairée d'une seule bougie, la cabane demeurait dans la plus profonde pénombre. Adrien ne pouvait déchiffrer ce que cachaient les yeux de Corinne. Elle les maintenait ouverts et refusait de les cacher sous ses paupières, tant elle se demandait ce qu'Adrien pouvait imaginer pour la séduire ou au contraire la faire souffrir, à moins que ce ne fût les deux.

Après une dernière caresse de la pulpe de ses doigts sur une joue lisse pâlie de crainte, Adrien se dirigea vers le poêle, rassembla quelques bûchettes ; agenouillé, il les disposa dans le foyer. Redressé, il prit une bûche, la posa droite sur le plot, à coups de hache secs et précis il la fendit en huit, glissa le tout par le haut du poêle, le referma en replaçant le cercle. À l'abri dans la cabane, suffisamment éloignés du poêle pour que rien ne prît feu, Adrien et Antoine conservaient quelques *babets*[1] et un peu de genêt que le temps avait séchés. Il les glissa sous les bûchettes, saisit une brindille de genêt, l'alluma à la bougie, en présenta la flamme dans le foyer. Elle grandit aussitôt, léchant puis dévorant genêt et babets. Adrien ferma la petite porte du bas, écouta, vérifia à l'oreille l'embrasement des bûchettes.

---

1. *Babets : pommes de pin sèches.*

Ayant ainsi fait pour qu'elle n'eût pas froid, Adrien se mit debout et contempla Corinne. Ses yeux étaient fermés, peut-être dormait-elle ? Il s'approcha, lui posa un baiser sur le front. Avant même que ses lèvres eussent effleuré la peau, les paupières s'ouvrirent ; Corinne détourna la tête.

— Tu ne veux donc plus être heureuse avec moi ?

Vers lui, elle retourna la tête ; il lut dans ses yeux bleus qu'elle ne l'aimerait plus.

Il la regarda longtemps, ou plutôt la couva, la parcourut des yeux, imaginant sous les deux couvertures les formes de ce corps qu'il avait aimé et désirait encore.

— Pourquoi ne veux-tu pas ? C'est à cause de lui, de ce Parisien ? Tu as vu, je l'ai étranglé, il est tombé au sol, mort. Il ne t'importunera plus.

Corinne détourna la tête pour lui cacher ses larmes. Elle pleurait la mort de Mathias, mais plus encore peut-être la folie d'Adrien dont désormais elle prit peur et se persuada qu'il allait l'étrangler. Par quelque moyen que ce fût, malgré son état, elle devait fuir.

Adrien s'assit sur le banc, dos à la table, et contempla sa femme. À présent, le poêle ronflait, et il faisait chaud dans la cabane. Il s'aperçut qu'il avait soif, se leva, contourna la table, alla à l'étagère, s'empara d'une bouteille entamée, retira le bouchon à moitié enfoncé et but au goulot une longue rasade de vin rouge. Il reposa la bouteille, s'essuya les lèvres d'un revers de manche. Curieusement, le vin n'éteignait pas sa soif. Il reprit la bouteille, en but une autre rasade. Ces lampées lui donnèrent faim. Malheureusement, dans la cabane, il ne restait rien qui pût être mangé. De dépit, il reprit la bouteille et la vida d'un trait. Adrien avait le vin mauvais ; il songea que Corinne elle aussi devait avoir soif et, comme lui sans doute, faim. Ricanant et pervers, sachant qu'il ne pouvait lui offrir ni à boire ni à manger, d'une méchante voix pâteuse il lui demanda :

— As-tu soif ?

À l'hôpital, le médecin l'avait informé qu'elle ne pouvait parler et pourquoi. Pour répondre, elle aurait pu battre des paupières, se faire comprendre d'un signe. Mais elle demeurait immobile sur le coffre comme si son visage eût été celui d'un gisant de marbre blanc. Terrorisée, tout son corps se figeait ; mais elle ne jouait pas la comédie et frissonnait d'angoisse. Corinne se demandait vraiment ce qu'Adrien allait lui infliger, s'il allait l'étrangler, elle aussi. Elle pensa à Mathias qu'elle avait vu s'effondrer, strangulé par les poignes de cet homme qui était son mari. Comme l'autruche, pour ne pas voir ses gestes, elle referma ses paupières, joignant à peine ses cils afin qu'elle pût tenter de deviner les gestes de cet être qu'elle avait aimé, le père de ses enfants et qu'elle découvrait malade, fou à lier de jalousie.

Mais non, les mains d'Adrien ne s'approchaient pas de son cou ; Corinne ne pouvait deviner que le regard devenu fou errait sur la couverture de dessus. Elle vit les doigts épais la soulever, la tirer et la jeter au-delà de ses pieds. Il remonta sa main, saisit l'autre couverture et la lança de même.

Sous la chemise d'hôpital, ses jambes maintenant sont nues jusqu'à mi-cuisse. Bien que le poêle ronfle, Corinne se sent frissonner. Adrien s'assoit face à elle sur le bord du coffre, pose une main rugueuse sur la cheville gauche, remonte la jambe en l'encerclant de ses immenses doigts dont elle appréciait la force et la fermeté lorsqu'ils s'aimaient, mais qu'elle craint maintenant. La main arrive au genou qu'elle palpe et emprisonne avec délectation. Corinne resserre les jambes, mais l'autre main écarte la jambe droite. Adrien observe les paupières, devine qu'à travers les cils où le jour passe Corinne scrute le mouvement des deux mains. Il retire celle qui écarte la jambe droite, la porte au visage et, à l'inverse des doigts qui ferment les yeux d'un mort, les siens relèvent les paupières jusqu'à presque les retourner.

— Tu as des beaux yeux, Corinne, il ne faut pas m'en priver. Les miens, je les ouvre en grand pour mieux les promener sur ton corps que j'aime encore.

Les deux mains remontent les cuisses, longues sans être maigres, remplies sans être fortes ; doucement, très doucement pour mieux les savourer, le visage se penche et y sème des baisers. Dans le même mouvement, les mains remontent la chemise. La bouche maintenant affleure la toison aux reflets châtain clair que la bougie, hélas ! n'attise que faiblement. Adrien la fourrage ; le ventre de Corinne se raidit, se durcit, refuse l'intrusion.

— Tu ne veux pas ? Tu ne disais pas toujours cela ! Et avec ton Parisien, tu l'as fait ?

Corinne se contracte ; son sexe se défend. Adrien, fou de rage, à deux poignes saisit les chevilles et écarte les jambes de toute la largeur de ses bras musculeux.

— Tu vas voir ! Je vais te le rappeler : tu es ma femme.

Il déboucle son ceinturon, se déboutonne, baisse son slip et, mâle en rut, fou de rage, empli de vin, malade de jalousie, il se jette sur elle, la force. Des yeux bleus coulent de vraies larmes sous les paupières brûlantes qui les sèchent aussitôt, car Adrien ne doit pas les voir.

Adrien n'a plus vingt ans. Il tente de renouveler l'agression sur Corinne qui geint, mais, épuisé, le vin aidant, il se retire et roule pour s'endormir sur le côté du coffre. Il faut à tout prix qu'elle se sauve, se mette en sûreté. Corinne raidit ses jambes, se soulève sur ses pieds, gagne les quelques centimètres qui la séparent du ronfleur. Car, à peine s'est-il endormi qu'Adrien a ronflé. Si seulement elle pouvait se servir en appui de son poignet gauche ! Mais à peine tente-t-elle de le solliciter que la douleur est là. C'est une brûlure intérieure qui se réveille à chaque fois. Corinne doit renoncer à ce poignet, ne se servir que de l'autre. En revanche, elle vérifie qu'elle peut compter sur l'appui du coude. Des deux pieds, des deux fesses, du poignet droit et du coude gauche, progressivement elle déplace son corps jusqu'au rebord du coffre ; c'est alors seulement qu'elle prend conscience de l'impudeur de la chemise remontée. De la main droite, elle la tire jusqu'à mi-cuisses.

Heureusement pour elle, Corinne est une femme solide ; ses muscles sont rompus aux efforts de la terre. D'une contraction d'abdominaux, elle s'assied, reprend ses esprits. Elle a soif, mais sur la table la bouteille est vide. Elle en avise une pleine sur la planche étagère, mais il faudrait l'ouvrir et, d'une seule main, ce sera impossible. L'urgent est de partir. Corinne ouvre la porte fermée de l'intérieur du seul loquet de bois, mais non pas cadenassée. Dehors, il ne gèle pas, même s'il ne fait pas chaud. La lune à présent éclaire, et bien. Pas de nuages, les étoiles sont nettes et leur brillance perce la nuit. Elle engage ses pieds nus sur la mousse piquée d'aiguilles de pin ; Corinne en ressent le froid et les piqûres sous les plantes de ses pieds. Entre les couvertures, au chaud dans la cabane, elle ne se souciait pas de l'absence de chaussures. Elle avise la fourgonnette, qu'elle saura bien conduire de sa seule main droite, ouvre la portière sans bruit : certes la pétarade de démarrage du moteur réveillera sans doute Adrien mais, le temps qu'il s'éveille, retrouve ses esprits, se lève, accoure, la poursuive, la fourgonnette roulera sur le chemin et il ne pourra la rattraper. La clé de contact n'est pas sur le tableau de bord ; où se trouve-t-elle ? Adrien n'a pas fermé les portières, mais sans doute a-t-il gardé sur lui le trousseau où les deux clés sont accrochées. Corinne descend sans bruit de la fourgonnette, laisse la portière ouverte, retourne à la cabane où la bougie continue de brûler, collée sur la table par ses écoulements de cire. Elle la saisit, la décolle, tente de repérer où se trouve le trousseau. Point de trousseau accroché à la porte ou posé sur l'étagère à côté de la bouteille pleine. Corinne réfléchit. En entrant avec elle portée sur ses deux bras, Adrien l'a allongée sur la table, a retiré les couvertures du coffre, l'a couchée à son tour sur ce meuble grossier si tant est qu'il mérite le nom de meuble.

Elle ne l'a pas vu se séparer de ses clés pour les ranger quelque part. Ensuite, il a allumé du feu, il a bu, vidé la bouteille, puis a abusé d'elle. Il est vraisemblable que les clés soient restées dans ses poches. À ses pieds, Adrien dort toujours comme un loir ; en position fœtale, il ronfle, couché sur le côté, et lui tourne le dos. Corinne s'assoit sur le coffre, de sa main droite effleure et palpe la poche latérale. Rien. Elle tâte la poche arrière, y glisse la main avec d'infinies précautions, rien. Elle tente à nouveau la même opération avec la première poche, enfile ses doigts le plus qu'elle peut. Elle sent quelque chose de dur et d'allongé, reconnaît l'organe qui tout à l'heure l'a forcée. Sans doute le trousseau est-il dans l'autre poche, celle sur laquelle il dort. Avec une infinie prudence pour ne pas réveiller ce tueur, elle place sa main droite sur l'épaule, tente de le retourner. À deux mains, ce serait peut-être possible. Mais à une seule main, comment y parvenir ? Si elle le réveille, fou de rage, il peut la tuer dans sa furie. Pour cela, elle doit fuir ; puisque en voiture c'est impossible, elle fuira à pied. Fille de Chamalières-sur-Loire, Corinne connaît parfaitement le mont Gerbizon, et dans ses moindres détails. Un sentier descend de son sommet et, zigzaguant tout du long, il parvient en vingt minutes à la route de La Fayolle, juste en face de la clairière aménagée pour les pique-niqueurs.

Cette clairière se trouve à cinq minutes à pied de celle qui abrite la maison de Mathias. Hélas ! et les larmes reviennent aux paupières de Corinne, il n'y sera pas. Mais, de toute façon, sur la route, des voitures passent, et elle sera sauvée.

Une autre possibilité existe : un sentier plus en douceur, qui descend lui aussi du sommet du mont Gerbizon. Sitôt éloignée du sommet, cette même sente redescend, se heurte à une portion taillée à flanc de roche. C'est cette difficulté qui en détourne Corinne ; sans chaussures, elle risque de se tordre les chevilles, de se déchirer la plante des pieds sur la roche coupante, taillée en lame de couteau. Une fois franchie cette portion, le sentier retrouve la terre plus douce, traverse des pâtures successives pour déboucher sur le chemin goudronné qui rejoint Sagnes et la route de La Fayolle. Deuxième difficulté, si sa pente est plus douce que celle du premier, moins sauvage, à part la portion rocheuse, son parcours est plus long et, une fois rendue à Sagnes, Corinne devra marcher longtemps pour rejoindre la clairière des pique-niqueurs sur la route de La Fayolle. Non, il vaut mieux pour elle prendre le plus ardu, encore que la portion rocheuse du second ne rende pas ce dernier plus facile. Mais le premier est plus court, et il débouche sur la clairière.

Fille de la terre, Corinne observe le ciel ; à certaines nuances de clartés et de nuit finissante, il lui semble que l'aube bientôt naîtra. Le problème, ce sont ses pieds. Le sentier est escarpé, sauvage ; c'est parfois seulement une sente dans des passages pierreux, sans oublier les orties, les ronces, les racines qui sans arrêt l'entravent et le jalonnent. Pieds nus, outre le sol toujours froid en fin de nuit, au bout de quelques minutes, elle aura la peau en sang et ne pourra plus marcher. Peut-être dans la cabane existe-t-il quelque part de quoi protéger ses pieds. Elle confie toujours à Adrien des grosses chaussettes de rechange pour les mettre lorsque celles qu'il porte sont trempées de sueur. Cela lui évite les ampoules. Elle examine partout, lorgne, guigne dans les moindres recoins ; hélas ! trois fois hélas ! Corinne ne trouve rien. Et pourquoi pas l'arrière de la fourgonnette où sont tous les outils et un tas d'autres choses encore ? Elle quitte la cabane, contourne la fourgonnette, ouvre les portes arrière, cherche dans le fourbi : tronçonneuses, haches, bidons d'huile, pot de graisse, vieux chiffons et – miracle ! – un carton sec où sont deux paires de grosses chaussettes, exactement en l'état où elle les a pliées lorsqu'elle les lui a remises il y a de cela quelques jours. Corinne s'assoit sur le rebord du plancher, tente de sa seule main droite d'enfiler une chaussette. Sur la première chaussette, elle enfile une seconde : son pied s'en trouve davantage comprimé, mais cela pourra peut-être aller. Ce n'est pas idéal, mais enfin il faudra bien. La lune éclaire encore mais déjà l'aurore supplante l'aube et le jour tardera peu à poindre. Pour le soleil, il n'y faut pas compter ; la multitude des fayards et des douglas, des pins et des bouleaux, leurs branchages touffus et emmêlés retiennent l'ombre enfermée en plein jour. Pour ne pas se perdre, la seule solution est de descendre. Inévitablement, le promeneur égaré rejoint la route de La Fayolle. Mais par la sente, quand on connaît, c'est plus rapide.

Il fit encore nuit un moment. Peu à peu pourtant, les étoiles pâlissaient, laissaient la place au jour. Corinne prenait confiance ; ses yeux retrouvaient tel qu'il était dans sa mémoire le parcours à affronter.

X

Dans le large couloir éclairé de la seule lumière des néons, les aides-soignantes poussent les chariots où sont tenus au chaud les dîners des patients. La chambre de Corinne porte le numéro 17. Adèle arrête son chariot, appuie du pied sur la cale pour l'immobiliser, saisit le plateau à deux mains, frappe du coude et entre. Le lit est vide.

— Vous êtes aux toilettes, madame ? Je vous pose votre plateau.

Adèle s'approche, contourne le lit :

— Mais… mais… qui êtes-vous ? Madame, où êtes-vous ?

Un homme gît sur le sol, allongé sur le dos ; il respire en se massant le cou d'une main tandis que de l'autre, ayant découvert et entendu l'aide-soignante, il tente maladroitement de se relever. Adèle se précipite vers la porte des toilettes, l'ouvre, trouve ces dernières vides, revient à l'homme.

— Mais que se passe-t-il ?

— Il m'a étranglé.

Adèle, sidérée, ne peut prononcer un mot de plus, bondit vers le couloir.

— Au secours ! Au secours ! Vite ! Vite !

Et elle se précipite vers la salle de service, alerte ses collègues. L'infirmière-chef survient.

— Que se passe-t-il, Adèle ? Vous affolez tout le monde.

— La 17 a disparu. Il y a un homme étranglé dans la chambre.

— Vous allez bien ? Vous êtes certaine de ce que vous dites ?

— Mais bien sûr ! Venez voir.

C'est pourtant parfaitement exact. L'homme a pu se redresser, s'est assis sur le lit et s'efforce à présent de retrouver sa respiration.

— Bonjour, monsieur, que se passe-t-il ?

Mathias s'exprime difficilement mais, au fur et à mesure que la profération des phrases lui redonne du souffle, un débit normal des mots, de la tonalité, la voix redevient ordinaire et il peut s'expliquer.

— Le mari de Mme Reboise est venu ; il a fait une crise de jalousie d'une violence inouïe, presque de la folie. C'est un costaud, une force de la nature. Il s'est jeté sur moi, m'a étranglé. Je n'ai pas pu résister. J'ai perdu connaissance. Sans doute a-t-il enlevé Corinne, sa femme, si elle n'est plus ici.

Épuisé, pâle comme un linge, Mathias tente de reprendre son souffle après son exposé. L'infirmière-chef échange un regard avec l'infirmière qui l'a accompagnée.

— Restez avec lui, prenez sa tension. Le mieux est qu'il reste allongé.

Puis, à voix très basse :

— Je vais prévenir la direction.

Les deux policiers sont là, en civil. Ils n'ont mis que quelques minutes à quitter la Passerelle – ainsi désigne-t-on au Puy le commissariat de police sis dans la rue éponyme – et arriver au centre hospitalier Émile-Roux, à l'autre bout de la ville.

— Nous avons pris le temps de consulter la fiche de Mme Reboise, au bureau des entrées, et alerté aussitôt la brigade de gendarmerie de Vorey-sur-Arzon, puisque la personne et son mari sont domiciliés à Chamalières-sur-Loire, en zone de gendarmerie. C'est à elle qu'incombera la poursuite de l'enquête. En attendant de prendre votre déposition et celles des témoins, avez-vous quelque chose à ajouter qui pourrait aider les enquêteurs ?

Mathias, que l'infirmière a prié de rester allongé, regarde le plafond, se perd en conjectures. Comment parler à la police de ce qui relève des choses de l'amour hors la présence de l'être aimé ? Paradoxalement, le pire pour lui en ce moment serait que Corinne n'ait pas été enlevée par Adrien, mais qu'elle l'ait suivi d'elle-même. Comment aurait-elle pu l'abandonner étranglé, gisant au sol, peut-être mort ? Mathias est tellement certain des sentiments que Corinne éprouve à son égard qu'il a honte en lui-même de seulement y penser. Il faudrait tout raconter, tout expliquer depuis cet après-midi du dimanche 21 septembre où l'appel de la forêt, le goût de la cueillette des champignons et la crue de la Loire les ont amenés par deux fois à se rencontrer et à poursuivre leurs rencontres.

Il ne peut révéler ce qu'il a deviné. Pour le revoir la veille de la Toussaint, Corinne a failli mourir écrasée sous les pierres de son mur ! C'est cet accident qui est cause de ce drame, ici, dans cette chambre d'hôpital. Non, il ne parlera que d'Adrien ; pas un mot sur Corinne.

— Son mari est en proie à une véritable maladie de la jalousie. J'ai rencontré sa femme quelquefois.

Et c'est tout, mais déjà trop. Il ne peut et ne veut en dire plus. Les deux policiers se regardent, échangent un sourire professionnel. Ils ont l'habitude. De toute façon, ce sont désormais leurs chers collègues de la gendarmerie qui se retrouveront en charge de l'enquête.

C'était l'heure du soir où les choses ont des couleurs plus profondes. La 505 s'arrêta bruyamment sur le bord de la Loire au Batelier, à pic des ruines d'Artias, juste devant la maison d'Adrien et Corinne. Mais aucune lueur ne luisait aux fenêtres ; la lampe suspendue au-dessus du balcon se distinguait à peine dans le noir de la nuit installée.

Sitôt sa déposition signée, Mathias résolut de quitter l'hôpital, de rechercher Corinne. Sans se préoccuper des prescriptions de l'infirmière, encore moins de signer une décharge, il se mit debout, se chaussa, frappa à la porte de la salle de service, ouvrit et, sans attendre de réponse, signala qu'il rentrait chez lui. Sa 505 l'attendait là où il l'avait garée sur le parking. Il traversa Le Puy en suivant ses boulevards successifs, longea le quartier de la Renaissance au pied de Chadrac et prit la route qui va à Retournac. Après Chamalières-sur-Loire, il ralentit avant le passage à niveau, observa si les gardes-barrières pouvaient le voir passer, puis descendit vers la Loire.

La maison aux fenêtres sans lumière signifiait – hélas ! – que personne ne s'y trouvait. Toutefois, pour s'en assurer, Mathias coupa le moteur, ouvrit la portière et descendit. La Loire bruissait de vagues tranquilles, du murmure de la chute qui dévalait les ruptures de la digue et du chant de l'eau sombre sur les pierres noires. Parfois, une perche chassait et retombait à plat sur l'onde dans un splash d'écume. Mathias poussa le portillon. Un frisson parcourut ses veines. Peut-être était-ce la sensation de la fraîcheur de la nuit en bord de Loire ? Mais non, sitôt qu'il se retrouva au pied des marches de l'escalier, il se sut réellement amoureux. Ce frisson en était le signe. Mathias à son âge avait déjà été plusieurs fois amoureux dans sa vie, mais il n'avait jamais éprouvé un tel frisson. De marcher là où Corinne avait marché, de monter ces marches d'escalier qu'elle montait, descendait, et qu'ils avaient grimpées ensemble, tout lui confirmait son amour pour cette femme. Arrivé sur le balcon, il ne trouva pas le volet fermé et colla ses yeux à la vitre : nulle lumière, même la plus faible, ne trahissait une présence. Posant la main sur la poignée de la porte, il tenta en vain de la tourner, vérifia que la serrure était fermée à clé.

— Il y a quelqu'un ?

Mathias appela encore plus fort :

— Il y a quelqu'un ? Corinne ? Adrien ? Vous êtes là ?

Personne, aucune réponse. Où avaient-ils pu aller ? À présent, Mathias tenait pour certain qu'Adrien avait enlevé sa femme et qu'il était parti la cacher quelque part. Mais où ? Tant pis pour l'indiscrétion ; Corinne se trouvait en danger et l'urgent était de la retrouver. Peut-être les gardes-barrières sauraient-ils quelque chose ? Il se pouvait qu'Adrien soit passé au Batelier prendre certaines affaires, par exemple des vêtements, puisque Corinne était nue sous sa chemise d'hôpital. Par acquit de conscience, Mathias fit le tour de la maison après avoir descendu les marches de l'escalier, attarda son regard sur les vitres des fenêtres du rez-de-chaussée, mais celles-ci étaient encore imparfaitement nettoyées de la boue apportée par la crue et ses yeux dans la nuit ne purent rien distinguer. Il retourna à la voiture. Une crainte horrible le prit en bord de Loire : et si dans sa folie Adrien avait décidé de se donner la mort, d'y entraîner Corinne, en se précipitant dans le fleuve au volant de la fourgonnette ? Dans l'état de folie où il se trouvait, tout devait être envisagé. Au pied de la berge face à Artias, la Loire n'est pas profonde. La fourgonnette ne pouvait s'immerger en entier. Mathias scruta les flots, n'aperçut rien. Il démarra, braqua les phares allumés sur l'eau sombre dans la nuit, malgré l'écume tout argentée des vagues sous la lune. Rien n'émergeait. Mathias engagea la marche arrière, fit demi-tour, remonta le chemin jusqu'à la route, se gara dans la petite cour derrière la maisonnette des gardes-barrières. Les volets des fenêtres n'étaient pas fermés, ceux de la porte pas davantage et, à l'intérieur, la pièce du rez-de-chaussée était allumée. Mathias frappa, un bruit de pantoufles traînées sur le carrelage se perçut derrière la porte. Elle s'ouvrit, et Mathias reconnut Auguste, le mari d'Amélie.

— Bonsoir, monsieur. Peut-être me reconnaissez-vous ?

Amélie s'approcha. Dès l'ouverture de la porte, tous les deux l'avaient reconnu. Mais ils se firent prier.

— Excusez-nous…

— Nous nous sommes croisés il y a six semaines, le soir de la grande crue. J'étais descendu voir. Vous ne vous souvenez pas ?

Tous les deux font semblant de mieux le dévisager.

— Ah ! mais bien sûr ! Où avions-nous la tête ? Vous êtes de retour ?

— Oui. J'étais venu saluer vos voisins du bord de Loire. Ils ne sont pas chez eux ?

À faire la bête, on passe pour un imbécile ou un comédien. Comme si à Chamalières, depuis la Toussaint, on parlait d'autre chose que de cette affaire : la disparition de « la » Corinne, comme on appelle les femmes ici ; la famille arrivée le matin ; les soupçons de Colette et de Baptiste concernant le Parisien. Il se passe si peu de chose à Ventressac et au Batelier qu'une histoire de cocuage et de disparition est pain bénit pour les conversations.

Et il fallait que l'amant débarque chez eux, dans leur maisonnette de gardes-barrières ! Comme il est naturel, Baptiste s'est tu, et même a pris la défense de sa sœur. Mais Colette, qui ne s'est jamais entendue avec sa belle-sœur qu'elle accuse d'avoir de l'influence sur son frère, c'est-à-dire son mari à elle, tout au contraire a passé ces deux jours à médire, à colporter et à verser sur le feu tout l'huile de sa cuisine.

— Vous le savez qu'ils ne sont pas chez eux. Sans vouloir vous vexer, vous êtes bien le mieux informé !

— Que voulez-vous dire ?

Puisque M. le Parisien fait la bête, il va manger son foin.

— Enfin, ne faites pas l'innocent ! Votre vie privée ne nous regarde pas, mais tout le monde ici ne parle que de votre fredaine avec Corinne. Pour jaser, ça jase.

Mathias pâlit, imagine le pire pour Corinne. Et pourquoi pas une vengeance ?

— Si vous savez la vérité, dites-la-moi. Corinne a disparu.

Les deux époux se regardent, interloqués. Il semblerait que l'affaire prenne une autre dimension.

— Expliquez-vous…

— Voici ce qui s'est passé.

Et de tout expliquer de la scène à l'hôpital.

— Vous comprenez pourquoi je suis inquiet. Vous ne connaîtriez pas une cache où Adrien aurait pu emmener sa femme ?

Tous les deux réfléchissent en silence, s'interrogent du regard.

— Il y aurait bien la cabane…

— La cabane ?

— Oui, celle du mont Gerbizon. Adrien tient de ses père et grand-père une cabane tout au fond de la grande clairière. Je n'y suis jamais allé, mais on m'en a parlé. D'après ceux qui l'ont vue, elle est construite de simples planches de sapin que chaque génération a renouvelées au fur et à mesure des hivers successifs. Là-haut, de décembre à février, il arrive qu'il gèle à pierre fendre et que la neige tombe épaisse, s'installe pour longtemps. Sans compter le vent qui souffle jusqu'à déraciner les vieux sapins. J'imagine l'état de la cabane après l'hiver ! Lorsqu'il a pris la succession de son père, je crois savoir qu'Adrien l'a reconstruite entièrement avec Antoine, son compagnon. Ils en auraient profité pour recouvrir le toit de bardeaux de sapin chargés de lourdes pierres, tant l'hiver il vente fort. Selon les gens, ils y rangent leurs outils ; à midi, cette cabane pour eux constitue sans doute un bon abri pour casse-croûter tranquillement. Il n'existe pas beaucoup de gens qui en connaissent l'existence. Peut-être Adrien est-il monté au sommet du mont Gerbizon pour y cacher Corinne.

— Dites plutôt la séquestrer... d'autant qu'elle est blessée, son poignet gauche est plâtré. Quand il l'a enlevée, elle ne portait que sa chemise d'hôpital. À cette heure, maintenant qu'il fait nuit, si vraiment ils sont là-haut, la pauvre doit se geler. Pourvu qu'elle ne prenne pas froid !

— Pour vous rassurer, il existe un poêle à bois dans la cabane ; Adrien peut l'allumer.

— Et pour s'y rendre, par où faut-il passer ?

— Puisque vous possédez une maison sur la route de La Fayolle, vous connaissez l'itinéraire.

— Après ma maison, je ne me souviens plus. Enfant, je suis allé au mont Gerbizon avec mon oncle, mais cela fait si longtemps !

— De votre maison, continuez jusqu'à Sagnes ; la direction du mont Gerbizon est alors indiquée par un panneau sur votre droite. Soyez prudent, la route est étroite, deux voitures se croisent difficilement.

— De toute façon, je roulerai doucement. Merci beaucoup de vos indications, merci encore une fois.

Il fallait tout d'abord rejoindre Chamalières-sur-Loire. L'abbatiale romane, une des plus belles et des mieux conservées d'Auvergne, luisait comme un cierge allumé sous ses illuminations. Mathias reprit la route qui monte à La Fayolle ; arrivé au carrefour du Pinet, il tourna à gauche et, se rappelant les conseils d'Auguste, il s'appliqua à rouler doucement en troisième. Mathias se disait aussi qu'il n'était pas impossible que les hypothèses des gardes-barrières fussent inexactes et que, par miracle, il découvrît Adrien et Corinne arrêtés en chemin pour telle ou telle raison. Il imaginait aussi que Corinne ait pu s'échapper, qu'elle marchât le long de la route, prête à faire signe au premier automobiliste de passage.

Encore deux minutes et Mathias passerait devant sa maison. Pour le moment, il roulait à hauteur de la clairière aménagée de tables et de bancs pour les pique-niqueurs. Il tourna la tête pour regarder si aucune fourgonnette n'y stationnait ou si par miracle Corinne n'y appelait pas au secours, si même elle n'y gisait pas, abandonnée par Adrien.

Le choc fut brutal, autant que la vision. Mathias put à peine identifier un énorme solitaire, un monstrueux sanglier qui venait de percuter la 505 et qu'il n'avait pas aperçu à temps déboulant de la lisière. Sous le choc et la vision, il braqua, mais trop tard. La voiture vira, piqua du nez dans le fossé, se planta, roues arrière hors sol, phares allumés. Choqué, bien que sa ceinture de sécurité eût évité le pire, Mathias perdit connaissance.

Malgré le petit jour qui s'efforce à donner un peu de clarté au sous-bois et la double épaisseur de chaussettes, ce n'est pas facile. Le sentier, pour ne pas dire la sente, descend quasiment abrupt. Les cailloux, les pierres dures qui affleurent, les racines qui serpentent à fleur de terre comme les veines sous la peau s'impriment sans pitié dans la plante des pieds de Corinne. Elle se demande parfois si, pieds nus, ce n'aurait pas été moins douloureux. Mais non, elle se force à résister à la tentation d'ôter ses chaussettes. À vif, sa peau, bien qu'elle soit assez cornée, serait vite en lambeaux. Il faut tenir, et de toutes les façons le supplice de ses pieds vaut mieux pour elle que d'être étranglée par Adrien. Corinne ressent une autre douleur : celle de la fracture du poignet gauche. À chaque mouvement brusque, à chaque heurt d'une branche, un élancement sous le plâtre la fait souffrir, lui fait endurer une nouvelle douleur. Cependant, il faut poursuivre la descente. C'est la seule solution : rejoindre la route de La Fayolle, faire signe au premier automobiliste de passage. De toute façon, vu son accoutrement, en chaussettes et en chemise d'hôpital qui commence à se déchirer aux ronces et aux broussailles, elle ne passera pas inaperçue. La sente se retourne sur elle-même en S successifs pour amorcer une déclivité déjà raide à franchir pour une personne équipée et en bonne condition. La chaussette du pied gauche glisse sur la terre meuble. Corinne, de la main droite, s'agrippe à une branche pour ne pas glisser et atterrir plus bas. Heureusement, elle a réussi à se contrôler car, d'instinct, elle allait user également de la gauche pour se retenir à deux mains. Pour le coup, la chaussette est déchirée et, comme toujours en pareil cas, elle a atterri sur le derrière ! Corinne se redresse tant bien que mal. Sitôt debout, elle se passe une main sur les fesses. La chemise s'est déchirée, la peau de la fesse droite se trouve à vif, elle retire sa main, la regarde, voit du sang sur ses doigts. Il ne manquait plus que cela ! À l'hôpital, elle a été déshabillée ; sous sa chemise déchirée, Corinne n'a pas de culotte. Heureusement, la blessure pour le moment ne la brûle pas ; pour savoir le vrai, à nouveau, elle porte sa main à la fesse. C'est ce qu'elle craignait : au toucher, les pulpes de ses doigts repèrent de la terre, sans doute des gravillons. Sitôt rendue à la clairière, il lui faudra aller à la source à l'aveuglette y laver sa blessure. De la main droite, elle se tient ferme à une branche, plie la jambe gauche mais, dans cette position, elle ne peut examiner la plante du pied. Encore quelques pas, elle repère une pierre sur laquelle s'asseoir sera possible. Attention, pour épargner la fesse blessée, de ne s'asseoir que sur la gauche ! Elle soulève son pied, en tâte la plante : seule la chaussette est déchirée mais la corne a rempli son office. Corinne sourit, se rappelle les va-nu-pieds dont à l'école primaire l'institutrice leur apprenait les misères ; elle comprend maintenant leur supplice. Vite, le temps presse, il ne s'agit pas de s'apitoyer. Adrien peut se réveiller, il connaît la forêt par cœur, encore mieux qu'elle-même ; il y bûcheronne tous les jours. Comme elle n'a pas pris la fourgonnette pour s'enfuir, elle n'a pu emprunter que ce sentier. Bien chaussé, entraîné, en dix minutes à peine il l'aura rattrapée. Elle le connaît. En forêt, dans les sentes de la montagne et même dans les bois sans aucun passage tracé, il court comme un chevreuil, bondit par-dessus les obstacles. S'il la rattrape, malheur à elle. D'y songer, Corinne sent remonter ses larmes. En esprit, elle revoit Mathias à l'hôpital vaciller et s'effondrer sur le carrelage de la chambre, le cou sans doute broyé par les poignes du forestier.

Heureusement, la pente devient plus sage ; Corinne hâte le pas autant qu'elle le peut, tente d'ignorer les aspérités du sol, les piqûres des brindilles et des cailloux pointus sur sa peau nue, même à travers ses chaussettes. À présent, sa fesse la brûle ; il faut à tout prix qu'elle puisse la laver, nettoyer sa blessure avant qu'elle ne s'infecte. Le jour à travers les futaies tente de se faufiler ; des mousses bleu argenté recouvrent les taillis, en font comme des buissons d'argent qui tranchent l'ombre bleutée des arbres lorsque l'aube perce la nuit. Corinne, femme de la nature, imagine comme tout ici doit être beau quand il gèle en hiver, quand le givre transforme la forêt en opaline passementerie. Elle se jure d'y revenir quand il gèlera à pierre fendre, si la vie le permet… Deux éclairs fauves teintés de rouge, tachés de blanc, la tirent de ses songes, manquent de la faire tomber ; deux chevreuils, deux jeunes daguets aux cornes noires en lames de couteau, surgissent dans la forêt, passent en trombe devant elle, disparaissent aussitôt. Corinne reprend son souffle, voit dans cette trombe un signe, accélère sa descente.

Dans le froid de la cabane où le feu s'est éteint, l'air vif du petit jour réveille Adrien. La tête lourde de la bouteille de vin bue trop vite et à jeun, il se tourne, se retourne, maudit Corinne et encore plus Mathias. C'est l'heure où après toute une nuit le froid est le plus vif et pénètre à grands flots dans la cabane ouverte. Adrien cherche la couverture. Comme s'il se trouvait chez lui, au Batelier, son bras inconscient balaie dans toute sa largeur le lit qu'aveugle il croit conjugal.

— Merde ! Où est-elle ?

D'un bond, il se lève, jette un coup d'œil, doit reconnaître que Corinne n'est pas dans la cabane. Dépité, il court jusqu'à la porte que sa femme a laissé grande ouverte, avise la fourgonnette, se précipite jusqu'à la portière du conducteur. Comme si ce constat ne suffisait pas à lui montrer que Corinne ne s'est pas enfuie au volant du véhicule, il plonge la main dans sa poche, y trouve les clés à leur place.

— Elle est partie à pied. Oui, mais par quel sentier ?

Comme tous les solitaires, Adrien sans le vouloir ni même s'en rendre compte parle seul et s'adresse à lui de la même façon que s'il causait à quelqu'un.

— Corinne connaît le Gerbizon aussi bien que moi. Pieds nus, il lui est impossible de prendre le sentier trop raide qui descend droit sur la clairière des pique-niqueurs. Elle a dû remonter jusqu'au sommet, laisser la sente qui va au point de vue et continuer pour redescendre par les embouches sur le chemin de Sagnes. Arrivée au hameau, elle frappera à la porte d'une ferme.

Et cela, Adrien n'en veut pas. C'est affaire entre elle et lui.

Il repousse la porte de sa cabane où sont tous ses outils, ferme le loquet au cadenas et, vite, très vite, il allonge son pas. En à peine cinq minutes, il rejoint le sommet. C'est le seul endroit où les rayons du soleil bien levé maintenant traversent la haute futaie, percent les bois noirs effeuillés, éclairent le lit épais et mordoré des feuilles mortes sur le sol. Les gros souliers d'Adrien les écrasent de leur pas sec et vif. Il n'est pas dans sa nature d'être poète ; c'est un homme qui se plaît dans la forêt mais pour sa solitude et son utilité ; c'est tout simple : elle lui permet de gagner sa vie, et de la façon qui lui plaît. Lorsqu'il y entraînait Corinne pour lui conter fleurette, il était jeune et ne voyait pas les choses comme à présent. Et puis Corinne, aujourd'hui, n'est plus la femme de leurs vingt ans : c'est celle qui l'a trompé avec Mathias. Maintenant, il s'en convainc. Adrien repense à l'homme allongé sur le sol dans la chambre de l'hôpital. Sans doute l'a-t-il tué en l'étranglant, ignorant comme il l'est des limites de sa force. Dans la journée, les gendarmes vont sans doute le rechercher, mais ils n'ont pas encore mis la main sur lui. Perdu pour perdu, Corinne le sera avec lui. Il accélère le pas, entreprend la descente. Ce n'est pas comme sur l'autre flanc ; une fois passée la portion taillée dans la pierre sur une centaine de mètres, le sentier permet de marcher vite quand on est bien chaussé. Corinne n'aurait pu franchir la portion taillée dans la roche sans se couper les pieds, sans les avoir en sang au bout de quelques dizaines de pas. C'est une roche orange, striée de rouge, riche en fer, tout oxydée par les intempéries de plus d'un million d'années. En Emblavez, on la broie, on en fait du roc-mort pour renforcer les chemins blancs. Rapidement, le sentier s'apaise, la terre lèche la roche puis l'enfouit et Adrien repère le premier pré d'embouche.

Les grands froids n'ont pas encore sévi ; l'herbe est demeurée verte, ni les gelées ni la neige ne l'ont brunie. Les robes pie des montbéliardes réveillent la prairie de leur belle couleur, rehaussée du soleil qui éclaire. Le troupeau broute, paisible. Selon la configuration des lieux, les bêtes évitent l'ombre des grands arbres, des chênes, des fayards et des douglas, se tiennent au centre de la prairie, là où le soleil encore bas éclaire de ses premiers rayons. Pour ne pas déranger le troupeau, Adrien le contourne par les lisières de l'embouche qui, telle une clairière verte, s'étale et prend ses aises, immergée dans la forêt ; il s'approche du passage qui entre les bosquets relie les deux embouches. C'est quasiment le même troupeau, mais avec un taureau, un mâle superbe, à l'encolure vêtue d'une toison ocre et bouclée, aux cornes courbes, épaisses, pointées vers le bas.

— Tiens, le Firmin a pris un taureau ? Je croyais qu'il persistait à faire inséminer ses vaches.

Le troupeau, dans cette seconde embouche, comme dans la première, broute l'herbe en son centre, éloigné de l'ombre des lisières. Pour ne pas perdre encore une fois son temps à le contourner, Adrien s'engage parmi les vaches. Le taureau, solitaire, préfère l'herbe fraîche de l'ombre des lisières, à l'écart du troupeau. Adrien connaît pourtant les bêtes ; le taureau, sans cesser de brouter, perçoit les présences étrangères.

Une course très rapide, assourdie par l'herbe haute sur la terre humide : le choc est si puissant qu'Adrien se sent soulevé, retombe sur l'herbe ; une corne le retourne, un sabot le tourne encore, un mufle mouillé et chaud lui inonde le visage de sa bave. Il voit la pointe de la corne qui s'approche du côté droit de son torse, sent la douleur atroce de la côte brisée et la tiédeur du liquide chaud qui coule sur sa peau ; les deux cornes et le mufle se glissent sous les reins, le soulèvent par le dos, le jettent loin des vaches ; le taureau lève la tête, repère sa victime, s'approche, pose sur son ventre un seul sabot, l'antérieur droit, appuie, et le laisse. Dans les yeux d'Adrien, le jour disparaît.

Au débouché du sentier, le fossé est profond. Corinne, épuisée, en sueur malgré le matin froid, se laisse glisser. Ses deux pieds à présent sont à vif, ses chaussettes ne lui servent plus à rien, sinon à protéger ses chevilles, et sa chemise déchirée par les branches, les ronces et les chutes ne la protégerait qu'à peine des regards. À quatre pattes, s'agrippant de la main droite à tout ce qu'elle rencontre, Corinne remonte l'autre pente du sentier, découvre la route de La Fayolle et la clairière qui lui fait face avec ses bancs et ses tables à pique-nique. Au prix d'un ultime effort, elle se redresse, examine autour d'elle, repère la 505, le capot dans le fossé, les roues arrière en l'air. C'est comme un miracle de l'amour : bien qu'elle ne doive pas parler, les mots jaillissent du larynx endolori :

— Mathias ! Ce n'est pas vrai, ce n'est pas possible !

Si elle pouvait courir, elle courrait ; mais elle ne peut que marcher, et seulement sur le talus ; les gravillons de la route pénétreraient les chairs de ses pieds que plus rien ne protège.

Plus Corinne s'approche et plus elle distingue la masse noire du sanglier, encastrée sous le moteur ; le solitaire a été tué net par le choc. Elle va à la vitre de la portière, ouvre cette dernière. Mathias gît, affalé sur le siège du passager. L'air vif semble faire frissonner cet homme qu'elle croyait mort. Elle appuie le revers de ses doigts sur sa tempe ; comme la peau en est fraîche ! Corinne s'écarte, contourne la voiture, va à l'autre portière, l'ouvre, grimpe sur le siège, s'agenouille, saisit la tête de Mathias, pose la nuque sur ses genoux ; de la paume de sa main droite elle réchauffe le front. Puis elle se baisse, plie son corps autant que possible, laisse du jour entre ses mains et, pour la première fois, embrasse le visage blessé avec toute la chaleur de son amour.

XI

— Mathias ? Mathias ? Tu m'entends ? Réponds-moi !

Le tutoiement est d'instinct, c'est la première fois, elle n'y avait pas songé. Vers le sien, le visage aimé se tourne. La main de Corinne accompagne le mouvement, masse la nuque et le cou pour appeler le sang.

— Il faut sortir de la voiture ; tu es gelé, tu vas attraper du mal. Peux-tu t'asseoir si je t'aide ?

Avec des forces qu'elle n'aurait pas soupçonnées chez elle après cette nuit terrible, Corinne de sa main droite valide pousse Mathias par l'épaule, l'aide à se redresser, à se tenir assis sur son siège.

— Ça va ? Tu peux te tenir droit ? Parle-moi, Mathias, je t'en prie, parle-moi !

Corinne ressent l'effort qu'il fait pour arracher les mots, les sortir de sa bouche.

— Merci, Corinne, merci. Si tu savais comme j'étais malheureux ! Personne ne savait où il t'avait emmenée. Ce sont les gardes-barrières qui m'ont donné l'idée. Il faisait nuit, je roulais vers la cabane… un grand choc. Je me suis évanoui.

— Le sanglier a été tué. Il t'a heurté en débouchant de la forêt pour traverser la route. Cela arrive parfois. Son corps gît sous le moteur. Je vais sortir et faire le tour de la voiture ; tu passeras tes bras autour de mon cou. Nous ne pouvons rester ici. Adrien est sans doute réveillé et il peut déboucher de la forêt n'importe quand. Il nous tuerait tous les deux. Si tu peux te tenir debout et marcher, nous irons jusqu'à ta maison. Elle se trouve à cent mètres d'ici.

Corinne recule ses genoux hors du siège, pose ses pieds sur le talus, se redresse, fait le tour de la voiture. Mathias est assis bien droit, son visage tourné vers elle. Il lui sourit et, pour lui rendre les baisers de tout à l'heure, il tend comme il le peut ses lèvres vers Corinne. Elle se penche, approche les siennes et doucement les pose. Leurs bras se cherchent et se nouent, leurs bouches se joignent. C'est Corinne qui réagit.

— Après, Mathias. Il faut nous mettre à l'abri. Si un automobiliste passe, il nous aidera.

Mais aucun des deux sans doute ne souhaite cette intrusion. C'est leur amour qui naît et ils veulent être seuls. Corinne recule ses épaules,

Mathias s'y accroche à deux bras, elle l'aide de toutes les forces qu'il lui reste à s'extraire de l'habitacle. Prenant soin de tout, elle referme la portière. L'air vif, l'émergence et l'amour de Corinne ont produit leurs effets. Mathias se redresse et, seul, se tient debout, reprend ses esprits. Ce n'est pas la première fois qu'il vit un nouvel amour, mais celui-ci, et à son âge, il le sait, sera un ultime amour.

— Tu vas pouvoir marcher ?

— Il le faudra.

Mathias lui prend la taille, de son bras valide elle entoure la sienne, et tous les deux s'avancent, bras dessus, bras dessous.

— Mais, tu es pieds nus ? Je vois que tu souffres en marchant.

Corinne se tait, mais ses pieds la brûlent. Pour traverser la route et gagner l'autre talus, il faut marcher sur les gravillons et leurs arêtes s'incrustent dans les plantes de ses pieds.

— Je vais essayer de te porter.

— Tu es fou ! C'est déjà bien assez que tu te portes toi-même !

— Je t'assure, ça va mieux. L'air vif me revigore !

Enfin, ils accèdent au talus et Corinne peut appuyer ses pieds ensanglantés sur l'herbe fraîche et mouillée. Sa fraîcheur la soulage, elle s'efforce à marcher un peu plus vite. De bouger son corps et ses membres, de respirer l'air frais, Mathias se réveille tout à fait, essaie de venir en aide à Corinne, de la soutenir autant qu'il peut afin que sur ses pieds son corps lui soit moins lourd.

— Regarde ! s'exclame-t-elle. La clairière et ta maison au fond.

Mathias sourit, soulagé, se penche et l'embrasse. À la vue de la maison où ils vont se réfugier, Corinne se sent moins pressée ; elle s'arrête, s'immobilise, rend le baiser. Tous les deux, à l'orée de la clairière, ils se serrent très fort, se réchauffent de leurs deux corps, s'embrassent en amants. À travers la chemise déchirée, la peau chaude de Corinne se colle à ce nouvel homme qui émerge dans sa vie.

— Viens ! Il peut venir.

Pourquoi traduire ce il ? Tous les deux le savent bien. Fort comme il est, si Adrien survenait, il ne ferait d'eux qu'une bouchée, affaiblis comme ils sont.

Descendre la clairière n'est pas si facile. Les traces de pneus ont mis la terre à vif. Mathias, résolument, sent ses forces suffisamment revenues. Il prend Corinne dans ses bras, la soulève et la porte jusqu'à l'entrée. Les jambes nues et blanches battent l'air, les petits pieds s'agitent. Corinne, pour soulager les bras de Mathias, à son cou s'agrippe des siens. Enfin, ils sont chez eux. Ce court portage a épuisé les forces de Mathias.

Sitôt chez lui, il pose Corinne sur la première marche de l'escalier de bois, place ses mains sous ses aisselles pour l'aider à monter. Il aurait tant voulu la porter jusqu'à la chambre comme un jeune marié ! Mais il ne peut, sent qu'il est allé au bout, a présumé de ses forces. Vue de dos et de plus bas, comme elle est belle, Corinne, quand elle ondule à monter les marches de l'escalier. Sa chemise déchirée laisse tout espérer à Mathias et il se mord les lèvres de ne pouvoir continuer à la porter. Ses mains s'avancent, caressent les hanches rondes et les fesses très fermes de cette femme à son apogée. Elle ne se dérobe pas, ne refuse pas ses mains aux doigts longs et agiles qui tout à l'heure, elle le sent, glisseront sur sa chair en caresses de velours. Devant le pauvre lit, un simple matelas pneumatique habillé d'un sac de couchage, Mathias pose une main sur la hanche de Corinne, l'autre derrière sa nuque, plante ses yeux dans les siens et sa bouche sur la sienne. Tous les deux, goulûment, ils s'embrassent, se serrent à s'étouffer. La main de Mathias s'aventure hors de la taille, remonte la chemise, s'y glisse dessous, caresse le ventre lisse, descend, les doigts peignent la toison, s'introduisent entre les cuisses. Corinne, ardemment, amoureusement, répond et se laisse allonger sur la couche. Mathias délivre son beau corps des derniers lambeaux de la chemise : comme elle est belle ainsi, nue et allongée, offerte sans réserve. Longtemps, malgré le froid, l'inconfort et ce qu'ils ont souffert auparavant, les amants ahanent dans le silence de la clairière, murmurent leur plaisir.

Ils se sont endormis. Leurs deux corps blancs et nus s'éclairent de la lumière du fenestron. Durant leur sommeil, la terre a poursuivi sa valse sur elle-même, s'est offerte au soleil, lui a permis ainsi d'éclairer les amants. Il s'est trouvé qu'à midi le rai solaire a chauffé leurs paupières, sa lumière a effleuré leurs iris. Tous les deux ont rêvé d'un incendie, et les flammes du rêve les ont réveillés. Leurs mains reposaient sur leurs torses et leurs épaules, leurs ventres se faisaient face, leurs sexes s'appelaient. À nouveau, ils se sont désirés et se sont aimés. Vers 1 heure de l'après-midi, ils se sont levés. C'est souvent ainsi après l'amour, la réalité revient. Ils avaient froid, ils avaient faim, ils avaient soif, et la maison était vide. Corinne s'est vêtue du sac de couchage, Mathias s'est rhabillé.

— Comme c'est beau ! Je n'avais jamais admiré la vallée de la Loire vue d'ici.

Tous les deux, accoudés à la petite fenêtre qui ouvre derrière la maison, admirent la Loire, la forêt proche effeuillée de l'automne avancé et, au loin, la tour de Roche-en-Régnier qui veille sur la vallée comme ses seigneurs autrefois. Face à eux, les ruines d'Artias émergent au-dessus du fleuve redevenu paisible. Si les douglas, les bouleaux et les fayards ne poussaient pas si hauts et si proches, Corinne pourrait apercevoir sa maison du Batelier. Cette pensée la ramène à la cabane du Gerbizon et, bien sûr, à Adrien :

— Qu'allons-nous faire, Mathias ? Nous sommes épuisés. Nous devons manger, boire, et je suis presque nue. Il me faut des vêtements.

Son regard amoureux laisse les paysages et se tourne vers elle.

— Ici, j'ai quelques provisions. Nous allons faire quatre heures. Puis nous descendrons à Retournac. Je t'achèterai de quoi t'habiller et nous ferons des courses. Nous mangerons dans la voiture. Mais nous ne pouvons passer l'hiver ici ; ma maison est sans chauffage et il faudra longtemps pour faire les travaux. Soit nous allons chez toi au Batelier, soit, si tu le veux, je t'enlève et t'emmène à Paris.

— À Paris ?

— À Paris. Mon appartement se situe juste au-dessus de ma librairie, dans l'île de la Cité. Tu ne seras pas trop dépaysée : l'entrée donne sur le quai aux Fleurs, face à la Seine. Tu verras, elle est plus sage que la Loire et coule très doucement. C'est à peine si l'on peut discerner dans quel sens elle s'écoule. Sur les berges, il ne pousse pas de jacinthes, mais tu en trouveras chez les fleuristes.

Corinne ne connaissait Paris que par la radio, la télévision et les journaux. Elle n'avait jamais voyagé. C'était tout juste si, pour y faire des courses exceptionnelles avec Colette, sa belle-sœur, elle s'était rendue deux fois à Saint-Étienne avant le mariage de ses enfants. Depuis qu'ils y étaient établis, elle avait pris trois fois l'autorail avec Adrien pour aller les voir. À la grande époque des Verts, au temps de Robert Herbin, des supporters de Haute-Loire avaient organisé un déplacement au stade Geoffroy-Guichard, dans le Chaudron, comme on l'appelle. Adrien et Baptiste en étaient ; Colette et elle avaient accompagné leur mari. Mais Paris ! Jamais elle n'aurait imaginé d'y aller. Cependant, comme avec cet homme qui lui prenait la taille sous le sac de couchage en regardant la Loire, tout paraissait facile ! Son regard laisse la vallée, détaille le visage aimé comme pour s'assurer de son sérieux.

— Mais, mon mari, mes enfants, ils vont me faire rechercher ?

— Tout d'abord, tu es libre. Les femmes mariées ne sont plus sous tutelle et tes enfants sont grands, majeurs et vaccinés ! Sans doute feront-ils effectuer une recherche dans l'intérêt des familles, comme on dit. Mais, sitôt à Paris, tu adresseras un courrier à ton mari et à tes enfants pour les assurer que tu vas bien et que tu as décidé de passer l'hiver à Paris, chez moi, et de ton plein gré. Inutile d'en dire plus. Si Adrien insiste, tu lui rappelleras ton enlèvement et ta séquestration. Quant à moi, je me chargerai de lui rappeler les coups qu'il m'a portés avant de t'enlever.

Corinne reporte à nouveau son regard vers la Loire ; Mathias, lui, a vécu seul, indépendant, célibataire, libre comme l'air. Il n'a pas d'attaches. Mais elle, toute sa vie est là-bas, sur les berges de la Loire. Ses racines y sont enfoncées profondes, comme celles de ses jacinthes. Leurs hampes mauves et bleues qui émergent au printemps parmi l'herbe verte de leur prairie dédiée lui reviennent en esprit. Elle ne peut les abandonner. Elle se colle à Mathias, lui prend un peu de sa chaleur. L'après-midi s'avance, le soleil bientôt va effleurer la tour de Roche et la fraîcheur s'annonce. Corinne lève vers lui ses yeux bleus lumineux.

— Mathias ?

Il baisse sa tête vers elle ; ses lèvres s'ouvrent et laissent passer les mots.

— Je t'écoute, mon amour.

— Que vont devenir mes jacinthes ? Je ne peux les emporter.

— Mais nous ne partons pas pour longtemps. Il s'agit seulement de passer l'hiver au chaud, chez moi, à Paris. Tu le sais bien, nous ne pouvons partager ta maison du Batelier avec ton mari. Les plans pour mes travaux sont prêts. Dès le mois de mars, nous revenons ici. Tu m'as dit que le pré était à toi, que tu le tenais de ta famille, que seule la maison appartient à Adrien. Tu verras pousser tes jacinthes au printemps.

— Tu me le promets ?

Pour répondre, dans ses deux mains il lui prend le visage et en embrasse les lèvres. Il la sent défaillir, mais ce n'est pas le baiser.

— Corinne !

Elle reprend ses esprits, mais comme ses joues sont pâles !

— Mathias, je crois que j'ai faim et soif.

— Pardon, mille fois pardon. Moi aussi j'ai faim. Mais j'ai passé la nuit dans la voiture. Toi, tu as descendu la montagne. Il me reste du pain, du thé, du sucre, de la confiture et du beurre. Je vais te faire des tartines. En attendant, allonge-toi.

Mathias la prend dans ses bras redevenus robustes, l'allonge sur le matelas, la borde dans le sac, lui dépose un baiser sur les lèvres.

— Repose-toi.

Vite, allumer le réchaud à gaz, faire chauffer l'eau. Pendant ce temps, trancher le pain, beurrer les tartines. L'eau frémit. Mathias fait infuser les deux sachets de thé. Heureusement que, prévoyant, il avait rapporté de Paris un minimum de matériel pour se dépanner. Il ne comptait rester que quelques jours, le temps de vérifier ses plans et ses projets. Pour déjeuner et dîner, il comptait sur les restaurants de Chamalières-sur-Loire ou de Retournac ; mieux encore, pour gagner du temps, il se contenterait de sandwichs.

Dans la cuisine du bas est une petite table, mais en si piteux état que Mathias a préféré descendre de Paris une table de camping et deux chaises pliantes. Il les a installées à l'étage, dans la chambre.

Le temps que Corinne somnole, le thé est prêt, le pain tranché, les tartines beurrées. Mathias s'approche de la couche, aide Corinne à se lever, l'enveloppe du sac de couchage tant la maison est fraîche.

— Madame est servie !

Corinne profite de la chaise avancée par Mathias. Bien qu'elle ait faim, elle ressent sa bouche douloureuse. Doucement, autant que lui permet la souffrance éprouvée, elle fait honneur aux toasts. Face à elle, Mathias se plie à son rythme et mange lentement, bien qu'il ait envie de croquer à belles dents. Certes, si le pain est d'ici, le beurre n'est pas celui que Corinne achète le dimanche matin sur le marché de Vorey, et les confitures ne sont pas celles qu'elle prépare elle-même avec les mûres et les myrtilles cueillies par elle sur les buissons ou dans les forêts. Mais son appétit est si féroce qu'elle trouverait bon tout ce qu'on lui offrirait.

Emporté dans ses pensées d'emmener Corinne à Paris et d'y passer l'hiver à deux, Mathias ne songeait plus à l'accident. Mais elle est fille de la terre, garde les pieds dans ses sabots même si elle se trouve pieds nus.

— Que vas-tu faire de ta voiture ? Tu ne peux la laisser dans le fossé ? Si Adrien passe, il va la reconnaître et venir jusqu'ici. À moins que ce ne soit les gendarmes, ou n'importe qui… Personne n'est indifférent à une voiture dans le fossé.

Son regard bleu se durcit et brusquement s'inquiète.

— Mathias, j'ai peur.

— Tu as peur ?

— Oui, la journée sera bientôt passée, la nuit va venir. Ce matin, il ne fallait à Adrien qu'une heure à peine pour me retrouver ou parvenir jusqu'ici, frapper contre la porte, tenter d'entrer, fouiller les extérieurs, faire du bruit, que sais-je encore… Nous ne l'avons ni vu ni entendu. Mathias ?

Elle a bien vu qu'il était perdu dans ses songes. Les questions qu'elle évoquait l'en tiraient ; ce qu'elle disait n'était que trop vrai.

— Je t'écoute et m'interroge comme toi. Je devine.

— Quoi ?

— Il est arrivé un accident à Adrien.

Et alors l'angoisse chez lui se fait terrible. Ce qui lui vient à l'esprit est si violent qu'il en reste sidéré.

— Dis-moi, rassure-moi, Corinne, mon amour : dans la cabane, tandis qu'il dormait, tu ne l'as pas tué ?

Elle le fixe, s'assure de ce qu'elle vient d'entendre.

— Tu es fou ? Et si je l'avais fait ?

— Je t'en aurais aimée peut-être encore plus. T'avoir violentée, toi la femme que j'aime ? Je ne lui pardonnerai jamais. Si tu l'avais fait, je t'aurais cachée, protégée, personne ne t'aurait retrouvée. Paris est si grand, et je le connais si bien…

Elle se lève, fait le tour de la petite table, s'assoit sur ses genoux, se blottit contre lui :

— Je t'aime, Mathias, encore plus pour ce que tu viens de dire.

— Moi aussi, Corinne, encore plus que tu ne penses.

Par la chemise déchirée, une pointe de sein s'échappe. Il la prend et la caresse, y colle un bisou doux.

— Non, il faut partir, descendre à Retournac avant la nuit pour m'acheter des vêtements. Ta voiture ? Comment vas-tu la sortir du fossé ?

— C'est une traction avant. Ce matin, je n'étais pas en état. Nous n'avons pas pris le temps de vraiment regarder, ni toi ni moi. Recouche-toi, couvre-toi, sinon, tu vas prendre froid.

Et Mathias la soulève, l'allonge sur le matelas, la couvre et la borde.

— Dors, petit ange. De toute façon, je reviens.

D'un baiser, il clôt ses lèvres.

Seule une roue avant est engagée dans le fossé, l'autre mord le talus, mais en porte-à-faux. Mathias met le contact, le moteur démarre ; il enclenche la marche arrière, les deux roues tournent, mais sans prise suffisante. Le crépuscule est là, les grandes ombres commencent à draper la forêt de taches sombres, la nuit va être là. La lune affiche son disque rose, il fera froid, peut-être gèlera-t-il. Dans un quart d'heure, il fera nuit. Pas question de descendre à pied à Retournac ou à Chamalières ; Corinne s'en ressent incapable et elle n'est pas vêtue. Mieux vaut encore s'enrouler dans le sac de couchage, se tenir chaud à deux, et faire du stop demain matin. Pas même de téléphone ; il ne faut pas penser à prévenir qui que ce soit. Mathias se penche pour ôter la clé de contact. Le bruit est lointain mais se rapproche ; ce n'est pas celui d'une voiture. Il est plus sourd, se rapproche plus lentement. Maintenant, Mathias distingue deux points orange, à coup sûr des veilleuses. Sans doute un paysan qui rentre à sa ferme la journée finie. C'est bien cela. Le bruit est à présent plus fort, plus mécanique, et la forme du tracteur se précise. Sa couleur également se devine ; il est rouge, haut sur roues, sans doute d'une grande puissance. Pourvu que, et si seulement…

Le conducteur lui aussi a deviné la voiture au fossé. Pour savoir, il met les pleins phares. Arrivé vers Mathias qui lui fait signe au milieu de la route, il arrête le tracteur, mais laisse le moteur tourner, descend ; à l'arrière est attelée une bétaillère.

— Vous vous êtes planté dans le fossé ?

— Un sanglier m'a heurté.

— Bizarre, d'habitude, c'est la nuit.

— Regardez, la bête est là, sous le moteur.

— D'un côté, c'est une bonne nouvelle, nous en sommes envahis. Ces cochons déterrent tout : maïs et pommes de terre. Vous n'avez pas pu vous arracher du fossé ?

— Non, les pneus ne mordent pas.

Mathias se risque :

— Mais peut-être…

— Je suis pressé, mais parole de Firmin, il faut bien s'entraider. Je monte sous le Gerbizon, j'y possède une embouche et je dois prendre deux génisses pour l'abattoir. Je vais vous tirer en reculant. Ça m'évitera d'avoir à détacher la bétaillère, et surtout de perdre du temps à manœuvrer pour la remettre. Vous avez une corde dans votre coffre ?

— Oui, lorsque je viens ici, je m'équipe. On ne sait jamais, la preuve en est.

Mathias ouvre le coffre, saisit la corde. Firmin se penche pour l'accrocher, surprend le 75.

— Vous êtes parigot ?

À quoi servirait-il de mentir ? Tout se saura si vite. Autant dire le vrai, enfin, pas tout ! Ce qui est raisonnable.

— Je suis le propriétaire de la petite maison dans la clairière. Je vais la restaurer.

Éberlué, Firmin guigne Mathias.

— Eh bien ! vous aurez du travail. Personne n'y est venu depuis la guerre. Deux vieux l'habitaient. Enfin, ils n'étaient pas si vieux que ça, mais j'étais moi-même mouflet. Alors, vous comprenez. D'ailleurs, avec eux, il y avait un enfant. Parfois, je m'amusais avec lui dans la forêt.

— L'enfant, c'était moi.

— Vous ? Ça alors ! Comme on dit : seules les montagnes…

— Votre prénom est Firmin, avez-vous dit ?

— Oui, mais excusez-moi, je ne me souviens pas du vôtre. Il y a si longtemps…

— Plus de trente-cinq ans ! Moi, c'est Mathias.

— Ça y est, ça me revient, je vous reconnais. Vous vous souvenez – à présent que vous êtes parisien il m'est difficile de vous tutoyer –, il y avait parfois une petite fille qui s'amusait avec nous et d'autres garçons, elle s'appelait Corinne. Si vous voulez la revoir – je suis sûr qu'elle en serait contente –, elle habite en bord de Loire, au Batelier, sous Artias. Avec Adrien, son mari, ils n'ont pas eu de chance, la grande crue du 21 septembre a inondé leur maison. Bon, voilà le second nœud serré. Mettez-vous au volant et démarrez doucement en marche arrière, ça devrait aller.

Maintenant, il fait grand nuit. Les deux moteurs ronflent, réveillent Corinne qui s'était endormie. Elle se lève, va à la fenêtre sans lumière et, dans la cabine éclairée du tracteur, reconnaît Firmin, qu'elle connaît bien. Paysan au Pinet, ils sont allés à l'école ensemble à Chamalières et se croisent souvent encore sur les marchés et dans les fêtes. Vite, elle retourne se coucher. Surtout, qu'il ne l'aperçoive pas sur sa couche ou dans ses loques !

La puissance du tracteur est telle que la 505 s'enlève du fossé comme s'il s'agissait d'un jouet et, en moins de temps qu'il n'en faut pour le dire, se retrouve sur la route. Firmin descend de son tracteur, coupe le moteur.

— Défaites le nœud qui tient votre voiture. Je dénoue celui noué à mon tracteur.

Dans la nuit, sous les faisceaux des phares, les arbres de la forêt prennent des allures de fantômes, lancent au loin les ombres de leur tronc.

Les cimes aiguës et noires se dessinent dans le halo de lune. La blancheur éclairée des écorces qui habillent les bouleaux semble des cierges dans une église. Une large main calleuse s'offre à celle de Mathias.

— N'empêche, j'ai été content de vous rencontrer. Maintenant que vous êtes de retour au pays, il va falloir se revoir. Une fois tous les trente-six ans, c'est un peu rare !

Il serre la main, la trouve lisse.

— À propos, si ce n'est pas indiscret, que faites-vous à Paris ?

— Libraire : livres rares et anciens.

Un beau sourire franc éclaire le visage de Firmin.

— Au toucher, j'avais bien senti que je ne serrais pas la main d'un paysan !

Vite, redémarrer, rejoindre la clairière, garer la voiture devant la maison. À peine ouvre-t-il la porte que Corinne apparaît tout en haut de l'escalier.

— Je t'ai aperçu avec Firmin. Tu as eu de la chance. Je le connais depuis l'enfance, il est brave.

— Et surtout sympathique. Il m'a confié qu'il te connaissait et nous nous sommes retrouvés amis d'enfance !

— C'est vrai. Dire qu'il a fallu la crue pour toutes ces retrouvailles ! Mathias, que faisons-nous ?

— Si tu es toujours décidée, dès cette nuit nous partons pour Paris.

— Maintenant ? Dans mon état ? À Retournac, les magasins sont fermés, et partout à cette heure.

— J'y pense. Chez toi, en bord de Loire, tu dois avoir de quoi te changer et t'habiller pour le voyage ? À Paris, nous ferons des emplettes, je t'habillerai en Parisienne !

— Et si Adrien est à la maison ?

— Alors, nous ferons demi-tour, inutile de le provoquer. Durant le voyage, je t'achèterai le nécessaire. Une fois arrivés, nous compléterons.

— Tu crois que je vais pouvoir vivre à Paris ? Loin de mes bois et de la Loire ?

— Bien sûr, mon amour, surtout pour trois mois. La plupart des Parisiens n'y sont pas nés.

Dans la maison, il n'y a rien à emporter, ou si peu. Un tour de clé, Mathias démarre, prend la direction de Chamalières. En descendant le chemin vers la Loire, Corinne retrouve le fleuve qu'en si peu de jours elle avait oublié, tant les derniers événements l'avaient profondément marquée. Elle tourne la tête vers Mathias, vers cet homme qui lui a fait l'amour d'une tout autre façon. Et si elle ne l'aimait pas autant qu'elle le croit ? Lui, il l'aime, elle en est certaine. Mais elle ?

Où en sont vraiment ses sentiments ? Est-elle bien certaine de ne plus aimer Adrien, son mari, le père de ses enfants, cet homme qui a partagé sa vie, avec qui elle a été heureuse. Et si cet amour pour Mathias n'était que le contre-choc de la violence d'Adrien, de sa jalousie maladive ? Elle en est certaine : la violence de son mari procède de la peur de la perdre.

Le reflet argenté de la lune sur la Loire éclaire un peu la nuit. De profil, Corinne dévisage Mathias. Elle l'aime. Elle partira avec lui. Mais sitôt à Paris, elle écrira à ses enfants, à Adrien. Elle préférera l'écriture au téléphone ; au papier, elle confiera des choses qu'au téléphone une voix interromprait. La Loire est calme, silencieuse à part le bruit de la chute sur la digue. Comme chaque nuit limpide sous la lune et les étoiles, un peu de lumière s'accroche aux petites vagues. De temps à autre s'entend une claque sur l'eau, comme un bruit de ricochet. Une gerbe retombe et éclabousse en bulles argentées ; les perches chassent, même de nuit.

La maison est bien noire, bien fermée. Un pressentiment indique à Corinne qu'Adrien ne s'y trouve pas. Pourvu que la clé se trouve dans sa cache, qu'Adrien ne l'ait pas ôtée pour l'empêcher d'entrer. Ils ont deux clés : son mari en porte une sur lui, l'autre se trouve sous une lauze où Corinne la met et la reprend selon ses va-et-vient.

— Tu penses que ton mari est ici ?

— Non, je ne crois pas. J'espère qu'il n'a pas emporté ma clé.

Elle descend, Mathias coupe le moteur, éteint les phares et la rejoint. Corinne, accroupie, en chemise, soulève la lauze grise légèrement enterrée et dissimulée sous des charmilles derrière le portillon. Sa main cherche et la trouve. La clé est exactement à la place où elle l'avait posée au moment de partir aux champignons.

— Ouf ! je ne sais pas ce que nous aurions fait. Viens !

Elle monte les marches de l'escalier, introduit la clé, la tourne, la porte s'ouvre. Pieds nus, sans éclairer, elle marche vers la chambre : le lit est vide.

— Rejoins-moi vite ! N'éclairons pas, on ne sait jamais.

Comme une statue d'albâtre, son corps nu à part le plâtre au poignet gauche se dévoile lorsque glisse la chemise. Mathias l'avait portée, mais il ne l'avait pas vue marcher nue. Il s'approche :

— Non, Mathias, je t'en prie, nous n'avons pas le temps.

Comme elle est belle ! Son corps plein de santé rappelle les peintures flamandes, lorsque les hommes aimaient les femmes aux formes pleines.

Elle ouvre son armoire à linge et, malgré la pénombre qui d'ailleurs les gêne moins maintenant que leurs yeux s'y sont habitués, Mathias découvre que pour une femme de la campagne sa garde-robe est bien garnie. Après culotte et soutien-gorge qu'il s'empresse d'accrocher, Mathias aide Corinne à passer son collant. Elle choisit un chemisier, s'habille d'un tailleur écossais, se protège d'une parka. Quant aux chaussures, elle en essaie des souples, et par précaution se munit de babouches pour ses pieds écorchés. Vite, dans le premier fourre-tout qui lui tombe sous la main, elle enfourne pêle-mêle nécessaire de toilette et autres petits quelque chose. Un regard, elle cherche son sac, le trouve, prend dans l'armoire et le tiroir du placard de la cuisine tout l'argent qu'elle y trouve, des yeux indiquent à Mathias qu'elle est prête pour partir. Dans la voiture, elle se recoiffera.

Sur le balcon, elle referme la porte, jette un dernier coup d'œil sur la prairie dont le vert vire au mauve dans la nuit.

— Mathias ?

— Oui, mon amour.

— Je t'en prie, tu vas rire.

— Non, pas du tout. Attends, laisse-moi deviner : tu veux dire au revoir aux jacinthes !

Elle l'admire, éberluée.

— Comment as-tu trouvé ?

— Je t'aime, c'est pour cela. L'amour dit tout.

— Accompagne-moi jusqu'à leur pré. Je veux leur dire au revoir.

Bien qu'ils soient pressés, les amants font le tour de la maison, remontent la prairie où l'automne a imprimé sa marque, transformé les couleurs. Sur l'herbe moins verte, passée, des feuilles mortes s'étalent que le vent a déposées.

— Elles dorment sous la terre. Au revoir, petites jacinthes.

— Je te le promets, au printemps nous serons là, avant même qu'elles ne sortent.

Face à la Loire qui coule sous les étoiles, la voiture fait demi-tour, remonte le chemin, traverse le passage à niveau, roule vers Retournac. Corinne repère tous ces lieux qui sont les siens ; elle épie le visage de Mathias absorbé par la route. Au pont de Retournac, ils traversent la Loire, roulent vers Saint-Étienne. Demain soir, ils dormiront à Paris.

XII

Sur la petite route qui serpente au pied du mont Gerbizon, le ronflement du tracteur crève le silence de la nuit ; c'est bien la première fois que Firmin se rend aux embouches à des heures aussi indues. Heureusement que les phares éclairent bien. Dans la bétaillère, il a déposé le sanglier tué, sans même se rendre compte qu'il était froid et raide, que l'accident datait de nombreuses heures. Sacré Mathias ! Depuis la fin de la guerre, il l'avait parfaitement oublié, et il avait fallu la rencontre d'un sanglier pour que les deux hommes se retrouvent. À présent, la route étroite grimpe et se fait raide, les faisceaux de lumière balaient les lisières, les fougères brunies d'automne et les ronces apaisées, accrochent les nids-de-poule. Firmin connaît tout ce chemin par cœur pour l'avoir fait dix mille fois, avec son grand-père, puis son père, puis tout seul. Il n'a pas de fils, et si l'une de ses filles ne se marie pas à un paysan il n'y aura pas de suite. Un coup de volant vers la droite, le tracteur s'engage sur le sentier de terre aux ornières profondes, la bétaillère suit en cahotant. Deux piquets reliés par quatre rangées de barbelés, c'est l'entrée de l'embouche. De jour, Firmin eût manœuvré pour remonter le sentier à reculons et présenter aux bêtes l'arrière de la bétaillère. Mais de nuit, mieux vaut être prudent : les feux rouges du recul signalent sans éclairer. Il descend, dénoue la ficelle qui tient le haut du piquet, le soulève et le tire sur le côté pour libérer l'entrée. Vite, remonter sur le tracteur, entrer dans l'embouche, refermer le passage ; les bêtes sont déjà couchées et leurs masses colorées se dessinent sous la lune. Légèrement à l'écart, mais pas trop, le taureau lui aussi est couché, mais ne dort que d'un œil. Il relève la tête, se dresse sur ses pattes arrière, puis sur ses antérieures. Firmin sort la tête et le bras de la cabine, adresse un signe au taureau. L'animal sans doute reconnaît son maître, n'insiste pas, demeure debout où il se trouve. Firmin va rouler jusqu'aux vaches. Sur place, il abaissera la ridelle à l'arrière de la bétaillère et y fera monter les deux génisses. Ce sera plus facile que de les pousser à marcher jusqu'à la sortie au bout de l'embouche. Son chien est mort écrasé durant l'été et il n'en a pas d'autre. Mieux vaut ne pas donner aux génisses l'idée de courir n'importe où en profitant du trajet et de l'espace. Les deux faisceaux des phares balaient l'herbe, les bosses, les taupinières, les bouquets d'orties et de ronces dont les bêtes ne veulent pas.

— Holà ! Qu'est-ce que c'est ?

Une forme grise gît au bas d'une déclive de la prairie.

— Mais, c'est un homme !

Vite, un léger coup de volant pour mieux l'éclairer des phares. Firmin laisse tourner le moteur ; il ne s'agirait pas que les phares allumés épuisent la batterie. De son siège, il saute sur l'herbe, s'approche. C'est bien un homme, couché sur le ventre, le visage dans l'herbe. Il pose ses doigts sur le cou, il n'est pas froid, l'homme vit. À deux mains, Firmin le prend par une épaule et la hanche, le tourne sur le dos. Le visage, à présent bien éclairé par la lune autant que par les phares, se présente à Firmin.

— Mais, ma parole, c'est Adrien, le forestier du Gerbizon, le mari de Corinne. Qu'est-ce qu'il est venu faire ici ? Holà ! tout ce sang !

La tache se dessine large et brune sur le côté droit, inonde la chemise, la doublure de la veste. Même l'herbe en est imprégnée. Le sang a coagulé, la blessure ne saigne plus. Firmin déboutonne l'épaisse chemise à carreaux, l'écarte, va à la ceinture, tire et soulève le maillot de corps bleu ; la blessure se présente large, circulaire et sans doute profonde. L'os plat et brisé apparaît, dessiné d'échardes blanches. Au coup d'œil, aucun doute n'est possible.

— Un coup de corne !

Firmin se tourne vers le taureau debout qui lui aussi regarde.

— Toi, si ça se trouve, tu as encore du sang séché sur la pointe d'une corne ; mais mon pauvre Adrien, quelle idée de traverser une embouche où se trouve un taureau pour des vaches en chaleur ! Et dire que nous parlions de toi et de ta femme tout à l'heure. J'y pense, elle doit se faire un souci d'encre.

Les nouvelles du Batelier n'étaient pas encore montées au Pinet !

— Ce n'est pas le tout, je vais te poser dans la bétaillère, j'y ai mis une bonne couche de paille pour les génisses. Oui, mais… il vaut mieux que je fasse d'abord monter mes deux génisses ; si elles grimpent après toi, elles pourraient bien te marcher dessus. Tu as assez souffert comme cela. Auparavant, abaisser la ridelle. Voilà.

— Ah ! la baguette !

Firmin, doucement, en vrai paysan éleveur, va à une génisse qui n'a pas jugé utile de se lever, la prend par une corne à peine poussée, la fait lever, l'entraîne vers la ridelle abaissée, l'aiguillonne à la baguette pour qu'elle grimpe, l'attache par le cou à la chaîne apprêtée pour cela. Dès l'installation de l'autre bête, Firmin retourne à Adrien, s'agenouille, d'un véritable tour de force le soulève dans ses bras ; mon Dieu qu'il est lourd ! Une plainte sourd de sa bouche. Firmin le sait : rien n'est plus douloureux qu'une côte brisée. À la campagne, il y a tant d'accidents ; les paysans savent presque tout de la douleur. Chacun au pays connaît la carrure et la force prodigieuse du forestier ; et ce n'est pas de la graisse, mais du muscle ! Firmin, qui lui non plus n'est pas un maigrichon, n'aurait pas porté sa carcasse sur cent mètres, d'autant qu'Adrien est aussi inerte qu'un mort et ne peut rien pour aider. Mais sur quelques mètres, ça va. Les deux genoux appuyés sur la ridelle abaissée, il pose le corps en travers, exactement contre la ridelle. Il borde Adrien de paille, relève la ridelle. Les deux génisses attachées ne pourront pas le piétiner.

Que faire ? Pas de téléphone, personne à cette heure sur les routes, aucune ferme ou maison habitée avant le hameau de La Fayolle.

— De toute façon, il faut partir. Je demanderai à la première maison éclairée.

Il est 11 heures du soir. Sur la route, en pleine nuit, la lueur des phares dans les virages balaie davantage la forêt que la route. Leurs faisceaux de lumière baignent les sous-bois de mystère, mais Firmin n'y prête pas attention ; il ne pense qu'au blessé au fond de sa bétaillère et pousse tant qu'il le peut le moteur de son tracteur. Le pied sur la pédale de l'accélérateur, il l'enfonce jusqu'au plancher. Des animaux de nuit, rapaces, renards ou biches, surpris pas les faisceaux, s'enfuient sous les couverts. Deux sangliers dérangés foncent à travers un champ.

— Il ne manquerait plus de faire comme Mathias ! À propos, comment va notre homme ?

D'un coup d'œil derrière lui, Firmin s'assure qu'Adrien se trouve bien à sa place dans la paille au fond de la bétaillère, que les deux génisses n'ont pas cherché à le repousser.

La clairière est là, et la maison dort tout au fond. Il braque, descend devant la maison, laisse le moteur tourner, klaxonne. Rien. Aucune clarté ne passe par les fentes des volets. Il klaxonne à nouveau, et nulle lumière ou bruit qui indique la présence et la vie.

— Bizarre ! Mais où est la voiture ? La grange est écroulée ; peut-être derrière la maison ?

Firmin quitte son siège, descend, fait le tour de la maison, découvre sous le ciel clair la canopée superbe du paysage des cimes que jamais de sa vie il n'avait pris le temps de venir admirer. D'où il contemple, la forêt descend en pentes souples, en déclives multiples, vers la vallée de la Loire éclairée de la lune et des étoiles. Le ciel en est si clair qu'il en est scintillant. Mais Firmin n'est pas poète, c'est un homme que la vie a façonné au moule de la réalité. Enfant, lorsque ses parents le surprenaient à rêver ou à lire, cet espace de temps inutile à leurs yeux était interrompu d'un vigoureux :

— Tu n'as rien de mieux à faire ! Tu crois que ça tombe tout rôti dans l'assiette ? Si tu n'en as pas, je vais t'en trouver du travail, moi !

Et aussitôt pleuvaient les « Fais ceci » et « Fais cela ».

La blessure d'Adrien ne peut attendre. Il faut reprendre la route, peut-être à La Fayolle trouvera-t-il une maison allumée ? Firmin contourne la bétaillère, jette un coup d'œil au blessé, remonte sur son tracteur, effectue un rapide demi-tour dans la clairière. Quelques minutes après, du sommet d'une bosse de la route s'aperçoivent tapies et serrées les unes contre les autres les maisons du hameau. Pour la plupart, elles appartiennent à des vacanciers, comme on dit ici. Seules quelques-unes sont habitées toute l'année. Firmin les scrute du haut de son siège, en remarque deux dont le balcon est éclairé par une lanterne suspendue à sa volute de fer. La plus proche se trouve néanmoins tout en bas du hameau, la ruelle pour y accéder est étroite, sinueuse ; inutile de s'engager dans ce dédale au risque de ne pouvoir remonter. Le mieux est de laisser tracteur et bétaillère sur le bas-côté de la route. Firmin descend, marche vite, ouvre le portillon du jardin, monte les marches de l'escalier, heurte du poing le panneau peint en bleu de la porte d'entrée. Des pas se traînent, une voix appelle :

— Qu'est-ce que c'est à cette heure ?

À la seule position des aiguilles de sa montre et sans pouvoir lire les chiffres, Firmin voit qu'il est bientôt minuit et que ce n'est pas une heure pour réveiller les gens.

— Excusez-moi, je suis Firmin, du Pinet. J'ai un blessé dans ma bétaillère : un accident.

Sur la commune de Chamalières-sur-Loire, tout le monde plus ou moins se connaît. La clé tourne dans la serrure, la porte s'entrebâille.

— Vous avez de la chance. J'ai regardé la télévision pour m'endormir et j'allais me coucher. Ma femme dort. Vous dites qu'il y a un blessé ?

— Oui, Adrien, le forestier du Gerbizon. Mais il habite en bas, au Batelier, sous Artias. Vous le connaissez ?

— Bien sûr, c'est lui qui me livre mon bois pour l'hiver. Il s'est blessé ? Un coup de hache ou de tronçonneuse ? C'est le drame des bûcherons.

— Non…

— Mais auparavant, entrez donc.

— Merci. Il a dû traverser mon embouche et mon taureau l'a encorné. Au côté droit. Possédez-vous le téléphone ? Il faudrait prévenir les pompiers pour le transporter au Puy.

— Venez, il est posé sur le guéridon, au fond du couloir.

La porte de la chambre s'ouvre et paraît une femme à qui Firmin donne quatre-vingts ans.

— Qu'est-ce que j'ai entendu ? Adrien est blessé. Et où est-il ?

— Dans la bétaillère ; je n'ai pas pu faire autrement pour le transporter.

— Il faudrait l'amener au chaud. Il va prendre froid.

— Il est trop lourd à transporter. Vous connaissez sa carrure. Je m'en suis vu mille misères pour le charger. Mais vous avez raison, si vous avez des couvertures, je vais le couvrir. Cependant, le plus urgent est d'appeler les pompiers pour l'emmener à l'hôpital.

— Il faut aussi téléphoner à Corinne, sa femme, pour la prévenir. Elle doit se faire un sang d'encre. Nous la connaissons, elle est de l'âge de notre dernière fille.

— Un coup de corne de taureau ? Au côté droit ? Nous arrivons. Oui, c'est cela, ne le bougez pas, la blessure pourrait se rouvrir. Couvrez-le bien avec des couvertures. Le risque est l'hypothermie. J'appelle le médecin de Vorey-sur-Arzon attaché à la brigade. Nous arrivons. Comptez une petite demi-heure. À tout de suite.

— Les pompiers arrivent.
— Tenez, voilà deux couvertures. Bordez-le bien. Pendant ce temps, j'appelle sa femme. Donne-moi l'annuaire.

— Ça ne répond pas.
— Insiste : à cette heure, elle doit dormir.
— Bien sûr que non ! Une femme qui attend son mari n'a pas le sommeil lourd.
— Insiste quand même.
— Ça ne répond toujours pas. À mon avis, elle s'est inquiétée, est partie aux nouvelles. Je vais appeler son frère, Baptiste. Il demeure à Ventressac. C'est sans doute à lui qu'elle s'est adressé en premier.

— Ça ne répond pas non plus. Mais eux, c'est normal, ils dorment. Pourtant, si Corinne est chez eux, ils ne devraient pas dormir. Ah !... ils décrochent. Allô ?...
C'est toi, Baptiste ?
— Oui.
— C'est Françoise, de La Fayolle. Tu me reconnais. Est-ce que ta sœur Corinne se trouve chez vous ?

— Corinne ? Bien sûr que non. Pourquoi ?

— Elle n'est pas chez elle non plus. Nous essayons de la joindre. Adrien, son mari, s'est blessé.

— Quoi ? Qu'est-ce que vous dites ?

— Il a été encorné par un taureau, au côté droit. C'est Firmin, le propriétaire de l'embouche, qui l'a retrouvé.

— Attendez, nous n'y comprenons plus rien. Hier, vers les 9 heures du soir, nous avons reçu un coup de téléphone des gardes-barrières. Ils nous demandaient eux aussi si Corinne se trouvait chez nous. Quelqu'un la cherchait. Un Parisien, le propriétaire de la maison dans la clairière, après La Fayolle. Il disait qu'Adrien, son mari, l'avait enlevée de l'hôpital.

— De l'hôpital ?

— Oui, d'Émile-Roux, au Puy. Elle avait été écrasée par l'écroulement d'un mur de la grange de cette maison. C'est ce Parisien qui l'a trouvée et emmenée à l'hôpital.

— Attendez, je ne suis pas toute seule. Ne coupez pas. J'explique à mon mari et au propriétaire de l'embouche qui a retrouvé Adrien.

— Allô ?

— Oui, j'expliquais. Nous n'y comprenons rien. Un mari qui enlève sa femme !

Ça ne s'est jamais vu !

— Colette ? Tu peux venir ? Je vous passe ma femme, elle vous expliquera mieux que moi.

— Bonsoir, madame. Je suis Colette, la belle-sœur du blessé. C'est une histoire pas nette. Dans cette affaire, il n'y a pas que le taureau qui a des cornes. À mon avis, mais je ne possède pas de preuves, Corinne est partie avec ce Parisien, son amant. Le mieux est de prévenir... Allô ? Allô ?

— Excusez-moi, mais les pompiers arrivent. Je suis obligée de raccrocher.

Effectivement, depuis quelque temps retentit sur la route qui traverse la forêt de La Fayolle la sirène des pompiers. Dans la nuit silencieuse, ce bruit qui fait peur et impressionne s'entend de très loin. On le devine grimper la route qui vient de Chamalières et son avertisseur se fait plus lugubre au fur et à mesure qu'il avance et se rapproche de La Fayolle. À présent, face au tracteur et ses phares en veilleuse, les pompiers arrivent, gyrophares tournants et Klaxon en puissance. Firmin sort en courant de la maison pour faire ranger le fourgon rouge derrière la bétaillère. Derrière eux suit une voiture également rouge : c'est le médecin.

Firmin débloque la ridelle, retire les couvertures. Le médecin tâte le pouls artériel, grimace, déboutonne la chemise. Déjà, un pompier tend le ciseau. Le médecin découpe le maillot de corps, met le torse à nu, un torse énorme, velu comme celui d'un grand singe. Les bras sont très longs, musclés, épais comme les cuisses d'un homme ordinaire. Quant aux avant-bras, on dirait des mollets. Les mains sont à l'unisson, elles pourraient couvrir le cul d'une poêle à frire. Sur le côté droit, le trou de la blessure se dessine, violacé, presque noir. Depuis que Firmin a découvert le blessé, le sang coagulé a encore noirci.

— Le pouls est faible, il a sans doute perdu beaucoup de sang, mais, fort comme il est, il peut s'en sortir. Je ne suis pas son médecin. Si ça se trouve, il n'en a point ; un gaillard comme cela, ce n'est jamais malade. On m'avait dit que c'était une force de la nature, mais je ne l'imaginais pas à ce point.

— Je l'ai vu soulever un tronc d'arbre abattu en le prenant par la cime, dit un pompier.

— Et moi, à Retournac, la grosse enclume du forgeron.

— Cela ne m'étonne pas, une véritable force de la nature ! Votre taureau a dû le prendre par surprise. Sinon, il lui aurait empoigné les deux cornes, retourné la tête et brisé les vertèbres. Comme Ursus dans *Quo vadis* ? En tout cas, Firmin, vous aussi vous êtes un costaud : soulever seul un pareil homme, le porter et l'installer à l'arrière de votre bétaillère, félicitations.

— Ça n'a pas été facile ; il est lourd, le bougre. Surtout inerte.

— Je vous crois. Assez bavardé. Nous allons l'isoler dans la couverture de survie, l'installer dans le fourgon et au plus vite le transporter à l'hôpital. Je vais prévenir les urgences. Ici, je ne peux rien faire de plus.

Baptiste et Colette ne se recouchent pas.

— Tu ne peux pas laisser faire ça. C'est ta sœur. Il faut prévenir tes neveux à Saint-Étienne et aviser ta mère.

— Pour elle, je ne vais pas lui téléphoner à cette heure. J'irai la voir demain matin. Quant à mes deux neveux, je leur téléphonerai.

— Du côté d'Adrien, il n'a plus de famille ?

— Non, sa mère était morte quand il n'avait pas cinq ans. Il n'en parle jamais. Je ne sais même pas s'il s'en souvient. Il a été élevé par son père, un ours comme lui. J'ignore si ma sœur a été heureuse avec lui.

— Oui, elle l'a été. Toutes les deux, on se confiait.

— Tu parles d'elle comme si elle était morte ?

C'est un long silence. Colette voit bien que ce ne sera plus jamais comme avant.

— J'en veux à ce Parisien. C'est lui qui a tout déclenché. Et aussi à la Loire. La crue n'a pas abîmé que les maisons et les prairies. Elle a commis bien des dégâts, mais, ceux-là, les assurances ne les remboursent pas. Pourvu que Corinne puisse revoir ses jacinthes. Pour elle, après le départ de ses deux fils, c'était sa vie.

— Tu parles d'un couple : lui dans ses bois, elle dans ses fleurs !

XIII

C'EST UNE BELLE LIBRAIRIE. Sa devanture s'habille de boiseries, s'éclaire d'une large baie vitrée où s'exposent, inclinés sur leurs pupitres, quelques vieux livres reliés. Au-dessus de la porte d'entrée, encadrée d'un bâti et de traverses de bois, rendue transparente par deux panneaux de verre, se lit en lettres noires italiques damasquinées sur une longue plaque de cuivre : *Librairie Ancienne*.

Mathias fait le galant, s'incline pour inviter Corinne à pénétrer parmi les livres.

— Je vous en prie, chère madame, vous qui apportez ici le souffle de la jeune Loire, entrez dans ma vieille librairie.

Après la traversée nocturne de Saint-Étienne, ils avaient roulé jusqu'après Saint-Chamond. La montre-cadran du tableau de bord indiquait presque minuit. Au pays de Gier, après une nuit et une journée aussi mouvementées que celles qu'ils venaient de vivre tous les deux, la fatigue, brusquement, s'abattait sur chacun ; le besoin de sommeil, implacable, abaissait leurs paupières. Un relais-grill avec chambres surmontait l'autoroute. Tout était éclairé. Mathias emprunta la boucle qui enjambait la voie, gara la 505 sur le parking. Une chambre était libre, aussi anonyme et standard que celles de tous les hôtels de groupe mais, du moins, elle comportait tout ce qu'il convenait, et en particulier un grand lit à deux places. Corinne, exténuée, s'y effondra. Allongée sur le couvre-lit, sa jupe remontée offrait ses cuisses au regard de Mathias. Il se pencha sur elle, ôta la veste du tailleur, dégrafa la jupe, fit glisser le collant, s'aperçut que Corinne avait gardé ses chaussures. Il les enleva en surveillant les paupières abaissées. Elles ne s'ouvraient pas. Corinne dormait-elle, était-elle si épuisée qu'elle se laissait déshabiller dans un demi-sommeil, ou bien éprouvait-elle du plaisir à se laisser dévêtir par l'homme qui l'aimait et pour ainsi dire l'arrachait de la maison conjugale ? Mathias ne s'interrogeait pas, entièrement attentif à déshabiller Corinne en prenant soin de ne pas l'éveiller. Corinne était si belle, si désirable qu'il sut ne pouvoir résister. Il lui sembla alors qu'elle dormait vraiment. Il déboutonna son chemisier, doucement et, sans la réveiller, la tourna sur le dos, dégrafa le soutien-gorge, termina d'ôter le chemisier et tomba dans l'extase de la contempler nue. Corinne s'offrait, écartait ses jambes solides et lisses, désireuses de l'amour. Mathias à son tour se dévêtit.

Au petit jour, les amants s'éveillèrent. Le bruit sempiternel de la circulation sur l'autoroute montait jusqu'à leur chambre. Malgré ce bourdonnement, ils s'aimèrent à nouveau et puis se rendormirent. À 10 heures seulement, tous les deux se levèrent. De la fenêtre, leurs yeux observaient le quadruple ruban de la circulation que Corinne découvrait.

— Si tu veux que nous soyons à Paris avant la nuit, il faut reprendre la route, mon amour.

Le jour les éclairait encore à la porte d'Italie. Par l'avenue éponyme, puis celle des Gobelins et la rue Monge, ils avaient débouché sur le boulevard Saint-Germain et les quais. Ensuite, Mathias avait tourné à gauche jusqu'au quai Saint-Michel, puis traversé la Seine. Mathias expliquait le trajet à Corinne, lui précisait où ils roulaient. Rendus dans l'île de la Cité, il emprunta le boulevard du Palais, tourna sur sa droite pour arriver au quai aux Fleurs, où se trouvait sa librairie. Au début du voyage, les deux amants parlaient de ce qu'ils venaient de vivre, leurs mains se serraient et souvent celle de Mathias s'attardait sur la cuisse de Corinne. Il repoussait la jupe, remontait, maudissait le collant.

— À Paris, je t'offrirai des bas.

— Regarde la route, nous allons avoir un accident.

La route et non pas l'autoroute. Après Lyon, Mathias avait choisi de monter par la N6. Cet homme aimait à s'imprégner des villes et des villages traversés et, entre deux caresses ou mots d'amour très doux, il profitait de leur traversée pour en expliquer l'histoire à Corinne. À Tournus, Mathias découvrit son amante endormie. Il se tut et se contenta désormais de la contempler tendrement lorsque la route le permettait. À Auxerre, Corinne s'étira.

— J'ai dormi longtemps ?

— Mais oui, plusieurs heures. Tu en avais besoin. Nous nous approchons de Paris.

Effectivement, un peu plus tard, les panneaux annoncèrent Fontainebleau. Mathias possédait la qualité des bons guides qui savent être un agréable cicérone sans devenir pédant. Corinne découvrait les décors et autres souvenirs d'Histoire de France appris à l'école primaire, mais si éloignés de sa réalité d'enfant de paysan qu'elle se demandait alors s'ils existaient vraiment.

Mathias presse l'interrupteur et tout s'éclaire. Corinne entre et demeure stupéfaite de ce qu'elle découvre : des rangées et des rangées de beaux livres anciens aux reliures de cuir passé emplissent des étagères de bois ciré. Elles montent jusqu'au plafond, soutenues par des poutres de chêne. Celles-ci s'alignent très haut, peut-être de trois à quatre mètres. Pour accéder au faîte des étagères, deux échelles de bois attendent, posées debout en vis-à-vis sur chaque longueur de la librairie. Comment peut-on posséder autant de livres ? Elle perçoit une odeur ou plutôt un parfum qui lui est inconnu : une fragrance de cuirs secs et de papiers anciens que nulle part elle n'a jamais sentie. Tout ici est propre, sans poussière, parfaitement entretenu. La librairie, vue de la rue, ne laisse pas supposer tout ce qu'elle contient. Sur la rue, sa devanture est large de cinq à six mètres peut-être, mais la librairie s'enfonce en profondeur, sur peut-être trente mètres. Au fond s'ouvre une petite porte : elle donne sur une petite rue, presque parallèle au quai. Séparant la librairie en deux, parallèles aux étagères, de longues tables bout à bout supportent des livres empilés, alignés côte à côte, et toujours présentés du côté des visiteurs. Au fond, parmi les mêmes rayonnages, ou plutôt à la place d'une rangée, un coffre massif fermé par une combinaison à chiffres. Mathias compose du doigt le nombre, ouvre la porte du coffre. Corinne y découvre trois livres épais aux dos et couvertures usés par le temps et aux tranches fripées. À côté du coffre, un petit bureau et un fauteuil aux dos et siège tapissés. Les mêmes que ceux qu'elle se souvient avoir examinés en visitant le château de Polignac à Lavoûte-sur-Loire.

— Pourquoi abrites-tu sous verre ces trois livres en si mauvais état ? Afin que personne ne les touche ?

— En quelque sorte, oui. Mais c'est surtout pour les protéger. Ce sont des incunables. Ils datent de l'origine de l'imprimerie : plus de cinq cents ans ! Tu te rends compte ! Je suis l'un des très rares particuliers à en posséder. La plupart sont à la Bibliothèque nationale ou appartiennent à des bibliothèques publiques. J'évite de les toucher, et encore avec des gants. Si tu le veux, je te ferai tourner quelques-unes de leurs pages.

Derrière le bureau, une porte se dissimule.

— Voici l'accès à notre appartement. Je suis propriétaire de l'immeuble : la librairie au rez-de-chaussée, une cave en sous-sol ; une vraie cave, avec du bon vin, tu verras !

Mathias sourit, serre le visage de Corinne entre ses mains.

— Nous en dégusterons, et je pense qu'après ma maison froide au milieu de la clairière et ta nuit à courir dans la fôret nous l'avons bien mérité. Il nous fera chaud au cœur !

Sur ses lèvres, il dépose un baiser, ouvre la porte, lui prend la main.

— Suis-moi.

La cage de l'escalier est étroite car elle aussi tapissée de livres ; décidément, tout ici est bibliothèque ! Les marches de bois, cirées de frais, sentent bon l'encaustique. Un tapis cramoisi, épais et confortable, maintenu par des tringles de cuivre bien astiquées, les recouvre du haut jusqu'en bas. Toute cette propreté, cette qualité d'entretien, suscite une interrogation de Corinne.

— Tu as une femme de ménage ?

— Oui, bien évidemment. Je ne pourrais à moi tout seul tenir propres librairie et logement. D'autant plus que l'appartement est grand, en mezzanine ; au-dessus se trouve un grenier éclairé de lucarnes. Tu verras, le point de vue est magnifique. On découvre de là-haut tout Paris, l'île de la Cité et Saint-Louis-en-l'Île. Notre-Dame de Paris s'élève juste derrière nous.

— C'est quoi, une mezzanine ?

Mathias sourit, s'excuse.

— Si tu veux, pour faire simple, un appartement sur deux niveaux.

Corinne ignore tout de Paris, sauf les chiffres. À Chamalières-sur-Loire, elle se tient informée, écoute le radio, lit la presse régionale, entend parler des prix de l'immobilier à Paris. Décidément, propriétaire en plein Paris d'un si bel immeuble, Mathias n'est pas à plaindre et possède une belle fortune. Quelle idée de venir s'enterrer dans une clairière de l'Emblavez alors qu'ici il pourrait vivre dans un si douillet cocon ! Elle, ce n'est pas pareil, elle est native des bords de Loire et des forêts. Mais lui, à part ses vacances pendant la guerre, que connaît-il de la campagne ? Il doit avoir ses raisons. Elle les lui demandera.

— Cet escalier n'est pas le seul accès à l'appartement ; il existe un couloir d'entrée extérieur indépendant de la librairie qui donne l'entrée directe. C'est plus pratique quand la librairie est fermée, et plus large. Mais, pour ta première visite, je voulais te faire entrer par la librairie.

Il lui sourit.

— Tu as tes jacinthes, j'ai mes livres.

Tous les deux ont bientôt monté les marches et arrivent sur le palier. Mathias ouvre la porte, une belle porte de chêne à deux panneaux. Il se penche et, sans qu'elle s'y attende le moins du monde, soulève Corinne dans ses bras, la dépose dans l'entrée.

Ce geste ne lui avait plus jamais été offert après son mariage. Au soir des noces, Adrien l'avait soulevée ainsi, dans sa robe de mariée, et l'avait portée comme une plume du balcon jusqu'à la chambre dans leur maison du Batelier. De cette attention amoureuse de Mathias renaît à l'esprit de Corinne le visage d'Adrien, son mari. N'est-elle pas coupable ?

— C'est bien ainsi qu'un homme fait franchir à sa femme le palier de sa maison, n'est-ce pas ?

Corinne sourit et, sitôt qu'il l'a remise debout, elle confie à Mathias :

— Mais nous ne sommes pas mariés ?

— Nous voulons bien partager nos deux vies ?

— Tout cela est survenu si vite que je n'arrive pas à réaliser.

— N'y pense plus. Je te rendrai heureuse.

D'un regard très profond, il interroge Corinne :

— Tu m'aimes, mon amour ?

À son tour, elle scrute ses yeux dont les nuances rappellent la terre des paysans.

— Oui, je t'aime, mais tout est si nouveau.

Il sourit, ne s'interroge pas davantage.

— Tu es chez toi. Viens visiter ton domaine.

Corinne n'a pas même l'idée de l'existence d'un tel appartement. Jusqu'à son mariage, elle a vécu dans la ferme de ses parents. Les fermes des paysans de Haute-Loire étaient simples, avec peu de confort et conçues avant tout pour y vivre à proximité des bêtes et des réserves : foin, paille, blé et autres provisions, sans oublier peut-être l'essentiel, le bois pour se chauffer. Corinne, devenue la femme d'Adrien, celui-ci avait fait leur demeure de la maison de ses parents ; elle était tout aussi simple, mais sans les bêtes et sans les réserves. Adrien était forestier, gagnait sa vie en exploitant lui-même ses forêts, et il fallait acheter tous les produits du quotidien. Jeune mariée, à peine prit-elle le temps de cultiver un petit bout de jardin. Les jacinthes étaient venues longtemps après, une fois leurs deux fils mariés. Corinne songe à eux, et déjà s'aperçoit que sa famille va lui manquer, qu'il faut comme prévu qu'elle écrive à sa mère et à ses fils, à son frère, qu'elle tente d'expliquer.

Mais Mathias lui prend la main, lui fait tout découvrir. Vaste cuisine qu'elle n'imaginait pas, pourvue de tant d'équipements ! Elle a toujours nourri toute sa famille si simplement ! Dans le coin repas trône une petite table. Corinne découvre un fin repas de saumon rose sous une cloche et une bouteille de champagne dans un seau à glace.

— Mais ?

— De l'hôtel sur l'autoroute, j'ai téléphoné tandis que tu faisais ta toilette. C'est ma femme de ménage qui a servi cela !

— Tu es fou !

Puis, c'est le salon, le séjour, le bureau, un meuble bibliothèque pour encore d'autres livres. Il les lui montre, espère qu'elle les lira. Ce sont des livres d'aujourd'hui, des romans, ceux dont elle regardait les couvertures à la maison de la presse de Retournac, le mercredi matin, jour de marché. Au fond du couloir s'élèvent les marches d'un escalier en colimaçon. Mathias les emprunte sans lâcher la main de Corinne. Arrivés sur le palier, une autre porte, lisse, mais tapissée de bleu sur ses deux faces, ouvre sur la chambre. Tout est meublé avec goût, comme un cocon très doux où il fera bon s'aimer et puis dormir.

— Tu aimeras ?

— Mathias…

— Oui ?

— Je ne suis pas habituée à tout cela…

Mathias la serre contre lui, l'embrasse sur les cheveux ; depuis la veille, c'est la place qu'il aime. Puis il pose un baiser sur ses yeux. Ils se ferment doucement sous ses lèvres.

— Tu verras, petite bergère deviendra princesse.

Dans ses yeux noirs, dans sa voix chaude, elle lit son amour pour elle. Une crainte la prend, qu'il ressent dans ses bras : déracinée, pourra-t-elle l'aimer autant qu'il l'aime ?

— De toute façon, rassure-toi, si tu préfères la forêt, comme moi, tu seras heureuse. Dès la venue du printemps, nous retournerons à la clairière de La Fayolle pour le début des travaux.

Les yeux bleus interrogent, heureux autant qu'inquiets :

— Adrien nous laissera-t-il être heureux ?

— Les femmes sont libres aujourd'hui. Mais, montons plutôt au grenier. À cette heure, il fait nuit. Tu verras, Paris est merveilleux la nuit.

Le grenier recouvre exactement l'appartement. Quatre petites fenêtres, qu'en Haute-Loire Corinne appellerait fenestrons, donnent sur les quatre points cardinaux : un bras de Seine et l'Hôtel de Ville au nord ; Saint-Louis-en-l'Île à l'est ; un autre bras de Seine, le quai Saint-Michel et Notre-Dame de Paris au sud ; plus loin, à l'ouest, se découpe et brille la tour Eiffel illuminée.

— Juste sous notre fenêtre, le quai aux Fleurs. C'est par là que nous sommes arrivés tout à l'heure ; j'y ai garé la voiture. La porte de la librairie ouvre sur ce quai. Tu verras, il porte bien son nom. Ce marché aux fleurs de l'île de la Cité déborde sous nos fenêtres ; il demeure le dernier encore en activité à Paris. Sous une immense verrière supportée par des bronzes et des arcs de fer, c'est le royaume des fleuristes… et des fleurs. Nous irons demain ; tu y trouveras sans doute des jacinthes.

— En novembre ?

— De culture sous serre bien sûr ; certainement pas aussi belles que les tiennes, ni sans doute si parfumées. Mais accompagne-moi à l'autre fenêtre, celle du sud.

Bien sûr que Corinne avait entendu parler de Notre-Dame ; des amies plus voyageuses qu'eux-mêmes, car Adrien voulait encore moins qu'elle entendre parler de quitter le Batelier et son mont Gerbizon, lui avaient envoyé des cartes postales de la cathédrale illuminée, de son parvis grouillant de visiteurs. Mais ici, de ce fenestron à quelques centaines de mètres de ses deux tours, Corinne la voyait tout entière ; non pas de face mais de long, allongée sur le bord de la Seine. Sans le savoir, elle faisait partie des privilégiés qui pouvaient à loisir l'admirer de si près et dans toute sa lumière.

Mathias, d'un seul bras, la serre contre lui ; de l'autre, il lui montre ce qu'ils voient.

— À l'école, tu aimais l'Histoire ?

— Oui, assez, mais je ne me souviens pas très bien.

— Tu as entendu parler de Lutèce ?

Corinne sourit, cherche dans ses souvenirs d'enfance, n'ose pas dire non.

— Peut-être…

Mathias n'est pas dupe, mais sourit en retour. Il a senti l'intelligence fine de Corinne. Elle n'a pas pu s'instruire, les soucis de la vie l'ont tout entière accaparée, mais il sent bien qu'en son esprit repose une terre fertile, qui ne demande qu'à être cultivée pour produire les plus beaux fruits et les plus belles fleurs.

— Nous sommes dans l'une des deux îles où habitaient les premiers Parisiens, les *Parisii* comme Jules César les appelait.

Corinne, pour le coup, éclate de rire.

— Jules César, mais je connais ! Les Arvernes, comme on appelait les Auvergnats à cette époque, sont les seuls à avoir repoussé César. Ça s'est passé sur les pentes du plateau de Gergovie. Les Romains ont dû reculer.

— Tu vois que tu en as appris des choses, à l'école, et tu t'en souviens très bien !

Corinne se moque, rit de plus belle.

— Mais non ! C'est dans *Le Bouclier arverne*, avec Astérix le Gaulois !

Mathias admire son rire et l'accompagne. Du coup, tous les deux, ils s'embrassent.

— Demain, si tu le souhaites, nous sortirons. À moins que tu ne préfères un petit restaurant, dès ce soir, maintenant.

Corinne soupire, yeux dans les yeux, dévisage Mathias.

— Non, ce soir, je me sens fatiguée. Et puis, demain, je veux écrire.

— Dès demain ?

— Dès demain. Mes deux fils, ma mère, mon frère doivent être en souci. Et puis, vois-tu, mais comme c'est difficile à t'expliquer, je m'inquiète pour Adrien. Que lui est-il arrivé ? Son absence le soir au Batelier n'était pas normale. Pourvu qu'il n'ait pas fait de sottise, qu'il ne lui soit pas arrivé malheur ! Je ne me le pardonnerai jamais, et mes fils non plus. Je t'aime, Mathias, il faut me croire, mais ce que j'ai fait n'est peut-être pas bien. Aucun être ne peut rayer trente ans de vie. Si Adrien m'a trompée, je ne l'ai jamais su. Je ne puis lui reprocher nulle souffrance avant la nuit dans la cabane. Il faut que je lui écrive, que j'explique.

— Moi aussi, je t'aime, mon amour, tu le sais. Je ferai tout pour te comprendre, et t'aider. Je serai à tes côtés. Toujours.

Dans le grand lit, ils dormirent en amants. Au matin, un frais soleil d'automne se levait derrière l'Hôtel de Ville et, par-dessus l'île de la Cité, au-delà de la Seine, éclairait de ses caresses les hautes cimes effeuillées du jardin du Luxembourg. Mathias s'était levé en premier pour se rendre dans une odorante boulangerie du quai où il avait ses habitudes. Il en revint les bras chargés de petits pains frais et de viennoiseries. Lorsque Corinne entendit la porte d'entrée s'ouvrir puis se refermer, elle quitta le lit douillet, accapara la salle de bains. Au Batelier, elle ne disposait que d'une douche. La veille, Mathias lui avait tout expliqué sur la façon de s'en servir. Elle se fit couler un bain très chaud, en profita ; puis, réveillée et détendue, s'offrit une beauté.

— Comme tu es belle ! Je ne t'avais jamais vue ainsi. Cet après-midi, nous sortirons, ta valise ne suffit pas, il te faut une nouvelle garde-robe.

— Ne me donne pas de mauvaises habitudes. N'oublie pas : dans trois mois, nous serons de retour à La Fayolle.

— Je n'oublie pas. As-tu faim ? Café ? Thé ? Chocolat ? Il suffit que tu dises.

Dès le petit déjeuner savouré, Corinne s'enquiert d'un lieu où elle pourra écrire.

— Installe-toi à mon bureau. Voici du papier à lettres, des enveloppes, des stylos. Tu es chez toi. Je descends m'occuper à la librairie. Pour écrire, il faut être seul. À tout à l'heure.

Et, pour s'enivrer encore du soyeux et du parfum de ses cheveux, il les caresse de ses mains douces et y dépose un baiser. Il ne se lasse pas de l'embrasser. Corinne lui sourit, le lui rend sur les lèvres, écoute ses pas feutrés descendre sur le tapis les marches de l'escalier de bois, ouvrir la porte qui donne sur la librairie, la refermer. Elle pose son papier sur le bureau, un beau vélin à la couleur d'argile, le lisse des doigts pour se donner le temps de l'inspiration, choisit un stylo à bille – elle ne sait plus écrire avec une plume – et puis, sans y penser, les mots viennent tout seuls.

Adrien,

Au vu du cachet de la poste, tu sauras que je suis à Paris. Je vais bien, ne te fais aucun souci pour moi. Si je suis partie, c'est d'abord à cause de la violence que tu as fait subir à Mathias dans ma chambre d'hôpital. Je te rappelle qu'avec tes mains dont toujours tu as ignoré la force tu as serré sa gorge jusqu'à l'étrangler, même s'il n'est pas mort. Tu étais devenu fou. Excuse-moi de te l'écrire, mais tu t'es comporté avec lui comme un assassin. Ensuite, malgré mon état de santé, tu m'as enlevée pour me séquestrer dans ta cabane du mont Gerbizon et me tenir à ta merci. J'ai entendu toutes les paroles que tu as prononcées : tu me disais que tu m'aimais, que c'était pour me reconquérir que tu m'avais enlevée. Tu m'as forcée, pour ne pas écrire violée. J'ai eu peur que tu me tues, et je me suis enfuie avant que tu ne te réveilles.

Avant de quitter le pays, je suis passée par notre maison du Batelier ; tu ne t'y trouvais pas. J'espère que tu n'as pas fait d'autres bêtises.

Mais si je suis partie, ce n'est pas seulement à cause de tout ce que je viens d'écrire. Je ne t'ai jamais menti. Lorsque tu m'as interrogée sur Mathias – le Parisien, comme tu l'appelais –, je n'avais encore rien à me reprocher vis-à-vis de toi. Mais, et cela arrive, t'arrivera peut-être un jour et tu me comprendras, Mathias et moi sommes tombés amoureux après que je me fus enfuie de ta cabane. Entre nous deux, rien n'était prémédité. Nous nous sommes rencontrés par hasard sur la route de La Fayolle ; même si, comme tu le dis parfois, le hasard n'existe pas, nous nous sommes réfugiés dans sa maison, et nous nous sommes aimés.

Nous avons décidé de revenir au printemps, dans sa maison qu'il va faire aménager. Lorsque nous serons de retour, tu t'en apercevras puisque tu passes devant la clairière pour rejoindre tes forêts au sommet du mont Gerbizon.

Mathias ne déposera pas de plainte pour ton agression dont il a été victime. Je te pardonne mon enlèvement et la nuit dans la cabane. Ne me fais pas rechercher. Nous ne sommes plus autrefois, je ne retournerai pas au Batelier. Je te laisse le soin d'entreprendre les démarches du divorce. Si tu n'en prends pas l'initiative, je le ferai à mon retour.

Jusqu'à notre rencontre, Mathias et moi, je t'avais toujours aimé et jamais trompé. Peut-être me suis-je retrouvée lasse de toi, c'est sans doute l'explication de ce nouvel amour. Mathias est différent, correspond davantage à ce que j'attends d'un homme à ce moment de ma vie.

Je souhaite sincèrement que toi aussi tu découvres un nouvel amour. J'écris à Julien et à Guillaume, nos deux fils, à ma mère Clémence, à mon frère Baptiste. Je tiens à ce qu'ils apprennent ma nouvelle vie par moi-même. Je leur demande à tous les quatre de prendre soin de toi.

Si tu l'acceptes, je t'embrasse.

Corinne, jusqu'à présent ta femme qui t'a toujours aimé.

Corinne relit sa lettre, en écrit deux autres à Lucien et à Guillaume, ses fils, une quatrième à sa mère, Clémence, et une cinquième enfin à Baptiste, son frère. Toutes les cinq, différentes sur la forme, s'accordent quant au fond. Sur les enveloppes de papier opaque et épais, elle trace les adresses de sa belle écriture de femme, bien ronde et régulière. L'idée lui vient alors de les faire lire à Mathias. Elle veut qu'il les connaisse, qu'aucun mystère ou ombre ne se glisse entre eux deux.

Au fur et à mesure qu'elle descend les marches de l'escalier, une voix murmurée arrive à ses oreilles. Elle frappe, ouvre la porte, et dans la librairie elle découvre un Mathias qu'elle ignore, le libraire ancien parmi ses protégés. Il les prend, les examine, les ouvre, les referme, les remet à leur place, parfois même leur parle.

— Regarde, j'en ai sorti deux pour toi. Leurs auteurs sont de Haute-Loire et en parlent : Jules Vallès, du Puy-en-Velay, et Jules Romains, de Saint-Julien-Chapteuil. Si tu le souhaites, profite de ton hiver à Paris pour lire les gens de chez toi. Tu as déjà terminé tes lettres ?

— Oui, je les ai écrites d'une traite. Je ne pensais pas que cela serait si facile ; il y a si longtemps que je n'avais pas écrit. Je voudrais que tu les lises avant de les poster.

— Mais, tu crois que ce ne serait pas indiscret de ma part ? Ce sont tes lettres à ta famille.

— J'y tiens, je veux que tu connaisses leur contenu. Et puis...

Mathias interroge Corinne du regard, subodore qu'elle souhaite un petit quelque chose de plus, mais n'ose pas l'avouer.

— Et puis ? demande-t-il en souriant.

— Je voudrais que tu corriges les fautes d'orthographe !

— Je parierais que ceux qui vont lire tes lettres en font plus que toi !

Et, tels que je les imagine, sans doute moins !

— Peut-être, mais j'ai ma fierté.

— En ce cas...

Corinne confie les feuilles à Mathias. Il les prend à deux mains, appuie son dos contre une rangée de livre. Tandis qu'il lit, une délicieuse émotion s'affiche sur son visage. Avec beaucoup d'attention, Mathias lit d'abord la lettre à Adrien, sourit, commence la lecture des suivantes, mais beaucoup plus rapidement puisqu'il a déjà lu la première. Celle-là, il la relit, les rend toutes à

Corinne, lui saisit les épaules à deux mains, lui sourit et l'embrasse sur le front.

— C'est parfait.

— Parfait ?

— Parfait sur le fond, parfait dans la forme. Je te félicite.

— C'est bien vrai ? Tu es sincère ? Et l'orthographe ?

— Aucune faute ! Tu as poursuivi ta scolarité jusqu'à quel âge ?

Corinne ne se retient pas pour éclater de rire !

— Ma scolarité ? Un bien grand mot ; je n'ai que mon certificat d'études.

— C'est ce que je pensais, mais tu l'as passé en quelle année ?

— En 1944, à quatorze ans. Je m'en souviens, les Allemands étaient encore là.

— 1944 ! Mais le certificat d'études de 1944, pour ce qui concerne le français, c'est mieux que le baccalauréat aujourd'hui ! Aucune faute, je te dis. Viens, que je t'embrasse !

Corinne s'en souvenait d'avoir été une très bonne écolière ! Mais il fallait s'aider à la ferme des parents ; et puis, même s'ils l'avaient voulu, comment fréquenter le collège à Yssingeaux ou au Puy ? Mais surtout, jamais Corinne, qui n'aimait pas la ville, n'aurait accepté de quitter ses prés, ses animaux, ses bois et leurs champignons pour aller s'enfermer dans de tristes bâtiments urbains ! C'est uniquement pour Mathias qu'elle est venue passer l'hiver à Paris. Si quelqu'un lui avait annoncé qu'un jour elle s'installerait pour trois mois dans la capitale, Corinne lui aurait ri au nez.

— Dehors, il fait beau. Nous n'allons pas rester enfermés dans la librairie. Cachette tes enveloppes, nous allons les poster. Ensuite, nous irons visiter le marché aux fleurs ; tu verras, c'est pure merveille. Je t'offre des jacinthes, même si elles ne sont pas si belles que les tiennes. Le temps de revenir à la maison et les plonger dans un vase, je t'emmène déjeuner au Vieux Paris. Tu verras, c'est un restaurant aveyronnais où j'ai mes habitudes. La patronne y fait un aligot dont tu me donneras des nouvelles. Puis, nous passerons aux choses sérieuses : courir les magasins de vêtements pour te constituer une garde-robe !

Corinne considère Mathias : comme il diffère d'Adrien qu'elle n'avait jamais pu faire entrer dans ce type d'établissement !

Tout l'après-midi, ils ont couru les boutiques. Le soir, ils avaient des paquets plein les bras.

— Nous n'allons pas rentrer à pied chargés comme nous sommes. Ça te dirait de prendre le métro ?

Tout l'hiver, ils ont vécu en Parisiens. Le jour, Mathias consacrait son temps à recevoir des collègues de province intéressés par l'achat de son fonds. Depuis longtemps, il songeait à tout quitter, à changer de vie, à vivre autrement. Ça n'était pas facile : il aimait ses livres. De superbes livres anciens qu'il achetait à l'occasion de décès. Les parents, les grands-parents avaient constitué des bibliothèques choisies, elles-mêmes transmises par leurs aïeux qui les avaient choyées et enrichies de génération en génération. Lui-même avait hérité sa librairie de son père qui la tenait du grand-père de Mathias. Libraire ancien, reconnu sur la place de Paris et bien au-delà, il disposait d'une clientèle choisie de bibliophiles fortunés, avertis mais exigeants. Ces derniers lui confiaient des recherches de volumes rares et en bon état, ce qui n'allait pas toujours ensemble. Mais Mathias avait pour ami un relieur, un artiste dans son métier ; ses mains redonnaient vie aux dos et couvertures, les habillaient de cuirs neufs. Quitter ses livres et ses amis bibliophiles était pour Mathias une douloureuse séparation. Mais il le fallait. Célibataire malheureux en diverses amours, il ne voulait pas attendre plus longtemps une fin de vie solitaire à Paris, au risque ultime de devoir brader un jour sa librairie pour trouver un acquéreur. La rencontre de Corinne avait seulement accéléré la mise en œuvre de sa décision.

Le vrai est qu'il ne supportait plus l'agitation et le bruit parisiens. Il désirait se délester du brouhaha du monde, profiter de la musique infinie de la forêt où, avec ses oncle et tante, il avait passé entre dix et quatorze ans les plus belles vacances de sa vie. Mathias aspirait au calme, à la distance avec le monde. Mais il ne désirait pas se faire moine ni même philosophe. Tout au contraire, c'était un passionné, mais un passionné de ce qu'il aimait. Certes, il ne partirait pas sans livres. Mais en Corinne il avait trouvé, outre un nouvel amour, la femme rare qui avec lui partagerait son amour de la nature. Dans la clairière, elle pourrait à son aise cultiver de nouvelles jacinthes. Cette maison, cette clairière, ces forêts qu'il avait découvertes enfant, il voulait y revivre avec elle. À cinquante ans, Mathias était riche ; avec la vente de sa librairie, il aurait largement de quoi, comme on dit à la campagne. Cet été, il s'était décidé à retourner sur place pour évaluer l'état de sa maison de La Fayolle. Certes, son état nécessitait de gros travaux, mais elle n'était pas la ruine qu'il craignait. Les deux problèmes étaient l'eau et l'électricité. L'eau, ça ne serait rien, il suffirait de capter la source qui sourdait dans le bois au fond de la clairière. Pour l'électricité et le téléphone, il faudrait qu'il finance lui-même l'installation de la ligne depuis le hameau de La Fayolle. Mais cela ne lui coûterait pas non plus une fortune.

Corinne n'aimerait pas longtemps vivre à Paris, même avec tout le confort et les loisirs qu'il lui procurait. Mais les vitrines, les sorties, les visites, les soirées, cela n'avait qu'un temps. Même lui s'y ennuyait ; il sortait pour elle. Tous les deux avaient hâte de rejoindre La Fayolle.

Parfois, Corinne le titillait :

— Dis-moi, tu as bien réfléchi, tu ne crains pas de t'ennuyer là-bas. Tu n'as plus quatorze ans, tu ne rêves pas un peu ?

— Non, pas du tout, Corinne. Ce n'est pas un coup de tête. J'en rêve depuis longtemps, ou plutôt j'y réfléchis, car mon rêve est devenu projet. Je me suis décidé cet été. Mais ce que je n'avais pas prévu fut notre rencontre en septembre.

— Finalement, heureusement qu'il y a eu la crue !

— Je te rappelle que nous nous sommes entrevus parmi les arbres avant même que tu reconnaisses la montée du rugissement de la Loire. Lorsque je t'ai aperçue à travers les branchages, un pressentiment s'est fait jour au plus profond de moi, d'une façon indéfinissable, mais authentique. J'étais certain que nos vies se croiseraient à nouveau, s'uniraient pour toujours.

— Moi, je t'en voulais surtout d'avoir ramassé mes champignons !

— Et tu m'en veux toujours ?

Corinne ne répond pas, se presse contre lui, lève la tête vers la sienne et quémande ses lèvres. Dans ses bras, il l'étreint.

L'hiver 1980-1981 tirait à sa fin. Janvier avait été rude mais février laissait prévoir le printemps dans un mois. Les jours s'allongeaient ; parfois, quelques giboulées, en avance sur mars, visitaient les Parisiens. Le 17 février, la bonne nouvelle frappait à la porte de la librairie.

Depuis quelques semaines, Mathias était en discussion avec un jeune libraire. Lui-même attendait la décision d'un acheteur potentiel de sa librairie à Aurillac pour financer en partie l'acquisition de celle de Mathias, ou plutôt de son fonds car Mathias désirait pour l'instant conserver la propriété de son immeuble. Après une ultime négociation, l'accord venait d'être conclu.

Sitôt l'acquéreur parti, Mathias grimpa quatre à quatre les marches de l'escalier. Corinne, confortablement installée dans une bergère, était occupée à lire *Les Contes et nouvelles* de Maupassant dans une édition de luxe empruntée au fond de la librairie. Privée enfant de temps pour lire, elle vivait un double bonheur : Corinne chez Mathias disposait de tout son temps et retrouvait le goût de lire. Peut-être son plaisir n'était-il pas seulement dans les textes, mais aussi dans cet homme qu'elle aimait et qui, lui, affectionnait les livres.

— Corinne, mon amour, c'est fait. Nous signons dans la semaine. Si tu le veux, nous pourrons partir en mars.

Elle pose son livre, se lève, va à lui, le dévisage, scrute son regard amoureux.

— C'est vrai, c'est bien vrai ?

— Tu sais bien que je ne plaisanterais pas avec cela. Corinne, la paysanne, toujours dans la réalité, s'inquiète brusquement. Pourtant, depuis longtemps ils réfléchissent au déménagement, aux premiers mois à La Fayolle. Durant les travaux, il va falloir camper.

— Mais comment allons-nous faire ? La maison en l'état n'est pas habitable ?

— Le temps que les meubles arrivent, nous logerons à l'hôtel, à Retournac ou à Yssingeaux. Nous pouvons nous chauffer au bois. Pour l'eau, quelques jours suffiront au branchement avec la source. Pour l'électricité, il faudra quelques semaines, voire deux mois. Nous nous éclairerons à la bougie, cuisinerons et chaufferons l'eau au gaz. Pendant l'été, c'est possible. De toute façon, si à la Toussaint les travaux ne sont pas suffisamment avancés, nous reviendrons passer l'hiver à Paris. C'est bien pour cette raison que je n'ai pas voulu vendre de suite l'appartement.

Mathias attache son regard sur le visage de Corinne, scrute ses yeux et prend peur.

— Tu as changé d'avis ? Tu ne veux plus partir ?

À l'expression de paix et de confiance qu'il lit sur sa mine, Mathias voit bien qu'il se trompe.

— Bien sûr que non ! Tu sais, je n'ai pas été élevée dans le confort. C'est pour toi. Je compare ici et là-bas. À La Fayolle, tu n'as vécu que quelques jours de suite. Mais tout le temps...

— Non, absolument pas, tout au contraire. Dis-moi la vérité : il y a une autre raison. Mais tu ne l'énonces pas. Adrien ?

— Je n'osais pas t'en parler : il reviendra. Je le connais mieux que lui-même. Il n'est pas homme à renoncer. Que ferons-nous ?

— S'il refusait de demander le divorce, es-tu toujours décidée à en faire la demande ?

— Oui, mais ce n'est pas le problème. Adrien est un sanguin, il se moque de la loi. Pour lui, je serai toujours sa femme. Il s'en prendra à nous, de force s'il le faut.

Mathias, très calmement, a écouté Corinne.

— Nul ne peut se rendre justice. S'il utilise ses poings, tant pis pour lui, il ne les utilisera pas deux fois.

Troisième partie

LE GRAND SAPIN

XIV

SUR LE PLATEAU-REPAS, outre l'entrée de crudités, le blanc de poulet et ses petits pois, le yaourt et la pomme, la portion de pain, la carafe d'eau et le verre de vin rouge, l'aide-soignante avait posé une enveloppe. Une belle enveloppe ocre, au papier épais. Elle était oblitérée de Paris. Adrien la prit de ses gros doigts, la retourna : elle ne comportait pas au dos l'adresse de l'expéditeur, mais il reconnut aussitôt l'écriture, celle de Corinne.

L'aide-soignante déposa le plateau sur la table roulante dont le support s'encastra exactement sous le lit et devant le buste d'Adrien. Elle ajusta ses oreillers afin qu'il pût manger sans trop souffrir. Maintenant, une semaine exactement après qu'il eut été encorné par le taureau de Firmin, il souffrait un peu moins.

Ça n'avait pas été facile. Non seulement la corne du taureau lui avait défoncé le côté droit – à gauche, en plein cœur, la mort eût été immédiate –, mais encore elle lui avait brisé une côte. Cette blessure sauvage le faisait souffrir atrocement : une fracture ouverte, beaucoup de sang perdu, il avait failli y rester. Mais ce coup de corne n'était pas le seul traumatisme. Comme souvent en pareil cas, pour faire bonne mesure, le taureau lui avait fait cadeau d'un coup de sabot sur le ventre. Comme beaucoup de forestiers et de paysans, pour éviter les tours de reins, Adrien portait une ceinture de flanelle. Par miracle encore une fois, à part les ecchymoses internes, malheureusement très douloureuses, aucun organe n'avait éclaté. Il avait fallu lui transfuser beaucoup de sang. Heureusement que Firmin était passé à temps ; une heure après, il l'aurait trouvé froid. D'après ce qui lui avait été rapporté par le chirurgien, l'opération avait réussi. Dans les jours qui suivirent, Adrien avait reçu la visite de ses fils, de sa mère, de son frère : nul ne savait où se trouvait Corinne. D'un commun accord, Lucien, le fils aîné, avait été chargé d'alerter la gendarmerie de Vorey-sur-Arzon et de solliciter une recherche dans l'intérêt des familles.

— Monsieur Reboise, préférez-vous lire votre lettre avant de manger ou après ?

Adrien grimace ; avec cette côte brisée, même parler le fait souffrir. Malgré les calmants, le moindre mouvement, le moindre geste, y compris et d'abord les plus intimes, tout le fait souffrir. La nuit, malgré les somnifères, il dort en pointillé. Ah ! la garce, il ne va pas jusqu'à lui souhaiter malheur, mais elle lui revaudra ça. Ses doigts épais tournent et tâtent la lettre, prennent le couteau pour l'ouvrir.

— Si ça ne vous retarde pas, je vais la lire d'abord.

— Lisez votre lettre. Je remets votre plateau dans le bac chauffant du chariot pour qu'il ne se refroidisse pas, je reviendrai à vous ensuite.

Ils sont deux dans la chambre ; l'autre, c'est un paysan dans un état pire que le sien. Il travaillait à une coupe sombre dans un bois à lui, du côté de Sanimaux-la-Montagne, au-dessus de Vorey-sur-Arzon. Comment a-t-il fait son compte ? Lui-même ne le sait pas ; sa tronçonneuse a ripé et profondément entaillé la jambe au-dessus de la cheville. Les chirurgiens n'ont pu lui sauver le pied.

Les doigts de forestier d'Adrien ne sont guère accoutumés à ouvrir des enveloppes et à en retirer les papiers. Mais enfin, il parvient à extraire la lettre, l'ouvre, entreprend de la lire. Depuis l'école primaire, il n'a guère lu. C'est Corinne qui lit, écrit et gère tous les papiers. Lui, à force de ne pas lire, il a presque désappris ; sa lecture est redevenue labiale et ses lèvres lisent tout autant que ses yeux. Non seulement elles lisent la lettre de Corinne, mais encore elles tremblent à sa lecture. Dans les champs et les bois, on parle fort. Difficilement, il contrôle sa voix. Il ne manquerait plus que son voisin entende : un homme, marié, abandonné par sa femme qui part avec un autre. Quelle honte pour lui ! Dans la famille Reboise, cela ne s'était jamais vu.

— Heureusement que les parents sont morts ! S'ils voient ça d'où ils sont ! Ah ! la garce ! Ah ! la salope ! La menteuse ! Je m'en doutais ; comme elle m'a bien menti !

Adrien s'enfonce dans l'oreiller, ses doigts s'écartent et laissent tomber la lettre.

— Ça ne va pas ? Monsieur Reboise, ça ne va pas ?

Adrien gît immobile, ses yeux grands ouverts fixent le plafond ; lui qui d'habitude présente un visage plutôt rubicond est tout pâle tout à coup. À l'appel du voisin, il se reprend, répond.

— Si, si, ça va.

— Une mauvaise nouvelle ?

— Il fallait bien que ça arrive.

— Vous voulez que j'appelle l'infirmière ?

— Non, non, surtout pas. Ne dites rien. C'est personnel.

Au retour de l'aide-soignante et du repas tenu au chaud, Adrien a repris ses esprits. Il lui demande seulement de ramasser la lettre. C'est tout juste s'il ne s'excuse pas.

— Vous n'avez presque rien mangé ? Qu'est-ce qui vous arrive, monsieur Reboise ? Ce n'était pas bon ? Vous ne semblez pas comme d'habitude ?

Adrien fait un effort pour sourire mais c'est davantage une grimace.

— Si, si, ça va. Ne vous faites pas souci.

C'est vrai qu'en quelques jours, peut-être pour combler sa perte de sang, Adrien s'est déjà fait connaître pour son bon appétit. D'ordinaire, ses assiettes repartent vides.

Il ne surprend pas l'échange de regards entre l'aide-soignante et son voisin de lit, qui d'un coup d'œil désigne sur la couverture l'enveloppe décachetée.

— Vous avez reçu de mauvaises nouvelles ?

— Non, non.

Adrien aperçoit la lettre, la prend, la confie péniblement à l'aide-soignante. Pour ce geste, il faut lever le bras, mobiliser les muscles de la cage thoracique, et c'est très douloureux.

— Soyez gentille, rangez-la dans le tiroir de ma table de nuit.

— Vous savez ce que vous allez faire ?

Et elle lui parle comme une maman à son enfant. Pourtant, elle paraît toute jeune, vingt-cinq ans peut-être ; il pourrait être son père. Adrien ne répond pas, l'interroge des yeux.

— Vous allez faire un gros dodo ! Ça ira mieux après.

Elle retire la table roulante, remonte le drap et la couverture, lui ordonne presque :

— Essayez de dormir ! Rien de tel qu'un bon sommeil pour guérir tous les maux !

Elle a sans doute parlé à l'infirmière et au médecin. Dans son sommeil, il entend qu'on l'appelle :

— Monsieur Reboise ?

Adrien ouvre un œil, d'instinct tente de s'asseoir, mais la douleur l'arrête. Le médecin et l'infirmière sont chacun d'un côté de son lit.

— Ne bougez pas, reposez-vous. Vous avez fait une bonne sieste et dormi deux heures. C'est exactement ce qu'il faut. Heureusement, vous êtes une véritable force de la nature ; c'est pour cela que vous vous en êtes sorti, et que vous guérirez. Vous verrez, dans trois mois, vous ne vous souviendrez plus de votre accident.

— Trois mois… ?

— Vous sortirez avant. Mais il faudra vous reposer. Pas question de reprendre votre travail de forestier avant le printemps. Vous n'occupez pas un emploi de bureau !

Adrien reste abasourdi. C'est la première fois que le médecin lui parle de délai. Lui qui comptait en semaines…

— Vous vous en êtes bien sorti. Pas de fièvre, pas d'infection, c'est un miracle. Aucun éclatement d'organes sous le coup de sabot ! Une vraie force de la nature ! Je n'en avais jamais vu comme vous.

Il regarde l'infirmière.

— À part cela, le moral, ça va ? Vous avez de la visite ?

Certes, il en a eu de la visite. Dès le surlendemain de son hospitalisation, toute la famille était là qui remplissait la chambre : la belle-mère, les deux fils, son beau-frère Baptiste avec sa femme Colette. Dans la famille, il passe pour un ours et, à part le jour de la Toussaint où ils vont tous ensemble s'incliner sur les tombes au cimetière de Chamalières-sur-Loire, ils ne se voient quasiment jamais. Plutôt que lui ficher la paix et s'enquérir davantage de sa santé, ils se sont tous acharnés à lui parler de Corinne, à lui poser des questions. La pire, la plus entêtée contre Corinne, c'était Colette, la rapportée. Lui, il se taisait, encore mal remis de son anesthésie postopératoire. Du coup, ils sont partis. Qu'ont-ils bien pu comploter entre eux une fois dehors ? Il le saura bien assez tôt. Corinne, il se force à la détester, à la traiter de tous les noms, et tout cela parce qu'il l'aime… Ah ! la garce… la salope… Il la retrouvera. Le médecin, l'infirmière, ça ne les regarde pas. Mais sitôt qu'il sera sorti… Et pourtant ! Si à cet instant elle entrait seule dans la chambre, s'avançait vers le lit et l'embrassait… comme il pleurerait et lui pardonnerait… !

C'est seulement six semaines après que le médecin a autorisé le départ, vers la mi-décembre. Ce n'était pas tellement un problème médical ; lui, il allait plutôt bien. En quatre semaines, sa robuste constitution lui avait permis de recouvrer ses forces alors que la plupart des gens auraient eu besoin du double. Le problème n'était pas la perforation du poumon. La cicatrisation avait été rapide, il ne souffrait que s'il toussait.

— Surtout, soyez prudent. Tenez-vous au chaud, n'attrapez pas froid. Un refroidissement, une bronchite seraient pour vous le pire, rappelait le médecin.

Le plus douloureux restait la fracture ouverte de la côte par la pointe de la corne ; le chirurgien l'avait correctement réduite, mais il fallait du temps : encore quinze jours au moins à partir du jour de sa sortie. Le torse bandé, Adrien respirait doucement et prêtait une vive attention au moindre mouvement.

Non, le vrai problème était qu'il ne pouvait rentrer chez lui. Il lui fallait une aide et Corinne n'était pas là. Pas question non plus d'aller dans la famille, chez l'un des fils ou chez son frère. Il n'y serait pas libre, et toute la sainte journée ils lui assèneraient des questions sur sa vie avec Corinne.

— Comment est-elle avec toi ? Est-ce que vous vous aimiez toujours ? Tu ne penses pas que... ?

Quant à la belle-mère, du parti de sa fille, il en était encore moins question ; d'ailleurs, elle éprouvait déjà suffisamment de difficultés à s'occuper d'elle-même. La seule solution était en conséquence une maison de convalescence. La plus proche de Chamalières-sur-Loire, lieu de son domicile, se situait à Rosières, à quelques kilomètres de sa maison du Batelier.

Le service social de l'hôpital Émile-Roux parvint malgré la liste d'attente à lui dénicher une place dans une chambre à deux lits.

Adrien connaissait bien ce joli village sculpté dans l'Emblavez, égayé de ravins, de sucs[1] enforestés, de collines et de rivières qui creusaient les prairies ; de plus, il y possédait des amis. L'établissement était tenu par des religieuses aidées de personnels laïcs ; sa petite taille lui donnait un air de pension de famille. Lorsque le

---

1. *Sucs : monticules volcaniques.*

taxi qui amenait Adrien le déposa dans la cour intérieure, il se sentit d'emblée chez lui. Dès le jour de son admission, il retrouva aussi bien parmi les personnels que parmi les pensionnaires plusieurs connaissances de l'Emblavez. Dans ces pays de campagne, il est si important d'être du pays pour être admis ! On hésite à partir, on fait sien l'adage « Vivre et travailler au pays ». En particulier, son voisin de chambre était de Retournaguet, le hameau qu'il traversait lorsqu'au volant du grumier il livrait avec Antoine, en descendant du Gerbizon vers la scierie de Retournac, des troncs de douglas écorcés, à vif, gluants de résine fraîche et odorante.

Sa prise en charge indiquait une durée de trois semaines. Elle incluait par conséquent les fêtes de Noël et de l'An. Vers le 20 décembre, l'infirmière s'enquit de savoir s'il comptait se rendre dans sa famille les 24 et 25 décembre. Il répondit qu'il allait téléphoner à ses enfants. Adrien mentait. Ses deux fils l'avaient appelé pour l'inviter, mais il avait prétexté des raisons de santé pour ne pas quitter l'établissement. Julien et Guillaume n'insistèrent pas. Le caractère d'ours de leur père reprenait le dessus.

Adrien, dans la maison de convalescence, s'était fait quelques amis qui pour des raisons personnelles ne sortiraient pas non plus pour les fêtes, comme on nomme cette période. D'ailleurs, il n'aimait pas les fêtes, ne les avait jamais aimées. Tant que les deux gamins étaient petits, il leur cueillait dans ses bois un beau sapin que Corinne décorait avec eux. Lui, avec quelques chutes de bardeau, il menuisait une crèche que Corinne habillait tout d'abord de mousse fraîche et de houx. Ensuite, elle y étalait une litière de paille coupée courte sur laquelle ses doigts disposaient d'abord Marie, Joseph, le bœuf, l'âne, les santons et enfin l'Enfant Jésus au retour de la messe de minuit. Au fil des années, les enfants ayant grandi, la coutume se perdit. À Noël, au jour de l'an, les membres de la famille réveillonnaient à tour de rôle les uns chez les autres mais plus les années passaient et plus Adrien s'ennuyait à ces repas.

Il choisit en conséquence de ne pas sortir. La cuisine quotidienne était bonne : une cuisine familiale. Adrien avait lu le menu affiché pour le réveillon et il se dit que, décidément, il serait aussi bien dans l'établissement. Dans la maison de convalescence, on lui fichait la paix, on ne lui posait pas de questions. Il passait ses journées à sa façon, tapait la belote et, ce qui ne lui était pas arrivé depuis le certificat d'études, se remettait à lire en empruntant des livres à la bibliothèque de l'établissement.

L'année 1981 débuta par un hiver rigoureux, avec beaucoup de neige. La durée de la prise en charge se terminait, le torse d'Adrien n'était plus bandé, la liste d'attente ne comportait guère de demandes ; Adrien excipa de sa solitude dans sa maison du Batelier qu'il trouverait froide et humide ; il obtint une prolongation.

— Je dois vous dire, monsieur Reboise, que vous devez vous préparer à sortir pour rentrer chez vous dans trois semaines. Votre torse n'est plus bandé, je ne pourrai plus faire valoir de problèmes de santé pour une nouvelle prolongation, lui déclara le médecin.

Adrien le savait. Vers la mi-janvier, il cessa de geler ; une pluie froide relaya la neige, la fit fondre et détrempa les sols durcis par le gel. Il sollicita une permission de sortie pour le samedi et le dimanche afin de se rendre dans sa maison du Batelier. Il désirait se faire une idée exacte de l'état de sa demeure, puisqu'il devait l'habiter dans une semaine. Normalement, Adrien n'y rencontrerait aucun problème. Courant octobre, il avait pris grand soin de renouveler la pile de bûches rangées sous l'escalier et que la crue avait emportée ce fameux dimanche 21 septembre, origine de tous ses maux. L'un des convalescents, un certain Rauret, demeurait à Retournac et se rendait en permission chez lui à la même date. Sans voiture ni autre moyen de locomotion – les autocars sont rares en Emblavez –, Adrien évita les frais d'un taxi en sollicitant cet homme. Pour se rendre de Rosières à Retournac, il est possible de passer par Chamalières-sur-Loire. Vers le milieu de l'après-midi du vendredi, Mme Rauret arrivait en voiture dans la cour de l'établissement et chargeait les deux hommes. Après Blanlhac, ils atteignirent le carrefour de La Fayolle et, en moins d'une seconde, le drame vécu par Adrien au cours des derniers mois lui revint en mémoire. Les cinq semaines dans la maison de convalescence avaient donné à Adrien une illusion d'oubli de la succession des drames vécus en si peu de jours. Cet établissement était conçu comme un cocon qui protégeait du réel, permettait, comme on dit, de se refaire une santé. La maison dans la clairière, Corinne et le Parisien, la cabane au Gerbizon, le taureau de Firmin, tout dans sa tête défilait en images. La conductrice ignorait tout cela et, parvenue au carrefour, sans un regard à la route en direction de La Fayolle, elle filait droit et descendait vers Chamalières-sur-Loire. Durant la traversée du bourg, Adrien, à travers la vitre de la voiture, redécouvrait ses décors familiers, s'assurait que tout se trouvait où il l'avait laissé : place, rue, commerces et bistrots.

L'épreuve, la vraie, arrivait. Au passage à niveau, Mme Rauret s'arrêtait comme le lui avait indiqué Adrien pendant la route. Il ne souhaitait pas qu'en le reconduisant jusque chez lui ces gens puissent voir sa maison. De toute façon, d'ici à lundi, il aurait trouvé le moyen de récupérer sa fourgonnette laissée au Gerbizon et reviendrait à Rosières à son volant.

— Nous vous reprendrons lundi matin. Quelle heure vous convient ?

— Vous êtes très aimables tous les deux, mais ne vous occupez pas de moi, d'ici là j'aurai récupéré ma voiture.

— En ce cas, reposez-vous bien.

— Merci pour tout, et profitez bien de ces deux jours chez vous.

— Vous aussi. Au revoir.

— Au revoir. À lundi.

Amélie, la garde-barrière, vit Adrien descendre de la voiture par la portière arrière, traverser la route à ras des voies et s'engager sur le chemin. Elle fut surprise de découvrir un homme paraissant plein de santé, reposé. Tout bien sûr s'était su : l'accident, la terrible blessure, l'hôpital, la maison de santé. Elle s'attendait à découvrir un homme au visage sans couleurs, amaigri, diminué. Certes il manquait à la peau d'Adrien le hâle du grand air et la morsure des vents, mais l'homme paraissait reposé, nullement amaigri, plein de forces et de vigueur. Mais comme ses yeux semblaient tristes !

— Te voilà de retour, Adrien ?

— Comme tu vois, Amélie. Auguste va bien ?

— Il va bien. Mais, dis-moi, tu as bonne mine, tu ne sembles pas fatigué.

— J'ai eu tout le temps de me reposer et, à Rosières, ils m'ont très bien soigné.

Elle scruta son regard pour mesurer sa tristesse.

— Nous avons bien pensé à toi. Tu n'as pas eu de nouvelles ?

Adrien ne voulait pas parler. Il esquiva la question, interrogea brusquement :

— Tu ne sais pas si quelqu'un a pu prendre soin de ma fourgonnette ? Je l'avais laissée au Gerbizon, devant ma cabane.

— Antoine et Auguste y ont pensé : ils l'ont redescendue. Elle t'attend devant ta maison. Nous avons pris soin des clés. Entre.

Adrien suit Amélie, mais s'arrête sur le seuil ; il sait bien que, s'il entre, il faudra s'asseoir, boire, parler. Il ne le veut pas, désire d'abord rentrer chez lui.

— Tu ne rentres pas ?

— Non, j'ai à faire chez moi pour tout mettre en ordre. Deux mois d'absence en plein hiver, tu imagines ! Sans compter les dégâts de la crue, nous n'avions pas tout nettoyé.

— En ce cas, voici les clés.

Elle les pose dans le creux de sa vaste paume, en admire encore une fois la largeur et l'épaisseur ; l'inaction ne les a pas amoindries le moins du monde.

— Merci Amélie, n'oublie pas de remercier Auguste pour la fourgonnette.

— C'est bien normal. Si tu as besoin, nous sommes là.

— Je sais. Merci encore une fois.

Il faudrait vraiment qu'il se trouve aux abois pour demander de l'aide. Seul, c'est sa devise. Comme Cyrano, il ne veut rien devoir, il fera tout, et seul.

Les bulldozers avaient entrepris de tout nettoyer : les montagnes d'arbres arrachés et entassés par la crue, la terre soulevée et emportée par les eaux, repoussée en congères sur les prairies communales tout au long de la Loire. Adrien remarque les empreintes des chenilles, les traces des lames qui avaient tout raboté pour redonner de l'espace plat aux berges défigurées. La maison se trouvait à sa place, là où il l'avait laissée lorsqu'il était parti enlever Corinne à l'hôpital. À la droite du portail d'entrée, sous le pin, dont le sommet de la crue avait laissé ses marques terreuses sur le tronc, le break 305 sommeillait comme un mort sous des traces de boue séchée que ni les pluies ni la neige n'avaient pu totalement nettoyer.

Adrien tâte sa poche, la clé de la maison s'y trouve. Brusquement, il change d'avis. Si Corinne et son Parisien reviennent, pas question qu'ils entrent dans la maison ; elle l'a quittée, elle n'est plus chez elle. D'ordinaire, Corinne cache sa clé sous la lauze à cet effet, dissimulée derrière le portillon. Adrien s'y dirige, soulève la lauze ; la clé ne s'y trouve pas. Seul son dessin apparaît, incrusté dans la terre par le poids de la pierre.

— Ils sont partis avec. Il va falloir que je bloque la porte. Pas question qu'ils s'installent.

Adrien monte une à une les marches de l'escalier, doucement, comme s'il redoutait d'entrer, d'y retrouver les traces de Corinne, et surtout un lit ouvert, défait. La clé tourne dans la serrure, la porte s'ouvre, sa main appuie sur le commutateur et toute la pièce s'éclaire. L'horloge n'a pas bougé, son tic-tac est arrêté ; le balancier de cuivre s'éclaire du reflet de la lampe allumée. Il entre, referme la porte. Comme la maison est froide, humide d'un long hiver sans feu et sans aucune vie ! Tous les objets sont là, rien ne semble manquer. Adrien va à la chambre, le lit est fait, de la même façon que Corinne l'a toujours fait. Il l'ouvre, touche les draps humides, ne sent rien. Où donc ont-ils couché ? Adrien ouvre l'armoire et découvre l'absence du tailleur. Dans un tiroir, aucun des dessous ne s'y trouve. Corinne n'est plus là, sa femme l'a quitté, elle ne reviendra pas. Mais pourquoi l'aime-t-il encore, cette femme qui l'a fui, qu'en sa solitude il traite de garce et de salope ? Adrien s'assoit sur le lit, pose sa tête dans ses paumes et les larmes enfin lui viennent, silencieuses larmes d'homme.

Combien de temps est-il resté ainsi prostré ? C'est le froid qui le réveille ; il se lève, va au balcon, descend les marches de l'escalier, ramène un fagot et des bûches, garnit le poêle, l'allume, offre ses paumes pour les chauffer.

À présent, c'est son estomac qui crie famine. Pensez donc ! Une pareille carcasse, il faut l'alimenter. Adrien aurait pu prendre du pain à la boulangerie de Rosières ou bien à celle de Chamalières, mais son esprit n'était pas à cette préoccupation, il errait bien ailleurs. Il reste sans doute des pommes de terre dans la pièce du bas, celle au sol en terre battue que ni Corinne ni lui n'ont eu le goût de nettoyer des boues infiltrées. Au fait, depuis combien de temps Corinne avait-elle le cœur ailleurs ? Du jour de la crue, de celui où pour la première fois elle a rencontré son Parisien ? Durant ces six semaines au moins, elle lui a bien menti. Adrien ouvre le placard de la cuisine, y trouve des pâtes. Ça ira plus vite, pas besoin de descendre et d'éplucher.

Lorsqu'il s'éveille à l'aube, ses jambes, son dos, ses épaules, tout est courbaturé. Dans le lit humide malgré le poêle chargé jusqu'à la gueule, il a mal dormi d'un sommeil agité, a fait des cauchemars. Vite, rallumer le poêle, faire chauffer de l'eau pour un brin de toilette ! Pour le petit déjeuner, il se contentera de café, s'achètera en route du pain et autres victuailles. Cette maison, à présent, il la prend en horreur, ne peut plus y habiter. Adrien le voudrait, elle est depuis toujours le berceau de sa famille, mais comment vivre dans une maison que la femme aimée a quittée ? Cela n'aurait aucun sens. Chaque pièce, chaque meuble, chaque coin lui rappellerait Corinne et le ferait souffrir. Il ne va pas perdre du temps à nettoyer une maison qu'il n'aime plus. Tant de souvenirs remontent : c'est ici qu'avec Corinne ils se sont aimés, que leurs deux fils sont nés, qu'ils ont grandi. À ce propos, Adrien réfléchit, hésite et finalement se décide. Non il ne leur téléphonera pas, il les préviendra seulement la semaine prochaine lorsqu'il aura définitivement quitté l'établissement de Rosières.

Ailleurs qu'à Chamalières-sur-Loire, ce samedi matin, il serait bien trop tôt pour faire des courses. Mais le boulanger, de la vieille école, sert les connaissances dans le fournil où fleure si bon le parfum des pains chauds et des fougasses juste sortis du four. C'est une odeur à la fois de fagots entassés, de braises enfournées, de farine, de pâte pétrie et bien levée, de croûte dorée cuite comme il convient. Le boulanger, comme tout le monde, sait tout des malheurs d'Adrien, ne pose aucune question.

— Content de te voir, Adrien. Tu vas mieux ?

— Ça va. Merci.

— Qu'est-ce que je te sers ?

— Comme d'habitude. Une miche et une fougasse.

— Voilà. Attention, ne te brûle pas, les deux sortent du four. Ainsi, tu es revenu, tu as quitté Rosières ?

— J'y retourne encore une semaine. J'ai voulu voir l'état de la maison.

La fougasse, il la dévorera toute chaude dans la voiture, en conduisant, ce sera son petit déjeuner. C'est son habitude quand il est pressé : il pose sa fougasse ou son sandwich sur le siège du passager et mange en conduisant. La boucherie-charcuterie est ouverte, Clément travaille dans son laboratoire. Et c'est le même cérémonial : Adrien entre, on se dit bonjour, mais sans curiosité, les sourires remplacent tout.

— Mets-moi un saucisson pas trop sec, une tranche de ton pâté, quatre tranches de poitrine roulée. Dis-moi, c'est ouvert chez Éliane ?

— Je crois, oui ; je l'ai aperçue dans la rue.

— Merci, c'est pour lui prendre une caisse de vin.

— Tu montes au Gerbizon ?

— Oui.

— Ça veut dire que tu vas mieux. Je suis content pour toi.

Clément jette un coup d'œil vers la fenêtre d'où s'aperçoit le sommet du mont Gerbizon. Il est dégagé mais quelques petits nuages semblent tenter de s'y accrocher.

— Tu auras beau temps, je crois. Enfin, pour aujourd'hui. Ce soir, ça risque de se gâter, mais tu seras redescendu.

— Ne te fais pas de soucis. Merci.

Un peu plus loin, juste avant la sortie du bourg et l'embranchement vers Blanlhac, La Fayolle et le Gerbizon s'élève la maison d'Antoine. C'est de lui qu'Adrien a besoin. Son compagnon de toujours a lui-même construit sa propre maison, de la cave au grenier, et de ses propres mains au sens formel du terme, mis à part l'installation électrique à cause des assurances. Légèrement en retrait de la route, celle-ci domine la Loire. Derrière elle, un jardin en pente douce fermé par un murget d'où, par un portillon de bois, s'évade un sentier. Il descend jusqu'à la berge et permet à Antoine de pêcher à sa guise. Ce dernier y a menuisé un petit appontement de planches ajusté sur deux piquets. Le 21 septembre, la crue l'a arraché et Antoine a dû tout reconstruire. À l'un des deux piquets, sa barque à fond plat est accrochée. Il l'a fabriquée de ses mains pour remplacer l'ancienne, emportée elle aussi par la crue.

Adrien ralentit, gare sa fourgonnette sur le talus afin de ne pas trop gêner la circulation. Encore qu'à cette heure, et un samedi matin, il ne roule pas grand monde. Un coup de Klaxon pour avertir, il descend, ouvre le portillon, appelle de la petite cour :

— Tu es chez toi, Antoine ?

La porte s'ouvre, un petit homme brun, à la moustache tombante, carré d'épaules, tête nue, l'œil noir et malin, paraît sur le balcon.

— Ça alors ! Ça fait plaisir ! Montez vite, patron ! Hélène, c'est Adrien !

— Tu penses bien que je n'allais pas passer devant chez toi sans m'arrêter pour te dire bonjour. Mais je n'ai guère de temps, je monte au Gerbizon.

— Entrez, Hélène a fait le café. Alors, comme cela, vous voilà de retour ?

— Oui, enfin, pour ces deux jours ! Bonjour, Hélène.

— Bonjour, monsieur Adrien. Mais asseyez-vous donc, vous n'allez pas boire debout.

— Merci. Oui, deux mois d'absence, entre l'hôpital et la maison de convalescence. Je suis sorti pour ces deux jours afin de reprendre contact. Je voulais revoir la maison, la préparer pour mon retour. Ce vendredi qui vient, je sors définitivement.

Adrien trempe ses lèvres dans la tasse fumante. Décidément, ce café est bien meilleur que le sien passé ce matin.

— Vous n'avez pas mauvaise mine !

— À l'hôpital, ils m'ont bien soigné ; à Rosières, je me suis bien reposé. Encore huit jours, et ça va aller.

Adrien avise son compagnon :

— Dis-moi, Antoine, le chantier, comment ça va ?

— J'espère l'avoir conduit comme vous l'auriez fait vous-même. J'ai abattu les coupes que vous aviez prévues, sombres, pas trop claires. J'ai pu tout livrer à la scierie. Évidemment, tout seul, ça allait moins vite.

— Avec toi, je ne me faisais pas de souci. Tu me diras combien je te dois. J'imagine les heures !

— Je ne les ai pas comptées.

— Alors, je ne t'oublierai pas à la fin du mois. À propos, merci d'avoir redescendu la fourgonnette.

— C'était bien la moindre des choses. Vous vous êtes sans doute demandé, patron, pourquoi je ne suis pas allé vous voir, ni à l'hôpital ni à Rosières. Mais avec tout le travail, je n'avais guère le temps. Et puis, surtout, compte tenu de la situation, je n'aurais pas su quoi vous dire, par rapport à votre…

Antoine hésite, sa femme regarde les deux hommes, se tait.

— Tu as bien fait. Inutile de m'en dire plus. J'avais besoin de réfléchir.

C'est Hélène qui se permet d'interroger. Elle connaît bien Corinne. De toute façon, si Adrien est le patron de son mari, ce n'est pas le sien.

— Excusez-moi, mais votre femme, vous avez des nouvelles ?

— Non, aucune.

Il ne convient pas que s'éternise cette conversation. Adrien devrait alors parler, et cela lui serait impossible sans qu'il en dise trop.

— Je vais vous laisser. Merci pour tout, Antoine, tu es un vrai compagnon. Je serai là lundi en huit. Je te prends à la même heure ?

— À la même heure.

— Merci pour le café, Hélène. À bientôt. Ne vous dérangez pas.

Néanmoins, Antoine raccompagne son patron jusqu'au balcon, le regarde démarrer.

Adrien conduit d'une main, de l'autre dévore la fougasse encore tiède. Il a si faim qu'il ne peut résister. Sa main droite pose la fougasse sur le siège, déplie le papier gras qui enveloppe les tranches de poitrine roulée et, sans couteau, à belles dents, tantôt il mord dans la fougasse, tantôt il mord dans la roulade. De la main gauche, il conduit droit. C'est seulement dans les virages que sa main droite laisse le casse-croûte et reprend le volant. À l'embranchement du Pinet, de la fougasse, il ne reste que quelques miettes.

Il semble à Adrien qu'il revit. Cette route de La Fayolle, en presque cinquante ans, avec son père, puis seul, il l'a parcourue des milliers et des milliers de fois. Par toutes saisons, il s'en régale. Pour lors, à la mi-janvier, les bouleaux, les chênes et les fayards sont dénudés ; seuls les grands sapins, les pins d'Autriche et les douglas résistent et s'enorgueillissent de leurs masses vertes. Dans les fossés, sur les lisières, les fougères affaissées paraissent brûlées par le gel et la neige qui les a couvertes avant de fondre. Adrien en est certain, au sommet du Gerbizon, il trouvera la neige. Après le hameau de La Fayolle et la clairière aux pique-niques, voici celle du malheur. Ah ! la garce ! Ah ! la salope ! Il ne peut s'empêcher de prononcer les sempiternelles paroles, celles qui condamnent Corinne alors qu'il sait très bien que, si elle revenait, se jetait dans ses bras, le suppliait, il lui pardonnerait. Mais le Parisien ! Qu'est-il revenu faire ici après tant d'années d'absence ? C'est tout juste si Adrien ne donne pas un coup de volant vers la gauche pour entrer dans la clairière, descendre, saisir une masse à l'arrière de la fourgonnette et, pour se passer ses forces et sa violence, défoncer à grands coups la porte de la maison. Mais non, il se retient. Ah ! s'ils se trouvaient là tous les deux, comme il empoignerait Corinne, la traînerait, l'enfermerait dans la fourgonnette et, ce coup-ci, pour de bon étranglerait ou assommerait Mathias.

Mais ils ne sont pas là : les volets sont clos, les traces de pneus ont disparu, ils sont partis bien loin. Bon sang de sang ! où sont-ils donc partis ?

— Bête que je suis, mais à Paris bien sûr ! Il faudrait que je connaisse son adresse. Peut-être sur l'annuaire, à la poste de Retournac ; à celle de Chamalières, la postière va se douter. Ou aux renseignements… Oui, mais je ne me souviens plus de son nom de famille.

Chemin faisant, Adrien n'a pas vu la route passer. Il se surprend à repérer le chemin de terre qui monte jusqu'à l'embouche, celui qu'il s'apprêtait à descendre pour rejoindre Corinne sur la route lorsque le taureau l'a encorné. À l'hôpital, on lui a révélé que Firmin l'avait sauvé. Dimanche, c'est-à-dire demain, en redescendant à Chamalières, il se rendra au Pinet pour le remercier ; c'est bien la moindre des choses.

Ça y est, c'est bien ce qu'il prévoyait. Arrivé au sommet du mont Gerbizon, il repère les premières plaques de neige. Elles garnissent les lisières, le pourtour de la grande clairière recouverte d'enrobé gris où leur blancheur piquée d'aiguilles de pin transportées par le vent fait contraste avec le bitume froid. Dans le sombre de la forêt, à l'abri des visites du soleil, la neige est restée plus épaisse. Il se dit qu'elle en appelle une autre. Adrien connaît bien le microclimat qui régit l'Emblavez : l'hiver, quand il pleut sur la Loire et sa vallée, il neige sur les sucs et le mont Gerbizon. Combien de jours n'ont-ils pas, avec Antoine, travaillé sous la neige pour retrouver à Chamalières en fin de journée une pluie fine qui tombait froide, morne, résignée, et faisait en tombant sur la Loire des milliers de gouttes éclatées qui sautaient hautes et claires.

La clairière goudronnée s'étale presque au sommet, mais pas encore. Pour l'atteindre, il faut poursuivre sur le chemin de terre, aujourd'hui couvert de neige. Les pneus de la 2 CV d'Antoine y ont tracé des ornières sombres et boueuses. Après un kilomètre, le chemin étroit et chaotique se transforme en un sentier qui plus loin devient sente. Celle-ci seulement mène au sommet parmi d'énormes rochers moussus où l'été émergent des fougères vertes. La cabane est construite au bout du chemin. À partir de là, tout est enneigé. Une neige profonde, traîtresse : elle cache les trous, fond un peu le jour et regèle la nuit.

Adrien manœuvre la fourgonnette et la recule de telle façon que, pour repartir, il soit en marche avant.

— Brrr !

Quel contraste avec la douceur de l'intérieur ! Adrien a horreur du chauffage dans les véhicules, mais au fil des kilomètres sa chaleur animale et celle du moteur avaient fini par tiédir la cabine. Il rajuste sa canadienne, un vêtement de bientôt vingt ans mais dans lequel lui, le forestier, se sent si bien. Avant de pénétrer dans la cabane, il enfile ses bottes, puis s'enfonce dans la forêt pour apprécier les coupes qu'Antoine a opérées. Des coupes sombres, sélectives, réservées aux plus grands arbres, les fayards pour le chauffage, les douglas pour les charpentes ; abattre avec discernement, c'est à cet art que se reconnaît un véritable forestier. Il ne s'agit pas de couper clair, mais seulement de faire de l'air, de dégager l'espace, de laisser pénétrer la lumière afin que poussent les jeunes arbres. Une forêt, ça s'exploite et se raisonne en générations. Ah ! si seulement ses deux fils, ou un seul, avaient voulu reprendre ! Il y avait de l'ouvrage pour eux deux. La preuve, avec Antoine, ils en vivent. Mais c'est ainsi, n'en parlons plus. Adrien avait en tête de construire une scierie à Ventressac, voisine du Batelier, sa scierie, pour être son seul maître. Mais à présent, sans Corinne, c'est trop tard.

Adrien admire le travail d'Antoine, aussi parfait que le sien. De toute façon, il ne pourrait pas travailler avec un compagnon qui ne comprenne pas les arbres et ne sache pas les apprécier. Il n'aurait pas mieux fait que lui. Antoine a bien calculé toutes ses chutes, et, les arbres, lorsqu'ils se sont abattus, n'ont pratiquement écrasé que ce qui de toute façon ne pouvait être évité. Il a épargné le grand sapin, un immense douglas de peut-être cinquante mètres de haut. Son tronc s'est couvert de lichen et des moustaches de mousse s'accrochent à l'écorce. Ses branches les plus basses couvrent le sol d'une litière d'aiguilles sèches et tracent à sa base un cercle d'au moins huit mètres de diamètre. Depuis plusieurs années, Adrien hésite à l'abattre, craint un sacrilège. Ce douglas a connu son arrière-grand-père ! Mais il le faudra bien : rien de grand ne pousse autour de lui. Ils devront l'abattre à deux, Antoine et lui, bien calculer l'angle de chute, et bien apprécier le moment où il tombera. Quand il va s'écraser, son tronc va faire un saut de plusieurs mètres de haut et retomber de façon imprévisible. Combien de bûcherons se sont fait tuer par le dernier soubresaut de ces géants ! C'est pour cela qu'il convient de travailler à deux : l'un à la tronçonneuse et l'autre qui observe de loin pour apprécier les risques. Le mont Gerbizon est immense. Sur ses flancs et son sommet, plusieurs dizaines d'hectares de hautes futaies qui depuis plusieurs générations nourrissaient sa famille. Et dire que tout cela va devoir changer de maître !

XV

ADRIEN FAIT DEMI-TOUR, rejoint sa cabane, en ouvre le cadenas de la porte, hésite à en franchir le seuil. Il revoit sa maison du Batelier en bord de Loire où plus rien ne l'attache. Brusquement, mais cette réflexion depuis le départ de Corinne cheminait en lui sans que vraiment il y prît garde, un fiat illumine son esprit : c'est ici désormais que sera sa vie. Que ferait-il en bas lorsque la femme qu'il aime n'y serait plus ? Sa vie, dorénavant, est ici. Il agrandira la cabane, la rendra plus confortable et s'y installera pour y finir ses jours. Pas besoin de tout le confort moderne : un bon poêle, un lit, une réserve d'eau, une lampe à pétrole et des bougies. Pour l'eau, il installera un grand bac en hauteur et, pour l'approvisionner, remplira des jerrycans à la fontaine qui coule à Sagnes. De toute façon, l'eau, c'est seulement pour se laver et cuisiner. Quand il mange ou qu'il a soif, il ne boit que du vin. À table, c'est du rouge ; au travail, c'est du rosé.

Brave Antoine, il a engrangé dans la cabane, bien empilés afin qu'ils ne s'épandent pas et risquent de mettre le feu, des bûches et des fagots, non seulement pour lui afin de se chauffer au moment de son casse-croûte de midi, mais aussi pour son patron en cas de retour inopiné. Vite, garnir le poêle, l'allumer, pousser le feu ! La cabane est humide, froide, et janvier n'est pas un mois pour vivre et dormir sans feu en plein bois, surtout à plus de mille mètres d'altitude.

De revoir le coffre et le duvet sur lesquels lui-même a couché Corinne et l'a forcée le pousse à détruire toutes les traces : il arrache le duvet, vide le coffre des outils qu'il contient, le soulève comme une plume, sourit de retrouver l'usage de sa force, le porte dehors suffisamment loin de la cabane. Le temps de revenir chercher une masse, à deux mains et de toute sa force, il s'acharne à grands coups sur le coffre, l'écrase, le détruit pour tuer la mémoire de cette lugubre nuit. Il dépose sa masse sur le tas d'outils, retourne chercher le duvet, allume au passage un brandon dans le poêle, ressort, va au tas de planches éclatées, glisse par-dessous le duvet. Tout est là, posé dans la neige, tel un mauvais souvenir dont Adrien va faire l'autodafé.

La flamme hésite à mordre le duvet, le sèche, s'y introduit, l'enflamme, s'en nourrit et bientôt mord les planches du coffre. Tout s'embrase : les flammes montent haut, la fumée âcre de la laine empoisonne l'air des bois. Puis doucement, les flammes se réduisent et se transforment en fumées grises qui s'échappent des braises, puis des cendres. Adrien, immobile, les deux pieds dans la neige, subjugué par le feu, prend conscience en silence de la situation : quoi qu'il fasse, Corinne sera là.

Toute la journée, Adrien tourne et retourne dans sa cabane, prend des mesures, note en mémoire les outils qu'il devra amener, en esprit fait des plans ; il lui faudra creuser un puits perdu, construire un abri pour la fourgonnette et, surtout, c'est l'essentiel, donner un toit aux bûches pour le chauffage. Au sommet du mont Gerbizon, l'hiver est long et froid, il faudra chauffer sans cesse, même si Adrien mûrit déjà son idée pour l'isolation de sa cabane. Il n'est guère que l'été où le chauffage n'est pas forcément nécessaire, encore que… En revanche, dès l'automne et jusqu'au printemps, un feu de bûches soir et matin sera le bienvenu.

Clément et lui l'avaient prévu : le temps a tourné, le vent s'est levé dans la nuit, signe de pluie mais de redoux. Plutôt que de dormir à même le sol de la cabane ou allongé sur la table, Adrien a préféré la fourgonnette. Il en a écarté le siège avant pour y dormir emmitouflé dans sa canadienne. Ce qui l'a réveillé, c'est le bruit des arbres poussés trop serrés et qui se heurtent entre eux lorsque le vent souffle fort. Il entend leurs claquements comme si de gigantesques pics-verts les attaquaient de leur bec. La forêt dans la nuit répercute ces bruits secs qu'Adrien connaît bien. Il ne pourra plus dormir. Il se lève, ouvre la portière, fait quelques pas sur la neige qui mollit et s'apprête au dégel. Sa bouche s'ouvre grand, aspire l'air goulûment pour emplir ses poumons. Déjà, enfant avec son père, il aimait à respirer cet air frais parfumé des senteurs de mousses, d'écorces vives, de sèves fraîches, de plumes mouillées et de fientes nocturnes laissées par les bêtes de nuit. Le jour, tous ces parfums sont dilués ; mais la nuit, ils fleurent intacts. Adrien n'est pas chasseur, il aime trop la vie pour cela. Mais il connaît tout des bêtes parmi les bois et les prairies, des mœurs des poissons dans la Loire.

Il rentre à la cabane, rallume le poêle, se fait chauffer de l'eau pour passer un café. À la vue des flammes dans le poêle lorsqu'il en ôte le cercle pour poser la bouilloire, la mémoire du feu lui revient. C'est sans doute à la clairière dans la maison du Parisien que les amants se sont aimés, ce ne peut être ailleurs. L'image des flammes s'empare de lui, il imagine la maison qui brûle, efface la trace des amants. Il n'est que 3 heures du matin. À la mi-janvier, le jour ne vient qu'à 8 heures. Adrien a le temps.

Sitôt son café bu, il s'empare d'un pied-de-biche, sort, repousse la porte, referme à clé le cadenas. Le poêle s'éteindra doucement. Prémonition ? Il ne l'a pas trop chargé et, de toute façon, lorsqu'il l'a installé, Adrien l'a posé sur une tôle qui l'isole du plancher.

Le vent souffle fort et, à peine Adrien a-t-il quitté le sommet du Gerbizon dont les cimes des arbres masquent la vue au loin, que le forestier devine à l'ouest la vallée de la Loire. Face à lui s'éclaire la tour de Roche-en-Régnier illuminée ; sur sa droite, tout en bas, brillent les lampadaires alignés de la grande rue de Retournac. Les nuages semblent galoper, ils dévorent sous le vent la lune et les étoiles, épaississent la nuit. Ce temps sera parfait pour Adrien et le ciel est avec lui. Il roule jusqu'à Sagnes, éteint ses phares, on ne sait jamais, tourne sur sa gauche, les rallume à la sortie du hameau, roule longtemps sur la route de La Fayolle, découvre tout à coup la maison du Parisien enfoncée dans sa clairière. Il ne s'agit pas d'y stationner. Entre l'aube et l'aurore, le dimanche matin, passent les retours de discothèque. Sur sa droite, en contrebas, un chemin caillouteux s'enfonce dans la forêt. Adrien le connaît bien, il pourra y garer discrètement sa fourgonnette et repartir sans risques en marche arrière. Il ferme à clé la portière, choisit de ne pas emprunter la route, de rejoindre la maison par le bois en suivant les lisières. Un ours tel que lui, de jour ou bien de nuit, y marche tout à son aise ; peu importe que le ciel soit clair ou noirci de nuages, comme c'est le cas cette nuit. Ses bottes repoussent ronces et fougères, foulent l'épaisseur des mousses endormies sous les feuilles. Un lapin détale. Plus loin, peu avant la clairière, un couple de chevreuils, surpris tant Adrien progresse à la façon d'un Sioux et bénéficie du vent de face, s'élance et disparaît parmi les troncs et les halliers.

La maison apparaît, tout entourée de nuit et de silence. Prudent, Adrien s'arrête derrière les ruines de la grange effondrée, écoute, observe, s'efforce de décrypter le calme. À sa montre, il lit 4 heures du matin. Il passe derrière les ruines, contourne la maison, s'assure que rien ne vient par la route, saisit le pied-de-biche dissimulé sous sa canadienne, va à la porte et s'y plaque. La serrure n'est guère solide ; à peine les deux poignes du colosse ont-elles enfoncé la tête plate métallique entre le bâti et le pêne de la serrure que la porte cède et s'ouvre sous la poussée du coup d'épaule. Vite, ouvrir, entrer, refermer. À présent, passera qui voudra, personne ne saura.

Dans la maison sans éclairage et dont les volets de bois sont étanches et fermés, il fait nuit comme à l'intérieur d'un four ; aucun rai de jour ne passe sous la porte. Adrien plonge sa main dans la poche de sa canadienne, saisit son briquet. Il ne fume pas, mais doit souvent brûler des restes de branchages, allumer le poêle de la cabane et les bougies pour l'éclairer. Sous le vent, dans les courants d'air, les allumettes sont capricieuses ; rien ne vaut un briquet. Pas un briquet à gaz : un vrai briquet à essence dont la flamme jaillit large et haute. À la lueur de sa flamme, Adrien se dirige comme il le peut, repère l'escalier. Doucement, une à une, il en grimpe les marches, débouche à l'étage sur une grande pièce que la flamme n'éclaire pas tout entière. Face à lui, sur sa gauche, Adrien distingue une petite table de camping et deux chaises pliantes ; sur la table se tient droite une bougie collée par ses dégoulinades. Sa main part en avant, la flamme du briquet lèche la mèche noire calcinée et recourbée, l'allume. Il était temps : le bec du briquet, rendu brûlant par sa flamme, commençait à lui rôtir la peau des doigts, pourtant cornée à toute épreuve ! À cet instant, la lueur de la bougie éclaire la pièce presque tout entière. Il découvre les deux chaises pliantes, les traces du goûter sur la table, le fenestron au fond de la pièce. Il se tourne, et son visage se ferme, la rage lui monte du ventre : la couche des amants apparaît sous son regard, les yeux d'Adrien se ferment, mais aussitôt s'ouvrent et à tout jamais sur la réalité. Le matelas gît au sol ; sur lui s'étale le sac de couchage grand ouvert où les amants se sont aimés.

Adrien hésite, mais il faut s'approcher. Fasciné, il avance la bougie. Adrien, telle une bête qui renifle le passage de sa proie, s'agenouille, passe et repasse à bout de bras la flamme sur la surface maudite, dans tous ses coins et recoins, partout où Corinne et son Parisien aux mains blanches se sont vautrés. Mais oui, il ne rêve pas, ce cheveu châtain clair, et puis cet autre ici, et un autre là encore, ce sont ceux de Corinne. Elle a dû se donner comme une bête pour perdre ses cheveux ainsi. Lorsque tous les deux, mari et femme, jeunes mariés, s'aimaient dans leur maison du Batelier, ils étaient comme des fous ; le lit se défaisait et le matin dans les draps il cherchait ses cheveux clairs.

Adrien cherche la preuve et la trouve. Dans un pli du sac de couchage, son regard aperçoit un cheveu frisé, épais et noir. Lorsqu'il a affronté Mathias dans la chambre de l'hôpital, c'était la forme et la couleur de ses cheveux. À présent, il se souvient très bien de ses deux yeux sombres sous les cheveux noirs et frisés lorsque ses poignes serraient son cou jusqu'à l'étranglement. Ce cheveu, il ne peut le laisser vivre. Adrien approche la flamme, avance le cheveu vers elle, le lui offre, sourit lorsque la flamme l'embrase et le dévore. Il le lâche, pouffe de joie et de férocité à voir le cheveu finir de se consumer dans son grésillement sur le tissu.

— Il n'y a pas de raison !

Les cheveux blonds eux aussi doivent brûler. Il les recherche, les retrouve, un par un les allume, les lâche sur la cendre du cheveu noir, aspire l'odeur de brûlé. La vision des flammes dans la cabane lui revient et le presse. Il veut aller plus loin, détruire toutes leurs traces. Obsédé par la contemplation de la couche et des cheveux, il avait oublié un instant jusqu'au spectacle des nouvelles flammes.

— C'est mérité.

Ils l'ont quitté, ils se croient à l'abri de sa colère. Eh bien ! s'ils reviennent un jour, ils ne retrouveront rien du lieu de sa souffrance. Adrien soulève le matelas, glisse par-dessous la flamme de la bougie, attend qu'elle morde la toile. Le feu prend, s'étend, dévore la toile, se régale de la laine, consume le matelas, puis le sac de couchage.

Adrien, fasciné, se redresse, recule à la vision du feu qui détruit les traces des amants. Comme le brasier s'apaise, il le nourrit de la table et des chaises, de tout ce qu'il trouve d'étagères, de vieux meubles. C'est alors que ses yeux s'agrandissent et jouissent : le plancher s'offre aux flammes. Il avait imaginé que ce serait plus difficile, que sans doute il devrait aider le feu. Mais non, celui-ci s'alimente de lui-même, choisit ses proies et les dévore.

Adrien descend l'escalier, ouvre la porte, ne la referme pas pour permettre à l'air de nourrir l'incendie. Le vent d'ouest qui amène la pluie souffle de plus en plus fort, courbe les cimes que la nuit permet à peine de distinguer.

— Pourvu qu'il ne pleuve pas avant que tout soit consumé !

Par-derrière la maison, il retrouve le passage en forêt, le chemin, la fourgonnette garée. Laissant les phares éteints malgré le ciel maintenant totalement assombri par les nuages qui étouffent la forêt d'une nuit d'encre, il démarre, engage la marche arrière, recule jusqu'à la route.

— On ne sait jamais, si les flammes sortaient déjà du toit ?

Pour jouir de sa vision, phares éteints, il prend la direction du hameau de La Fayolle. Lorsqu'il passe devant la maison des amants, des flammèches éclairent la fumée rouge qui s'échappe dans l'interstice des tuiles. À sa montre, il lit 5 heures.

— Regarde, la maison a brûlé !

La montre du tableau de bord indique 6 heures. Tous les quatre, deux garçons avec deux filles, sont de Sagnes et rentrent de leur tournée des discothèques au Puy. C'est leur sortie nocturne hebdomadaire. Tous les quatre fils et filles de paysans, ils jouissent de ce contraste brusque entre le calme des champs et des prairies avec le bruit et les lumières des boîtes de nuit. Ils l'apprécient d'autant plus qu'en hiver le silence étouffe les fermes sous la neige.

— Je ne comprends pas. Elle n'est plus habitée depuis longtemps et elle ne possède même pas l'électricité ! Il ne peut s'agir d'un court-circuit ou d'un poêle mal éteint.

— Elle était peut-être squattée sans qu'on le sache ?

Le conducteur ralentit la R5, l'arrête et la gare sur le talus, coupe le moteur. Tandis qu'ils descendent et traversent la route pour s'approcher des quatre murs de pierre échappés à l'incendie, les premières gouttes de pluie commencent à tomber. Seules les cendres seront à éteindre. Une écœurante odeur de brûlé, mais pas de brûlé sec, d'un brûlé moisi dont les flammes et la chaleur n'ont pu détruire l'odeur, les repousse, les dissuade de s'approcher.

— Ça pue, qu'est-ce que ça pue ! Il devait y avoir des tas de choses pourries à l'intérieur !

Depuis le temps que ce n'était plus habité, et jamais chauffé ! Nous ne pouvons rien faire, à part téléphoner aux pompiers sitôt que nous serons rendus à Sagnes. Enfin, pour le principe ! Allez ! venez.

— Il y avait un propriétaire ?

— Mes parents m'ont confié une fois que pendant la guerre et quelques années après, elle était habitée par un couple qui, durant l'été, accueillait leur neveu, un petit Parisien de dix à quatorze ans. Ses deux oncle et tante seraient morts dans un accident durant les années cinquante.

— C'est vieux, tout ça. Nous sommes tous nés après.

Au carrefour du Pinet et Blanlhac, Adrien repense à Firmin. Tant pis, il ira le remercier une autre fois. Non pas qu'il soit trop tôt mais, on ne sait jamais, en cas d'enquête, personne ne doit savoir qu'il se trouvait sur cette route à cette heure.

Lorsqu'il traverse Chamalières, la pluie tombe en rafales, crépite sur les toits, les ardoises du clocher de l'abbatiale, sur le noir de la route, noie le pare-brise de la fourgonnette que les essuie-glaces en va-et-vient rapides peinent à nettoyer. Dès la sortie du bourg, il observe les arbres luttant contre la bourrasque. La Loire se rebiffe, renvoie les traits de pluie en hautes éclaboussures.

— Sur le mont Gerbizon, il doit neiger. Et il se pourrait bien qu'il neige ici ce soir.

De toute façon, à cette heure, il ne reste rien de la maison. La pluie a su attendre que tout ait bien brûlé !

Tout le long de la route, la nuit épaisse, noyée de pluie, empêche l'aube de poindre. Adrien tourne à gauche au passage à niveau, éteint les phares. Les volets et la porte de la maison des gardes-barrières sont fermés, Amélie et Auguste dorment au chaud dans leur lit.

— Pourvu que je puisse rouler sur le communal ! Sous un pareil déluge, le chemin doit ressembler à un véritable lit de boue. Avec tout ça, cet automne, je n'ai pas regardé l'état du toit. S'il y a des gouttières… Bah ! ça n'a plus d'importance.

Lui qui autrefois était si soigneux de sa maison ! Mais Corinne est partie, et cette maison, leur maison, il ne l'habitera plus.

— Les neiges qui ont fondu, la pluie qui redouble, si ce déluge se poursuit ne serait-ce que toute la journée, la Loire va remonter, inonder le communal. Certes, ce ne sera pas la crue du 21 septembre, mais je vais garer la fourgonnette plus haut. Peut-être même que ça n'attendra pas demain. Il faudra que je voie.

D'ordinaire, lorsque la Loire montait, Adrien laissait son véhicule vers le passage à niveau, dans la cour d'Amélie et Auguste, devant leur maison, en contrebas du ballast. Lui, Corinne et les enfants, tous les quatre en avaient l'habitude. Une fois la voiture en sécurité, ils quittaient et rejoignaient leur maison en bottes. Lorsque la Loire monte, tous les gens du Batelier gardent une paire de bottes dans le coffre de leur voiture. Avec ce fleuve tout en caprices, on n'est jamais trop prudent.

Pour le moment, ça roule encore. Arrivé devant la maison, Adrien manœuvre la fourgonnette pour la garer face à la Loire afin de profiter de l'élan de la pente s'il lui faut repartir dans la boue.

Même à l'étage, l'humidité s'est installée. Tout à l'heure, par la trappe, il montera au grenier s'assurer de l'étanchéité de la toiture, de la présence d'éventuelles gouttières. Pour le moment, l'urgent est de bourrer le poêle, de l'allumer, de se faire du café qu'il arrosera de prunelle d'Artias. En guise de petit déjeuner, il terminera ce qui lui reste du casse-croûte acheté hier matin. Puis, se coucher et dormir.

Pourquoi as-tu fait ça, mais pourquoi ? Corinne est là, présente dans la maison de Mathias. Elle le fusille des yeux. Autour du matelas qui brûle, leurs deux fils, sa mère, sa sœur, Firmin, tous le regardent et leurs yeux le dévorent. Dans les flammes, un froid glacial saisit Adrien. Il claque des dents. Par la porte, il voit Mathias qui entre. Dans l'escalier, il se fait un grand bruit et un mugissement. Le taureau de Firmin débouche au haut de l'escalier, s'avance vers le matelas, gratte le plancher de ses sabots antérieurs, abaisse la tête, pointe ses cornes et les enfonce dans les deux yeux d'Adrien.

— Non, non, pas ça !

Adrien se réveille en sursaut, victime de son cauchemar et d'une crampe au mollet gauche. Il se dresse sur le lit, appuie sur l'interrupteur. La lumière l'éblouit, il sort ses jambes du lit, pose ses pieds bien à plat sur le sol pour calmer la douleur et retrouver ses esprits. Dehors, par les volets fermés, il lui semble qu'il fait jour. Sur la table de nuit, les aiguilles du réveil indiquent 3 heures de l'après-midi. Ce n'est pas possible ! Il a dormi d'une traite depuis 7 heures du matin, soit huit heures d'affilée ! Cela ne lui était pas arrivé depuis si longtemps qu'il ne s'en souvient plus. Sa crampe s'est apaisée : il se lève, va à la porte-fenêtre qui donne sur le balcon, l'ouvre, pousse les volets.

— Merde ! Ça alors !

Tout est blanc. Un blanc sidéral. La boue est effacée, jusqu'à son souvenir ! Il avait prévu qu'avant la nuit la pluie puisse se tourner en neige ; à la mi-janvier, il n'y aurait rien d'extraordinaire à cela. Mais pas si tôt dans la journée ; au début de la nuit, quand la température fraîchit.

Adrien connaît bien ce phénomène : pendant son sommeil et durant son cauchemar, alors que depuis plusieurs heures la pluie noyait les hauteurs du Gerbizon et les ruines d'Artias, les premiers flocons remplaçaient la pluie froide. Pendant quelques minutes, ils avaient dû hésiter. Sans doute l'eau et la neige se mêlaient-elles en une sorte de pissée froide.

À présent, le vent d'ouest tournait au nord, venait de Saint-Étienne, redoublait de violence et déclenchait une véritable tempête de flocons fous balayés dans tous les sens. Adrien lisait l'horloge du temps en Emblavez : cela sans doute allait durer jusqu'au soir et vraisemblablement toute la nuit. Il n'y aurait ni aube ni aurore. Dans la matinée, lorsque le jour poindrait enfin, les bourrasques s'accorderaient un peu de répit, les flocons se réduiraient à quelques poussières blanches livrées aux caprices du vent qui enfin s'apaiserait.

Pareil en cela aux animaux, Adrien sentait si bien le temps qu'il était quasiment certain de ne pas se tromper dans ses prévisions. La neige, accumulée sur la boue, l'emprisonnerait sur les bords de la Loire. Il devenait urgent de partir. Il s'habilla en vitesse, enfila sa canadienne, ses bottes et son bonnet de grosse laine, referma les volets et la porte-fenêtre, se dirigea vers la porte d'entrée, l'ouvrit, découvrit le perron et les marches de l'escalier recouverts d'une belle couche de neige fraîche. Il referma la porte à clé, la glissa dans sa poche, pas à pas dans la neige descendit marche par marche, se tenant d'une main ferme à la rambarde. S'il tombait et se cassait quelque chose, personne ne viendrait le secourir. Il se félicita d'avoir garé la fourgonnette dans le bon sens. Le pare-brise était couvert d'une neige épaisse, bien collée. Il n'allait pas retourner chercher un balai. Adrien brisa une branche du sapin ; époussetant la neige de ses fines aiguilles, il nettoya grossièrement le pare-brise.

Le moteur démarra sans problème. Il passa la première, roula doucement pour ne pas patiner, profita de la pente pour prendre un peu d'élan, braqua sur un large cercle ; encore quelques mètres, et il sentirait les pneus avant rejeter la boue du communal enfouie sous la neige et mordre les premières aspérités de l'enrobé du chemin. S'astreignant à rouler très doucement pour éviter de patiner et de rester bloqué, il réussit ainsi à remonter le chemin jusqu'au passage à niveau. Malgré son ventre vide, Adrien résolut de se rendre directement à la maison de convalescence de Rosières. De toute façon, un dimanche, à 4 heures de l'après-midi, par un temps pareil, il ne trouverait ouvert aucun commerce. Heureusement, sur la route qui monte vers le Pinet et Blanlhac à la sortie de Chamalières pour rejoindre Rosières, il subsistait des graviers de pouzzolane répandus lors de la dernière chute de neige, celle plus épaisse de début janvier. Au carrefour du Pinet, tout occupé à sa conduite, Adrien n'accorda pas le moindre regard à la route de La Fayolle où la cendre et les ruines noircies de la maison de Mathias s'étouffaient sous la neige.

Il faut avoir emprunté la route qui va de Blanlhac jusqu'à Rosières pour en connaître toutes les difficultés : étroite et sinueuse parmi les fermes, coupée de petits ponts étroits, vallonnée de montées et descentes parmi les sucs et les collines, assombrie de forêts, elle n'est déjà pas facile à suivre lorsque le temps est clément. Ce dimanche après-midi, la neige la rendait plus que difficile. Adrien adaptait sa conduite, devinait à l'aspect de la route les pièges sous la neige. Parfois, en lisière de forêt, il devinait à leurs formes blanches des amas de grumes préparés pour leur débardage. Il connaissait par leur nom les collègues qui bûcheronnaient dans ces forêts et les imaginait au chaud dans leur maison, les pieds au bord de l'âtre. Sitôt la neige fondue, dans huit jours à son avis, tous chargeraient leurs grumiers, transporteraient les troncs à la scierie où plus tard ils deviendraient des poutres, des planches ou de la pâte à papier, dont on ferait des charpentes, des meubles et des livres. En attendant leur métamorphose, la neige donnait à ces empilements l'apparence de longues demeures blanches et aveugles.

À ce rythme, il n'arriva à Rosières qu'à 6 heures du soir. Il faisait nuit et il neigeait toujours. Dans la cour de l'établissement, la couche s'épaississait et l'on apercevait uniquement les traces de pneus des voitures qui avaient ramené les convalescents de retour de permission.

— Je me demandais si vous alliez pouvoir revenir ce soir, monsieur Reboise. Je vous attendais plutôt demain matin.

— D'après moi, il va neiger toute la nuit. Demain matin, je n'aurais sans doute pas pu quitter ma maison. Où j'habite, c'est à peine un hameau ; le chasse-neige passe en dernier.

— À propos, votre mère et votre frère ont téléphoné. Ils vous ont appelé chez vous samedi, mais ça ne répondait pas. Vous n'étiez pas chez vous ?

— Non, j'ai voulu voir mon exploitation au mont Gerbizon.

— Ils se font du souci. Je les ai rassurés et leur ai dit que vous sortiez vendredi. Vous devriez leur téléphoner. Vous êtes fâché avec votre famille ? Je pensais que vous iriez la voir à l'occasion de ces deux jours.

Chez Adrien, l'ours reprenait le dessus. Sans souci de plaire ou de déplaire, il lâcha :

— Je ne leur demande que la paix. Mais pour eux, c'est encore trop.

L'infirmière, interloquée, sourit.

— Vous êtes un véritable homme des bois, monsieur Reboise ! Un ours !

Le propos n'atteignit Adrien que lorsqu'il entreprenait de monter une à une les marches de l'escalier qui conduisait à sa chambre. Il ne se retourna pas.

— Décidément, je plains sa femme et commence à comprendre, dit tout bas l'infirmière.

Déjà arrivé au sommet de l'escalier, Adrien n'entendit pas.

XVI

LE LONG DE LA N6, après Nemours, le moteur du J7 ronronnait tranquillement. Mine de rien, chargé comme il l'était, Mathias le maintenait à une moyenne de presque cent kilomètres/heure. La 505 n'était plus à la hauteur. Mathias avait décidé de louer un fourgon pour le voyage, compte tenu de tout ce qui devait être rapporté de Paris, mais surtout pour La Fayolle où il faudrait aller quérir dans divers commerces la multitude d'objets nécessaires à la maison. Certes, le gros des travaux serait effectué par des entreprises, mais il serait évidemment inévitable de charrier pas mal de choses volumineuses aussi indispensables qu'imprévisibles, à commencer par des meubles à rechercher chez des antiquaires. Pour Mathias il n'était pas question de meubler sa maison de mobilier moderne. Corinne compléterait avec ses meubles personnels de la maison du Batelier, ceux qui lui avaient été offerts par sa famille au moment du mariage et lui appartenaient. Adrien tenait l'habitation du Batelier de ses parents et sans doute la garderait-il. Ses meubles, les siens, elle voulait les transporter dans la maison de La Fayolle. On verrait bien ensuite la répartition de la valeur de la maison une fois le jugement rendu pour le divorce. Sitôt le fourgon devenu inutile après tous ces transports, tous les deux en un seul aller et retour le ramèneraient à Paris chez le loueur, puis redescendraient avec la 505. De toute façon, il y aurait sans doute des objets oubliés à rapporter, et bien évidemment des livres personnels, ceux de la bibliothèque de l'appartement, car ils en avaient chargé fort peu dans ce premier voyage.

Corinne regardait discrètement défiler le paysage, observait en souriant le visage de Mathias attentif à la route. Cet hiver à Paris s'était révélé délicieux ; l'amour et l'attention de Mathias à son plaisir et son bonheur ne s'étaient pas relâchés pendant ces quatre mois. Toute l'absolue douceur dont est capable un homme qui aime, Mathias le lui avait donnée.

Il avait confirmé sans qu'il s'en doutât les qualités que Corinne avait subodorées chez lui. La classe, le raffinement, la douceur, la façon d'aimer, mais aussi la culture sans pédanterie, et puis aussi, Corinne devait bien se l'avouer, l'aisance financière. Certes, si Mathias avait dû compter, elle l'aurait aimé de même. Mais c'était la première fois de sa vie qu'elle découvrait le bonheur de vivre sans toujours prendre garde à ne pas trop dépenser. Mathias n'était pas dépensier et encore moins prodigue – il roulait en 505, la voiture de monsieur tout le monde, alors qu'il aurait pu prétendre à une voiture plus luxueuse –, mais il ne se privait pas, vivait sans se préoccuper d'arriver à la fin du mois. Adrien n'était pas dans la gêne, loin de là. Il gérait bien ses affaires, faisait entière confiance à Corinne pour les dépenses du ménage, mais il fallait faire attention, ne pas se laisser aller à des écarts.

Ce voyage en automobile pour leur retour à Chamalières-sur-Loire lui en rappelle deux autres, à Corinne. En conversant tous les deux, sans y penser, elle avait laissé entendre à Mathias qu'à part Le Puy-en-Velay et Saint-Étienne elle n'avait jamais quitté l'Emblavez. Mathias souriait en l'écoutant. Pour les fêtes de fin d'année, il lui offrit de découvrir l'Alsace et ses marchés de Noël. À Strasbourg, ils fêtèrent le nouvel an.

En février, alors que Paris gisait froid et triste au cœur de l'hiver, brusquement, un matin, il lui annonça :

— Je ne t'ai rien dit, mais j'ai pris deux billets pour Marrakech !

Elle le regarda, estomaquée, croyant qu'il plaisantait.

— Non, non, je ne plaisante pas. Tu n'as pas peur de l'avion, j'espère ?

— Je ne sais pas, je ne l'ai jamais pris !

Et ils se réchauffèrent ainsi huit jours sous le soleil du Maroc.

Outre les sorties, les balades à Paris, les cinémas, les théâtres, Corinne s'aperçut aussi que Mathias possédait un excellent carnet d'adresses des bonnes tables parisiennes, non pas les plus connues, celles des guides, mais celles où l'on mange bien, avec le bouche-à-oreille pour seule publicité. Ces petits repas à deux au restaurant, elle en découvrit le plaisir. Au fur et à mesure qu'elle savourait, elle s'essayait à découvrir les recettes des plats, se promettait de les réaliser. Corinne était un cordon-bleu, mais toute sa vie elle s'était satisfaite de reproduire tout en les améliorant la cuisine de sa mère et sa grand-mère.

À travers la vitre, elle voit défiler les campagnes et les prairies qui redeviennent vertes, les arbres qui s'habillent de bourgeons. Elle sourit, s'assure que les deux pots qu'elle a calés derrière elle ne se sont pas renversés. C'est l'un des meilleurs souvenirs qu'elle rapporte de Paris. Sa mémoire se souviendra longtemps du marché aux fleurs sur le quai de l'île de la Cité. Mathias comme promis le lui avait fait découvrir. Elle qui aimait tant les fleurs en fut comme subjuguée. Chaque fois qu'elle le pouvait, c'est-à-dire lorsque Mathias était occupé à sa librairie, car le travail pour la reprise, et pas seulement la mise au courant de l'acquéreur, lui prenait beaucoup de temps, Corinne quittait l'appartement et, à pied puisque c'était à deux pas, partait s'aventurer parmi les fleurs et les fleuristes de la même façon qu'elle quittait le Batelier pour s'en aller marcher *à la billebaude*[1] dans les prés et les lisières à la recherche des jacinthes sauvages en mai ou des girolles en septembre. Auparavant, elle flânait sur le quai, s'attardait derrière les peintres qui invariablement et inlassablement peignaient tous et d'infinies façons Notre-Dame et la vie qui grouillait dans l'île de la Cité, sous le marché aux fleurs et tout autour jusqu'à la Seine. Finalement, autant elle ne goûtait qu'à moitié les grandes avenues et les monuments qu'il fallait visiter, autant elle aimait ce cœur de Paris qui lui paraissait un village et où elle se retrouvait.

1. *Marcher à la billebaude : se promener sans but précis.*

Ces balades à la billebaude ne lui laissaient pas oublier ses jacinthes dans son pré, tout au contraire. Justement, un matin, sur le marché aux fleurs, elle se décida, c'était au début de mars. Mathias et elle avaient décidé de choisir la mi-mars pour partir retrouver leur maison de La Fayolle. Corinne se rendit au quai aux Fleurs où elle avait repéré une fleuriste qui vendait les jacinthes qu'elle-même élevait en pots. Toutes deux avaient lié connaissance. Quand on aime les fleurs à deux, c'est bien facile et naturel. Ce matin-là, sur le quai, des crocus en pots allongeaient leurs blancs boutons en pointe. Corinne les admira, mais, ce qu'elle désirait, c'était rapporter des jacinthes en souvenir de Paris. Elle se risqua à en acheter deux pots à la fleuriste. Dans chacun une *Hyacinthus orientalis* s'efforçait d'émerger de la terre. Elles fleuriraient entre avril et juin et tous les deux seraient alors suffisamment installés pour qu'elle puisse les transplanter une fois la floraison passée. Selon la fleuriste, les jacinthes seraient de couleur fuchsia. Lorsque Mathias monta à l'appartement, Corinne lui prit la main, le conduisit à la cuisine où elle avait installé les pots sur deux assiettes, posées sur le plan de travail, bien exposés à la lumière de la fenêtre.

Corinne se retourne, jette à nouveau un coup d'œil à ses pots de jacinthe, revient à l'observation de la route, attache son regard sur les deux mains de Mathias appliqué à tenir le volant.

— Nous les planterons chez toi, à La Fayolle. Elles nous rappelleront Paris !

— Veux-tu que je te révèle quelque chose concernant l'origine des jacinthes ?

Corinne se demande s'il s'agit d'une histoire vraie ou d'une plaisanterie. Comme tous les esprits fins, Mathias adorait plaisanter, blaguer, faire des farces.

— C'est un canular ?

— Presque : de la mythologie.

— Quoi ?

— La mythologie est l'histoire des dieux dans l'Antiquité. Tu as entendu parler d'Apollon, de Vénus, des dieux de la guerre de Troie ?

— La guerre de Troie, je connais un peu. L'année du certificat d'études, j'avais reçu *L'Odyssée* en prix. Je l'avais beaucoup apprécié.

— C'est parfait. La mythologie grecque évoque un beau jeune homme de Sparte, appelé Hyacinthe. Apollon et lui étaient des amis d'enfance, demeurés très amis une fois adultes, ce qui n'est pas toujours le cas. Souvent, le grand Apollon redescendait sur Terre pour profiter des joies terrestres avec son ami Hyacinthe. Un jour, les deux compagnons s'exerçaient au lancer du disque. Zéphyr, le dieu du Vent, était jaloux de cette amitié. Il souffla pour détourner le disque d'Apollon. Hyacinthe, touché à la tempe, fut tué. Pour perpétuer le souvenir de son ami, Apollon, fou de douleur, fit naître à partir du sang frais de Hyacinthe répandu sur la terre la belle jacinthe aux clochettes bleues, ou mauves, ou fuchsia, selon les pays où elle pousse. Depuis ce jour, hommes et femmes en ont fait le symbole de la constance. Tu vois que grâce à tes jacinthes, notre amour durera autant que nous.

Corinne n'a pas quitté des yeux Mathias pendant tout le temps qu'il contait. Elle lui sourit, n'ose pas lui prendre la main par risque d'accident, mais de ses doigts lui caresse la nuque.

— Tu es un merveilleux conteur, mon amour !

À ces mots, il se penche. Sur la pointe de ses pieds elle s'élève vers lui. Leurs lèvres alors se touchent et la main de Mathias caresse ses cheveux dont il aime tant la douceur et le parfum.

— Ne sois pas fou, tu vas nous faire avoir un accident !

Le soir, ils firent étape à Mâcon. Corinne ignorait tout des vins du Mâconnais et surtout du Beaujolais. Il l'emmena dîner à la maison des vins. Pendant qu'ils se régalaient de grenouilles à la provençale arrosées d'un mâcon blanc,

Mathias observait Corinne et voyait bien chez elle qu'en esprit elle était déjà à Chamalières-sur-Loire où se profilait la crainte d'Adrien. Il ne l'aurait pas aimée d'amour s'il n'avait pas deviné. Il s'essuya la bouche, se rinça les doigts et lui prit la main :

— Aie confiance, mon amour. Tous les deux, dans notre maison, nous serons heureux.

— Crois-tu qu'il ne va pas chercher à se venger ?

— N'y pense pas. Si tu n'as plus faim, allons dormir.

De Paris, Mathias avait réservé une chambre confortable dans un hôtel trois étoiles du quai de Saône, à proximité de la maison des vins. C'était un homme organisé qui avait bien senti que Corinne ressentait un immense besoin de sécurité. Elle aimait savoir où ils dormiraient. Le lendemain, ils continueraient vers Lyon, puis Saint-Étienne, et enfin Retournac, puis La Fayolle. La chambre plut à Corinne. Durant ces quatre mois, elle avait pris goût au confort et ne cachait pas à Mathias qu'elle se languissait de la fin des travaux. Tout en s'occupant de la vente de sa librairie, celui-ci ne cessait de harceler l'architecte local, quelqu'un de Monistrol-sur-Loire, pour entamer le chantier dès leur arrivée à la mi-mars. L'architecte s'était engagé à ce que tout soit terminé fin octobre, y compris et surtout le raccordement au réseau électrique ainsi que le chauffage central au bois. Avec les forêts dont Mathias était propriétaire, ils n'allaient pas se chauffer au fioul.

Chaque fois qu'ils se retrouvaient dans une nouvelle chambre, Mathias et Corinne se redécouvraient. À leur arrivée à Paris, en Alsace, à Marrakech, ils se faisaient une cour mutuelle tels de nouveaux amants. Sitôt leurs valises posées, un plaisir de présence, une soif de paroles les faisaient se jeter dans les bras l'un de l'autre. Ils s'embrassaient longtemps, s'inventaient des mots doux. Corinne éveillait dans Mathias son féminin et elle tirait de lui force et courage. Mathias était un merveilleux amant insoupçonné et Corinne aimait l'amour ; avec impatience, elle attendait qu'il l'aime. Mathias saisissait cette attente qui rencontrait la sienne.

Plusieurs lampes électriques donnent à la chambre un éclat de plein jour. Sa lumière caresse la peau, lui donne comme une couleur diaphane. Corinne réclame que les seules veilleuses éclairent leur amour. Tandis qu'il la porte sur le lit, leurs lèvres se rencontrent. Mais Corinne ni ne s'étend sur le drap ni ne s'y assoit. Elle se dresse et, debout, entreprend nue de déshabiller son amant.

Mathias lui fit l'amour sans précipitation, prenant son temps pour un orgasme partagé, un plaisir plus long et plus intense. Corinne s'abandonnait entièrement, s'offrait d'une façon que Mathias n'avait jamais connue. Épuisés, leurs corps luisants de sueur et collés l'un à l'autre, devenus deux cœurs en un seul, ils s'endormirent. Dans la nuit de cette mi-mars, presque à la veille du printemps, Corinne ressentit un frisson qui la tira d'un cauchemar. Elle voyait du feu partout. Réveillée et assise, elle découvrit qu'ils dormaient nus, sans drap ni couverture, dans l'état où leur passion avait laissé le lit. Elle se leva aussi doucement qu'une chatte l'aurait pu faire, couvrit Mathias. Il dormait du sommeil de l'homme après l'amour ; elle lui posa un baiser dans le cou, fit le tour du lit, se recoucha mais sans omettre d'éteindre les veilleuses.

Dans l'après-midi, ils roulaient tranquillement sur la N88 à hauteur de Monistrol-sur-Loire. Tous les deux en même temps aperçurent la déviation qui mène à Retournac. Mathias la prit et leur conversation se fit insensiblement plus précise et plus centrée sur leur maison de La Fayolle, pour savoir comment ils allaient s'y installer, de quelle façon ils y vivraient. C'est souvent ainsi lorsque l'on voyage : la conversation au début concerne le pays du départ, puis elle s'évade pour parler de tout et de rien ; plus la destination s'approche et plus la conversation se recentre sur le pays où l'on va. À l'entrée de Retournac, tout en haut du village, Corinne jeta un coup d'œil attentif à la scierie où Adrien livrait ses grumes. Mathias s'en aperçut, mais ne dit rien. Ils descendirent la grand-rue qui mène jusqu'à la Loire, en trouvèrent les eaux très hautes à la suite de la fonte des neiges aux pays de sa source et de sa multitude de petits affluents, la traversèrent sur le pont, tournèrent à droite en direction de Chamalières-sur-Loire et, presque aussitôt, Mathias quitta la route à l'embranchement de Retournaguet pour grimper jusqu'à Sagnes et la route de La Fayolle.

Du même regard qu'à l'entrée de Retournac, Corinne pose ses yeux sur le panneau qui indique le mont Gerbizon, se demande si Adrien s'y trouve. Ce n'est pas impossible, il travaille jusqu'à la nuit.

— Nous arrivons ; vous voilà rendue dans votre nouvelle demeure, chère Madame.

— Il est 5 heures ; dans deux heures, il fera nuit. L'heure d'été n'est qu'à la fin du mois. Tout de suite, il faudra faire du feu.

— Dans une minute, nous y sommes. Ça va ?

— Et toi ?

— Moi ? Depuis le temps… mais…

— Mon Dieu !

Le désastre est sous leurs yeux. Quatre pans de murs noircis, un toit effondré, une porte et des fenêtres calcinées dont il ne reste que des moignons noircis.

— Mais ? Mais qu'est-il arrivé ? Personne ne nous a rien dit.

Et Mathias, lui qui depuis des années rêvait de cet instant, se crispe sur le volant.

Comme il est doux dans ces moments de sentir glisser sur soi la caresse d'une femme et sa consolation ! C'est la main de Corinne, la main douce qu'il connaît. Corinne a tant de peine ! Elle entreprend à sa façon de consoler son amant. Certes, elle aussi attendait cet instant où ils s'installeraient dans la maison de La Fayolle, mais ce n'était pas pour la maison, c'était pour vivre avec l'homme qu'elle a rencontré cet automne et qu'elle aime à présent. Corinne se penche, sa main arrête le moteur, dans ses bras elle prend Mathias et le ramène contre elle. Corinne le serre contre elle comme une femme qui aime, tente de le consoler. Sans besoin de les chercher, elle trouve les mots qu'il faut, passe sa main dans ses cheveux plantés épais et joliment bouclés, caresse sa nuque, embrasse où elle le peut son visage d'homme qui souffre. Sur ses joues, elle suit deux larmes qui roulent et se retiennent. Sans sortir son mouchoir, de son index et de son pouce ensemble, elle les essuie. Mathias se redresse, tourne la tête vers la maison, à son tour prend les mains de Corinne.

— Excuse-moi.

— Ne t'excuse pas. Viens, il faut voir.

Par prudence pour ne pas laisser le J7 sur la route où il peut gêner la circulation, Mathias redémarre, roule un peu dans la clairière, arrête le véhicule. Tous les deux, désorientés, descendent et s'avancent vers les ruines. Ils ignorent la date de l'incendie, mais l'odeur froide de brûlé, tenace, rôde sur les cendres mouillées.

— Elle n'a pas brûlé hier. Les cendres sont tassées.

Mathias se baisse, plaque sur elles le revers de ses doigts.

— Elles sont glacées, comme si elles avaient passé l'hiver. Mais enfin, bonsoir ! la gendarmerie aurait pu enquêter, me trouver, nous prévenir, chercher sur le rôle des impôts ; ils savent bien me trouver pour les taxes locales ! Certes, je n'ai pas laissé d'adresse, mais quand on cherche, on trouve !

Corinne lui prend la main, le guide vers ce qui reste de la porte d'entrée. Aux bâtis de pierre restent accrochées les pattes de scellement. À celles-ci pendent des moignons de bois noircis ; c'est tout ce qui subsiste des montants. Ils pénètrent dans les ruines enfermées dans les quatre murs encore debout : ce ne sont que tuiles brisées, pièces de bois calcinées. Dans les corbeaux des murs sont restées prisonnières et épargnées par le feu les têtes des fermes de poutre dont le corps a brûlé. Dérisoire, parmi les déchets noirs, Mathias reconnaît la carcasse du poêle à bois dont la fonte a résisté.

— Mathias, qu'allons-nous faire ?

— Ma pauvre Corinne, toi qui t'interrogeais sur le confort de ma maison !

— Demain, nous nous rendrons à la gendarmerie pour tenter de savoir. Mais ce soir ? Cette nuit ?

— Je ne vois qu'une solution : revenir sur nos pas vers Retournac et dormir à l'hôtel. J'y logeais pendant mon premier séjour, lorsque nous nous sommes rencontrés.

Sur la tour de Roche-en-Régnier, le soleil se couche dans la pourpre. C'est si beau que Mathias et Corinne prennent le temps d'admirer avant de rejoindre le J7. Un tracteur remorque une bétaillère et passe devant la clairière, venant sans doute du Pinet puisque depuis longtemps aucun paysan n'exploite plus à La Fayolle. Des génisses au front blanc, aux robes tachées d'orange et aux museaux roses se devinent à travers les montants à claire-voie de la bétaillère. Corinne n'hésite pas, se place en bord de route, fait signe à l'homme qui conduit le tracteur. Fille de paysan et de plus payse, elle saura le faire parler. Mathias, incrédule, silencieux, la suit, se place à son côté. L'homme n'a pas encore allumé les phares du tracteur, mais, malgré le clair-obscur, il aperçoit le signe de la main, le J7 dans la clairière, et surtout le 75. Comment passer inaperçu sur une route forestière de l'Emblavez avec un numéro 75 sur la plaque d'immatriculation ? De bon cœur, il s'arrête, il a déjà compris.

— Mais, c'est Corinne ?

— Et toi, c'est Firmin !

— Et vous, c'est le Parisien ? Eh bien…

Dans ce « Eh bien », tout est dit et tout y est. La femme infidèle, le Parisien qui aurait mieux fait de rester à Paris plutôt que de venir détruire un ménage, le mari encorné – et Firmin en lui-même sourit du double sens –, enfin, pour couronner le tout, une maison brûlée, un vieux fou qui depuis le départ de sa femme vit comme un ours dans une cabane au milieu des bois. Corinne examine Firmin et à son air devine qu'il sait beaucoup. Mais va-t-il vouloir parler en présence de Mathias ? Entre pays, on se parle, mais en présence d'un Parisien ? Firmin contemple Corinne, amie d'enfance, l'examine et l'interroge des yeux. Sans qu'il parle, des mots tout en silence se devinent derrière son front :

« Mais, bonsoir de bonsoir ! qu'as-tu fait ? Tu ne pouvais pas faire comme tout le monde ! » Des cocuages dans les deux sens, il en existe ici comme ailleurs, mais il y a façon et façon. On fait ça discrètement pour ne pas casser les ménages. S'il s'écoutait, il collerait son poing sur la figure au Parisien, l'enfournerait dans son J7 en lui assenant dans les oreilles un vigoureux : « Rentre à Paris ! Si je te revois ici, je te balance du haut du rocher de Costaros ! » Ensuite, il empoignerait Corinne, l'installerait sur son tracteur, prendrait à peine le temps de décharger ses génisses à l'embouche puis filerait droit sur Sagnes et le sommet du Gerbizon pour remettre discrètement sa femme entre les mains de son mari, Adrien.

Mais voilà, Firmin ne dit rien ; il sait, et pour cela se tait. C'est toujours la même chose : ceux qui savent se taisent ; ceux qui ignorent jacassent. Il faut bien que Corinne questionne ; Mathias n'obtiendrait rien. Il est là, sans bouger, figé au milieu de la nuit qui s'installe. Dans le jour crépusculaire, au dur regard que Firmin porte sur lui, il sent bien qu'un seul mot mal compris déclencherait une bagarre. Ce n'est pas que Mathias ait peur ; sportif en sa jeunesse, il a pratiqué des arts martiaux et sait même bien se battre. Mais que des coups soient échangés, et s'écroule tout le rêve des amants de s'installer dans sa maison de La Fayolle. Jamais la population d'ici ne fera bon accueil à un couple illégitime qui défraie la chronique et, dès son arrivée, provoque une bagarre avec un homme du pays.

— Si tu me le demandes, je t'expliquerai un jour, Firmin. Ce soir, ce serait trop long. C'est beaucoup plus compliqué que tu ne penses, et en même temps très simple. Sait-on qui a mis le feu à la maison ? Ce ne peut être un accident, il n'y avait ni électricité ni feu.

— Tu veux savoir ? Personne ne sait. Ce sont des jeunes de Sagnes qui, au petit matin du dimanche après ta disparition, ont surpris en rentrant de discothèque la maison en flammes. Le temps qu'ils arrivent à Sagnes et appellent les pompiers, il ne restait plus rien.

— Les gendarmes ont enquêté ?

S'il est une question à laquelle jamais on ne répond, c'est bien celle-ci. Corinne le sait et aussitôt se demande pourquoi elle l'a posée.

Un geste évasif de Firmin, et c'est toute la réponse.

La nuit, doucement, s'est installée à la place du soleil disparu derrière le Gerbizon ; il n'éclaire plus la tour de Roche. Un éclair fulgurant dans la tête de Corinne : elle fait face à Mathias, ses grands yeux dans les siens lui lancent un appel.

Ceux qui s'aiment se comprennent. Il comprend, et c'est terrible.

— Firmin, je t'en prie, réponds-moi : que sais-tu d'Adrien ?

Dans la nuit, la clairière et la forêt, sa voix résonne à la fois si dure et implorante ! Les deux hommes s'émeuvent : Mathias par amour, Firmin par pitié.

— Puisque tu veux savoir, la nuit de ta disparition, il s'est fait encorné dans *mon* embouche par *mon* taureau.

Malgré la nuit encore plus sombre, les deux hommes perçoivent sa peau devenir blême. Mathias lui prend la main, et Firmin ne sait plus s'il pourrait encore casser la figure à ce Parisien de malheur.

— Il est… il est ?

— Non. C'est moi qui l'ai ramassé. Sans cela, oui, peut-être bien que… Il a passé deux mois à l'hôpital et à Rosières. À présent, il est guéri. Ses forces sont revenues.

C'est plus fort qu'elle. Corinne voit son mari allongé, blessé, gisant à l'hôpital pendant qu'elle vivait à Paris. Du plus profond d'elle-même, un sentiment revient qu'elle ne peut contrôler. Sa main se détache de celle de Mathias. Elle sent durement la solidité du lien avec son mari, le péril qu'elle lui a fait courir, mais elle aime aussi Mathias devenu son amant. Son cœur ne lui ment pas : sa vie est avec ce dernier. Cependant, comme elle se sent coupable avec Adrien ! Il faut qu'elle le voie, lui parle. Mathias va-t-il comprendre ? Elle lui reprend la main.

— Firmin ?

— Oui ?

— Adrien est-il seul au Batelier ?

— Non, il vit dans sa cabane, au mont Gerbizon. Il l'a toute reconstruite. C'est Antoine qui me l'a dit.

— Mathias, nous allons monter au mont Gerbizon. Il le faut.

— Tu es sûre de toi ?

— Il le faut.

— En ce cas, allons-y.

Firmin s'attendait à tout, sauf à cette décision.

— Soyez prudent. Vous comprenez bien qu'il a ses raisons pour ne pas être commode.

— Il faut que je lui parle.

Pas un instant n'effleurent leur mémoire les souvenirs de l'étranglement dans la chambre de l'hôpital et de la poursuite dans la forêt.

— Merci, Firmin.

— Soyez prudents. Si on me demande, dois-je prévenir ?

— Non, surtout pas. Merci encore.

Les amants grimpent dans le J7, Mathias démarre, allume les phares, fait demi-tour dans la clairière, remonte jusqu'à la route, vire à gauche et roule vers Sagnes. Firmin suit du regard les deux feux rouges arrière jusqu'à leur disparition, remonte sur son tracteur et démarre à son tour.

— Si la patronne me demande pourquoi j'ai été si long, il va bien falloir que je lui explique.

Il roule un peu, s'inquiète, se parle à haute voix :

— J'espère que dans sa cabane Adrien n'est pas armé.

Une fois passé Sagnes, chargé comme il l'est de tout ce qu'ils ont rapporté de Paris, le J7 roule lentement. La route, plus étroite, s'élève de côte en côte jusqu'au mont Gerbizon. Mathias engage la seconde pour éviter de caler, enfonce l'accélérateur, relâche un peu, trouve enfin la vitesse qui convient. Inattentive à tout sauf au visage d'Adrien qu'elle va redécouvrir, Corinne vit dans la crainte. Elle le connaît si bien, l'homme avec qui elle a partagé trente années de sa vie. Un bougre, une force de la nature, un gaillard à coups de sang qui ignore et sa force et sa peine. Ce qui en lui l'avait séduite avait fini par la lasser. Mathias, c'est exactement son contraire : un homme cultivé, racé, tout dans la réflexion et l'attention. Mais c'est quand même Adrien qui a fait d'elle une femme, lui a donné des enfants, et cela ne se gomme pas. Peut-être aussi qu'un nouvel amour convient à un autre âge de la vie.

Mais celui-ci prend naissance de la lassitude du premier.

Mathias est trop fin, trop intuitif, trop amoureux aussi pour ne pas vivre avec elle dans son silence ses interrogations. Il profite d'une longue ligne droite pour tenir son volant d'une seule main et confier à l'autre la recherche de l'aimée. Les arbres sont si hauts, si serrés, la nuit si noire que tout se réunit pour permettre aux deux cœurs de battre à l'unisson. La main de Corinne se rapproche de la sienne et toutes les deux se serrent. Comme il va falloir qu'ils s'aiment et soient soudés pour affronter cet homme en sa tanière. Sur le cadran qui indique l'heure, Mathias lit qu'il sera bientôt 9 heures du soir.

Les phares balaient la clairière goudronnée, peignent de blanc les fûts et les lisières. Le chemin de terre est là, face à eux. Ses ornières sont profondes, c'est sur lui que roule le grumier.

— Non, ne t'y engage pas. Devant la cabane, il n'existe pas assez de place pour deux véhicules ; et puis, pour repartir, tu ne pourrais pas manœuvrer. Nous irons à pied.

Mathias ouvre la boîte à gants, prend la torche. Corinne sait combien, à la veille du printemps, peuvent être froides les nuits en forêt et à cette altitude. Elle cherche leurs deux parkas à l'arrière du J7, tend à Mathias la sienne. Encore un souvenir rapporté de Paris ! Prudente, ignorant tout du chauffage de la maison, elle les avait achetées par crainte du froid dans la demeure de la clairière.

XVII

DEPUIS UN MOMENT, Adrien et Antoine considèrent le grand sapin. Ils l'appellent le grand sapin, mais en fait c'est un douglas vert. Plus que séculaire, il mesure selon leurs calculs plus de cinquante mètres de haut. De père en fils, les forestiers se transmettent les modes de calcul depuis le sol. Le grand sapin est au maximum de sa taille, et son fût ne s'élargira plus. En Amérique du Nord, d'où ont été importées les graines, ses congénères peuvent atteindre soixante mètres de haut. Mais ici, de l'avis d'Adrien et déjà de son père, il ne les atteindra pas. Sans compter le risque d'une maladie qui rongerait l'intérieur du tronc sans que l'on s'en aperçoive. À la première tempête, il s'écroulerait tel un géant aux pieds d'argile. Pour le moment, l'arbre paraît sain et vigoureux ; il sera recherché des charpentiers et Adrien pourra en tirer un bon prix. Mais le vrai désagrément qui pousse à l'abattre sans tarder est que sa taille et son emprise nuisent à la pousse des autres arbres. Cela fait plusieurs années – en forêt on compte en années – qu'Adrien et Antoine réfléchissent et hésitent, non pas pour la décision à prendre et l'abattage à mettre en œuvre, mais pour leur attachement à ce douglas. Enfants, la première fois qu'ils sont venus dans la forêt, le douglas était déjà immense. C'est pour cela qu'ils l'appelaient le grand sapin, et ce nom lui est resté.

— Tu vois, Antoine, l'hiver est terminé, on ne peut attendre un an de plus. Il faut s'y faire. Demain, nous l'abattrons.

À 6 heures, avant que la nuit ne commence à tomber, Adrien et Antoine avaient achevé de charger le grumier.

— Tu peux bien le conduire seul jusqu'à la scierie. Tu remonteras demain.

— D'accord, patron. Vous avez besoin de quelque chose que je puisse remonter de Retournac ?

— Non, je ne vois pas. À part le casse-croûte pour midi. Demain matin, nous aviserons l'angle de chute, nettoierons pour limiter les dégâts et scierons les grosses branches du bas. À midi, il sera abattu. Pendant que tu ébrancheras, je descendrai faire mes courses à Retournac.

Lorsque toute la journée on a usé ses forces à tronçonner, abattre, ébrancher, écorcer, hisser les troncs sur le grumier, le soir on est fatigué. Sitôt le soleil couché et la brume installée, Adrien rentre à sa cabane, réchauffe sa soupe où trempe un morceau de lard. Dès qu'il l'a avalée, il se coupe une tranche de tomme, croque une pomme. Un dernier verre dans la main, il passe un moment à regarder le feu. Sitôt les flammes devenues braises, il se couche. C'est ainsi tous les soirs et, à chaque fois, la même phrase revient, prononcée à haute voix : « Ces deux-là, si je les trouve… ! »

Il peut être 9 heures. Un premier sommeil léger tente pour lui de jouer les Morphée. Rêve-t-il déjà ? Dans son demi-sommeil, il lui semble avoir entendu un moteur et un claquement de portières. Il réagit, écoute, n'entend rien, s'abandonne au vrai sommeil.

Dans la nuit embrumée, la lune n'est pas suffisamment haute pour éclairer le chemin étouffé entre les cimes. Corinne et Mathias, main dans la main, avancent prudemment à la lueur de la torche, repèrent les ornières, les racines qui affleurent. Il ne manquerait plus qu'une chose : qu'ils s'étalent tout du long, qu'une entorse les paralyse.

Ce qui empêche Adrien de se rendormir est le silence de la forêt. Seuls les hommes – et encore – dorment la nuit. Les hôtes des bois vivent à l'inverse des humains, se déplacent, chassent, s'appellent, brisent des brindilles en courant. Nul d'entre eux n'ignore le danger de l'homme. S'ils l'aperçoivent ou bien le sentent, ils se terrent, observent, font silence. Corinne et Mathias, maladroits sur le chemin et surtout porteurs d'une lampe qui déchire la nuit, incitent à se figer toute la vie sylvestre. Dès qu'il eut décidé de s'établir en forêt, Adrien avait récupéré dans la maison du Batelier le fusil de son père. Adrien ne chassait pas, amoureux des bêtes qu'il était. Mais il possédait son permis. Un fusil à chevrotines pour le gros, pour les sangliers. En revanche, depuis la mort du père, les chevrotines n'avaient pas servi. Compte tenu de l'humidité ambiante en bord de Loire, sans doute aggravée par la crue, il s'était rendu au Puy rue Crozatier s'y réapprovisionner chez un armurier.

Ce silence l'inquiète. Il se force à l'écouter mais rien ne vient le trouer. D'un bond, il est debout. La fourgonnette est garée légèrement avant la cabane, sur un espace qu'il a nettoyé pour pouvoir la manœuvrer plus facilement. Certes, la clé se trouve dans la cabane, mais ceux qui voudraient s'emparer du véhicule ne sont pas censés le savoir. Sa cabane, il la connaît par cœur. Pas besoin de lumière ; la gueule ouverte du poêle où les braises sont encore vives suffit à tempérer le noir. De plus, quand il a reconstruit sa cabane, Adrien a pris soin de ménager quatre petites ouvertures, une sur chaque face d'où il peut voir venir et qui, la nuit, laissent passer un peu de jour lunaire. Vite, il repère sa fourgonnette : c'est cela ! Encore loin derrière elle, une lueur s'avance, sans doute le faisceau d'une torche. Derrière lui, deux silhouettes indistinctes. Adrien ne s'est pas trompé : des rôdeurs qui en veulent à sa fourgonnette. Sans doute ont-ils été renseignés ou ont-ils fait eux-mêmes leurs observations. Il enfile son pantalon, sa canadienne, ses bottes, décroche son fusil, l'arme. Doucement, sans aucun bruit, il tourne la clé dans la serrure huilée, tire la porte à lui, glisse le canon par l'ouverture, ajuste. Les visiteurs poursuivent leur approche.

— Qui va là ? hurle-t-il. Mains en l'air ou je tire !

— Adrien ! C'est moi, Corinne !

Elle rajoute, et Mathias à cet instant comprend qu'il n'est pas seul à être aimé :

— Ta femme !

Sidéré, Adrien s'avance, canon dirigé droit devant lui, reconnaît maintenant les visiteurs arrivés à quelques pas de lui. C'est bien Corinne, et c'est bien le Parisien. Doux Jésus ! mais d'où viennent-ils ? Jamais il n'aurait imaginé le culot de sa femme : elle revient en pleine nuit et avec son amant ! Pareil affront ! Mais ce n'est pas possible !

— Ma femme ? De quelle femme parles-tu ? Elle est partie, ma femme ; elle ne reviendra plus. Je n'ai plus de femme. Je vis seul, ici, dans ma cabane. Qu'elle reste où elle est, ma femme !

Il se rue dans la cabane, claque la porte, enclenche le loquet, jette son fusil sur la table et s'effondre sur le lit. C'est alors une crise de larmes, mais si profonde qu'elle le secoue tout entier. Des spasmes à l'étouffer lui secouent la poitrine. Dans la nuit, il a reconnu ses yeux, ses yeux qu'il a tant aimés et son regard si doux. Il revoit ses yeux bleus, d'un bleu si lumineux, du bleu de ses jacinthes, celles qu'elle avait transplantées de la forêt de Ventressac et qui, en mai, vont refleurir dans le pré au Batelier.

Entre ses deux hommes, Corinne ignore où elle en est. Elle fait signe à Mathias, l'implore de la comprendre, de la laisser s'approcher seule. Elle n'est pas instruite, Corinne, elle n'a que son certificat d'études, mais elle comprend les êtres bien mieux qu'un bachelier à la puissance dix-sept. Adrien est malade, malade de ne plus être aimé, malade de n'avoir pas su aimer comme elle l'aurait voulu. À travers la porte de bois renforcée de bardeaux, elle entend pleurer. Elle imagine les larmes de cette force de la nature, de cet homme des bois. Il faut qu'elle lui parle. Elle-même surprend parfois des larmes à rouler sur ses joues.

— Adrien ! Adrien ! Ouvre-moi ! Ouvre-moi ! Il faut que je te parle.

De l'autre côté de la porte, il lui semble entendre que les spasmes se calment. Elle l'appelle à nouveau et de la même façon. Elle se jure d'arriver à lui parler. Comme elle se sent coupable ! Elle revoit le canon du fusil : s'il faisait une bêtise ?

— Adrien ? Adrien ? Réponds-moi !

Cette cabane, elle ne la connaît pas. Ce n'est plus celle où, jeune maman, elle lui rendait visite avec leurs deux enfants pour partager avec lui le repas de midi ou même, quand il faisait beau, demeurer tous les quatre en famille durant toute la journée. Elle entreprend d'en faire le tour, découvre les ouvertures. Mais elles sont trop haut placées. Corinne fait signe à Mathias, mais il semble ne pas comprendre. « Il ne va pas s'y mettre, lui aussi ! »

— Il faudrait que tu me fasses la courte échelle jusqu'à une ouverture pour regarder ce qu'il fait.

— Tu crois ?

Comme son visage est changé ; malgré la nuit, elle en lit la tristesse et la pâleur.

— Tu n'es pas jaloux, j'espère ?

Il la regarde de ses grands yeux si noirs sous ses cheveux bouclés.

— Si, un peu, comprends-moi, je croyais que tu ne l'aimais plus.

— Je t'aime, Mathias, tu le sais. Mais je ne peux ignorer la souffrance de mon premier amour. Adrien est malade, il faut le secourir. Nous ne pouvons le laisser ainsi. Allons, viens !

Il vient, morose, docile, se place dos à la paroi de bois, offre ses mains liées au pied de Corinne. D'un élan, elle s'élève, de ses mains attrape la nuque de Mathias, tend la jambe pour s'élever davantage. Par l'ouverture, elle voit. Adrien gît sur un bat-flanc de planches qu'il a menuisées en lit. Il y a disposé matelas, sac de couchage et couvertures. Sur la table, le fusil. Par la gueule du poêle, un rougeoiement de braises

— Adrien, regarde-moi et écoute-moi.

Comme si la voix l'extrayait de son rêve, car il revoyait sur son lit les longues années vécues avec Corinne et les derniers mois de souffrance et d'abandon, Adrien ouvre les yeux, se retourne. Du visage qu'il a aimé il ne distingue que les yeux, le nez et la bouche. Mais ces parcelles lui suffisent à la revoir tout entière. Il s'assoit sur le lit, fixe Corinne intensément comme s'il la découvrait.

— Va-t'en ! Je ne veux plus te voir ! Retourne d'où tu viens avec ton Parisien ! Tu n'as pas honte ?

Comme il doit en rajouter pour se forcer à ne plus l'aimer !

— Adrien, il faut que je te parle, il faut que je t'explique.

— Je te dis que c'est tout expliqué. Va-t'en !

Le fusil est sur la table. Il le voit, se lève, le saisit, s'assure qu'il est armé, pointe le canon vers le visage, hurle :

— Mais va-t'en donc ! Tu ne vois donc pas que je ne vais plus pouvoir me retenir ?

Corinne ne le croit pas. Mais il a hurlé si fort ! Mathias entend, d'un seul élan des bras saisit Corinne à la taille, la pose sur le sol, lui prend la main très fort et l'entraîne.

— Viens vite ! C'est comme à l'hôpital, il ne se contrôle plus. Il risque de nous abattre.

— Non, ce n'est pas vrai. Il est malade. Il faut que je lui parle.

Pour la première fois, Mathias est impérieux ; Corinne est en danger. Il la soulève, la prend dans ses bras et la porte vers la grande clairière et le J7.

Du clocher de l'église de Retournac s'égrènent onze coups. Mathias sonne aux deux hôtels, mais, à cette heure, ils sont fermés.

— Nous aurions dû rester là-haut et passer la nuit dans le J7.

— Non, ta vie était en danger. Normalement, nous devrions alerter la gendarmerie.

Mathias s'imaginait qu'il connaissait Corinne. Telle une furie, elle se tourne vers lui :

— Ne fais jamais cela ! Ou alors, tu ne me reverrais plus jamais.

Et elle s'effondre sur sa portière, éclate en sanglots. Mathias la prend par les épaules, la ramène contre lui. Les frissons la parcourent et lui aussi, s'il se laissait aller, pleurerait sur son dos. Il la caresse, tente de l'apaiser. Les mots sont inutiles, chacun serait à double sens, risquerait de la blesser en voulant la consoler. Il ne le sent que trop : le seul homme en ce moment qui pourrait aider Corinne est celui qui tout à l'heure pointait sur elle son arme.

Passe l'estafette de la gendarmerie locale. Elle effectue son ultime tournée avant minuit. Les deux gendarmes lorgnent le 75, devinent derrière le pare-brise et la vitre de la portière le couple enlacé.

— Venir de Paris pour s'embrasser ! Il est vrai qu'à cette heure les hôtels sont fermés !

Ah ! si seulement le gendarme pouvait deviner, mais il ne sait rien des drames !

Corinne se redresse, sèche ses larmes. Comme est triste le regard de Mathias, et comme son visage est défait ! Décidément, elle ne sait que faire souffrir.

— Rassure-toi, nous ne passerons pas la nuit dans le J7. Dans mon sac, j'ai gardé les clés de la maison du Batelier. Allons dormir là-bas. J'espère qu'il ne l'a pas brûlée.

— Quoi ?

— Mais tu n'as donc pas deviné ? Il s'est vengé ; il veut tout détruire : nos maisons, nous, lui. Il faut absolument que je lui parle. Je veux qu'il guérisse. Demain matin, nous remonterons au mont Gerbizon. Et puis, sans doute, son compagnon Antoine y sera. Nous ne serons pas seuls. Il faudra bien qu'il m'écoute.

Cette nuit, seule la Loire paraît calme. Ils l'entendent qui clapote le long des bancs de sable. Sous la lune, ses eaux sombres s'éclairent de la crête des vaguelettes retournées par le vent d'ouest et qui deviennent d'argent. C'est le vent de la pluie. Demain, peut-être fera-t-il encore beau le matin, mais ensuite, dès que le vent aura cessé, il pleuvra. Ici, Corinne est véritablement chez elle, au pays de son enfance. Dans la nuit, elle discerne les ruines d'Artias, la maison forte de Ventressac et, comme c'est le vent d'ouest, tout à l'heure, à minuit, l'abbatiale de Chamalières-sur-Loire enverra ses douze coups. Pendant que Mathias, comme Adrien le fait, manœuvre le J7 pour le placer en position de départ, Corinne se retourne, aperçoit les deux pots de jacinthe rapportés de Paris, fouille son sac, en retire ses clés.

Adrien n'a rien touché à la maison. Il s'est contenté d'y dormir, puisque le lit est défait. Les amants sont si tristes qu'ils ne sont plus amants. Chacun se déshabille et tous les deux se couchent. L'un contre l'autre, ils se tiennent chaud, se réchauffent et réchauffent le lit. Ni Corinne ni Mathias n'ont songé un instant à allumer le poêle, à le garnir pour la nuit afin qu'au petit matin, lorsqu'ils s'éveilleront, la maison soit bien tiède. Ils ne dorment pas, parlent de ces quelques heures passées dans le malheur.

— Tu sais, ma maison brûlée, ça n'est pas grave. Un coup de bulldozer pour raser les ruines et nous reconstruirons. Le drame, c'est toi et lui, c'est nous deux. Dis-moi : es-tu toujours bien certaine de m'aimer ?

— Mais oui, je t'aime. Mais je ne veux pas qu'il souffre. Il faut que je lui parle, que je m'explique. Pour cela, je dois être seule avec lui, et le temps qu'il faudra. Tu comprends ce que je ressens ? Je ne peux renier trente ans et plus de vie. Comment vivre sans nous être pardonnés ?

— Et s'il ne te pardonne pas ?

Corinne demeure silencieuse, se serre plus fort contre lui à titre de réponse. C'est vrai qu'elle ne sait pas. Et puis si, elle sait.

— Mathias ?

— Oui ?

— Toi, tu m'aimes ?

— Oui, tu le sais.

— Alors, s'il ne me pardonne pas, nous retournerons à Paris. Je n'aurais plus rien à faire ici. Tu le ferais pour moi ?

Il s'attendait à tout, sauf à cela.

— Oui, je le ferais pour toi.

Elle l'embrasse. C'est leur premier baiser depuis le retour au pays.

La chambre est plongée dans la pénombre et Corinne ne voit du jour qui se lève que des raies argentées entre les fentes des volets. Sur la table de nuit, il n'y a que le petit réveille-matin à poursuivre sa vie laborieuse et à pousser dans le cadran blême des aiguilles phosphorescentes qui semblent trop lourdes pour lui. Elles indiqueront bientôt 7 heures. Cette nuit, Corinne s'est endormie la dernière et, ce matin, c'est elle qui a deviné le jour. Il va falloir se lever, rejoindre le Gerbizon pour parler à Adrien. Après tout, il est peut-être préférable que Mathias ne l'accompagne pas. Le J7, elle saura le conduire, comme elle a su conduire sa vie durant toutes sortes de véhicules, y compris les fourgonnettes et les tracteurs de son père. Elle passe une main sur la joue de Mathias, ressent le fin picotement d'une barbe de vingt-quatre heures.

Il ne dormait pas, sommeillait seulement les yeux fermés pour ne pas éveiller sa compagne.

— Tu es réveillée ?
— Oui, avant toi.
— Il fait beau ?
— Je crois, les fentes des volets sont très claires.

Il se redresse sur un coude, approche ses lèvres des siennes.

— Laisse-moi t'embrasser.

Elle tend ses lèvres, leurs yeux se disent leur amour. Mais, presque aussitôt, elle repousse drap et couvertures, pose ses pieds sur la descente de lit.

— Il faut se lever. Tu sais, je ne sais pas si tu dois m'accompagner. Je crains que ta présence ne le provoque.

Mathias lui aussi se lève, dévisage Corinne.

— Non, nous devons être ensemble. Sinon, cette absence demeurera toujours entre nous deux. Je me connais ; rester seul ici à t'attendre sera pour moi un supplice. J'imaginerai n'importe quoi, à commencer par le pire.

Corinne saisit qu'elle ne le convaincra pas. Tant pis ! C'eût été plus facile.

— Soit.

Le temps d'une toilette et d'un café, le J7 roule sur le chemin. Au passage à niveau, Amélie les voit passer. Mathias fait un signe, Corinne se penche, sourit, fait elle aussi un signe de la main. Quand ils redescendront, les amants s'arrêteront plus longtemps pour causer. Le mieux également est d'éviter le bourg de Chamalières-sur-Loire où Corinne connaît trop de monde. Pour cela, arrivé à la route, Mathias tourne à gauche en direction de Retournac. De longer Ventressac ramène à l'esprit de Corinne le visage de Clémence, sa mère, de Pauline, son amie qui sans doute se tient déjà assise devant sa maison, de Baptiste, son frère, et même de Colette, sa belle-sœur. Tous ceux-là, dès ce soir ou demain, elle ira les voir avec Mathias, les présentera. Elle sait bien que rien de bon ne jaillit d'ignorer famille et amis. Quoi qu'il arrive, d'ailleurs, s'ils s'établissent à La Fayolle, elle ne va pas se couper des siens. S'ils doivent remonter à Paris, elle ne partira pas sans dire au revoir.

Dès 8 heures, Antoine se trouvait à pied d'œuvre au Gerbizon. Il repéra tout de suite qu'Adrien avait rapproché le tracteur de débardage vers le site d'abattage du grand sapin. Le temps de garer sa 2 CV à proximité à la fois de la cabane et de la fourgonnette d'Adrien, de déposer le casse-croûte dans le garde-manger, de chausser ses grosses chaussures de protection sur ses chaussettes épaisses, d'empoigner sa tronçonneuse, il prenait la sente qui, à travers les fourrés et les basses futaies, accédait au grand sapin. Il y avait cent ans au moins, celui-ci avait poussé sur un tertre couvert de ronces, de framboisiers sauvages, parsemé de grosses pierres. Le tertre dominait le sommet du Gerbizon. Personne n'était jamais monté au faîte du grand sapin. Si quelqu'un avait pu y grimper, il eût découvert de là-haut un immense paysage qui sans doute devait englober non seulement la vallée de la Loire de Retournac à Chamalières et au-delà, mais également la forêt de Miaunes derrière Artias, à l'ouest ; de l'autre côté, à l'est, où le soleil se lève, un regard exercé eût pu deviner les moulins de Blanlhac. Mais comment se hisser tout là-haut ?

La veille, après la visite nocturne de Corinne et Mathias, le sommeil avait été très long à retrouver Adrien. À l'inverse, avant même l'aurore, il l'avait quitté très tôt, rejeté par un terrible cauchemar que, sitôt tiré du lit, Adrien enfouissait au plus profond de lui, dans ces puits d'inconscience où plus jamais la mémoire ne pourra rien retrouver. Le forestier se prépara un grand bol de café et l'avala brûlant comme pour mieux s'éveiller. Dans la matinée, il casse-croûterait avec Antoine. Le temps d'évaluer d'un coup d'œil le râtelier à outils, d'une main il s'empara d'une serpe pour dégager les ronces, de l'autre il saisit la plus puissante de ses tronçonneuses, celle à la plus longue lame. Déterminé et ainsi outillé, il sortit. Le vent d'ouest soufflait mais, pour le moment, il soufflait calmement, demeurait supportable, n'interdisait pas d'abattre.

— C'est bien ce que je prévoyais hier : nous devrons faire avec le vent de la pluie. Il faut abattre avant midi.

Par le marchepied, Adrien grimpa sur le siège du tracteur, un engin lourd et haut à quatre roues motrices qui pouvait presque aller partout, posa serpe et tronçonneuse dans une caisse à cet effet, démarra. Veillant à ne pas trop écraser de jeunes pousses, Adrien propulsa le tracteur à proximité du tertre. L'arbre abattu, comme un grand corps mort, il serait treuillé par l'engin au-delà de sa chute pour y être tronçonné.

Une fois au pied du tertre, Adrien observa à nouveau l'inclinaison du grand sapin, détermina de loin sa position de chute, nettoya à la serpe suffisamment d'espace au pied du fût pour travailler sans gêne. La plupart des accidents trouvaient leur cause dans la précipitation à abattre. Il fallait bien prendre son temps, préparer soigneusement l'espace au sol et le fût, et ensuite l'entaille. Avec sa tronçonneuse dont la chaîne pouvait scier d'une seule morsure des troncs de deux mètres de diamètre, Adrien dégagea le fût de ses basses branches dont beaucoup dépassaient en longueur et épaisseur certains arbres de la forêt. Sitôt surpris par le bruit infernal, des multitudes d'oiseaux s'envolent, sans doute des milliers, tant le colosse est habité.

— Bonjour, patron, vous m'avez devancé.

Au bruit du moteur deux temps de la tronçonneuse en pleine action, il faut ajouter celui plus effrayant des dents de la lame lancée à toute vitesse et qui mordent le bois englué de résine. Tout ce rugissement s'entend à des kilomètres. Dans les villages éparpillés, chacun sait si les forestiers tronçonnent ou cassent la croûte au profond des forêts.

Adrien se retourne. Le patron et le compagnon se connaissent si bien, ils ont tant confiance l'un dans l'autre qu'entre eux deux au travail toute parole est superflue.

Sans un mot, Antoine saisit sa tronçonneuse, en lance le moteur et entreprend de découper les branches déjà au sol comme des guillotinées ; il conviendra de soigneusement les évacuer hors de la zone de chute. Tout en travaillant, d'un coup d'œil sur le visage d'Adrien, Antoine note cependant que son patron a mal dormi : le visage contrarié et le regard trop dur ne sont pas ceux accoutumés. Nettoyer le fût de ses branches constitue l'un des travaux parmi les plus importants après l'appréciation exacte de l'angle de chute. Les deux hommes tiennent levée très haute leur tronçonneuse à bout de bras, s'efforcent à débarrasser le tronc de ses basses branches jusqu'à plus de deux mètres afin de pouvoir circuler et travailler autour du fût sans être gênés par ces dernières.

Sitôt les branches sciées, tronçonnées et évacuées, Adrien regarde sa montre : il est 9 heures.

— Tu as faim ?

— Un peu.

— Le mieux est de casser la croûte dès à présent. Une fois l'entaille prête, il faudra abattre de suite. Avec ce vent, il ne faut pas tenter le diable.

C'est une vieille habitude : ils mangent dans la cabane. Pour le confort, d'abord, mais aussi pour mieux marquer la pause en quittant le chantier. Ce sont presque toujours les mêmes victuailles : pain du boulanger de Chamalières, charcutailles du Clément et fromages de pays achetés par leur femme sur les marchés de Retournac ou de Vorey ; s'y ajoutent les pommes et autres poires du verger d'Antoine en bord de Loire, sans oublier le litre de rosé des coteaux de l'Ardèche. Ils prennent leur temps. De toute façon, Adrien n'a pas le goût à parler et Antoine se conforte dans son opinion qu'il y a du nouveau. Ce soir, il demandera à sa femme. Les nouvelles vont si vite ; sans doute aura-t-elle appris quelque chose.

— Ça va ?

— Ça va, patron.

— Alors, allons-y. Sitôt qu'il sera à terre, nous l'ébrancherons. Cela nous prendra jusqu'à midi. Cet après-midi, tu n'auras qu'à l'ébrancher puis tout treuiller et débarder avec le tracteur jusqu'à la clairière. Si tu as le temps, commence de l'écorcer. Moi, je descendrai à la scierie de Retournac et je remonterai avec le grumier. Nous le descendrons demain.

L'entaille, c'est le plus délicat. À un centimètre près, l'arbre va s'abattre à plusieurs mètres d'écart. Lorsqu'il touche le sol, le choc de sa masse, l'effet ressort des branches le rejettent en arrière et le font rebondir. Vu son poids et sa hauteur, ses bonds seront énormes et imprévisibles. Il convient de se tenir à plus de dix mètres au moins. On a vu des forestiers, surtout parmi les plus expérimentés qui s'habituent et craignent moins, se faire surprendre et y laisser leur vie. Ce sont des dizaines de tonnes qui tombent, et elles ne pardonnent pas.

— Nous allons le faire chuter dans le sens de la pente. Je surveillerai la cime, c'est elle qui indique. Dès qu'il bouge… enfin, tu sais ! Ce n'est pas la peine que je te dise.

Antoine sourit. Il en sait autant que son patron, sinon davantage. Mais à chaque fois, c'est pareil, Adrien a peur pour son compagnon. S'il le laisse tronçonner, c'est pour mieux le prévenir des frémissements de la cime. Un centimètre en bas, ce sont plusieurs mètres tout en haut. La tête dans l'entaille, celui qui tronçonne se trouve tout à sa tâche et ne peut rien prévoir, sauf au dernier moment, mais alors il est trop tard. L'homme ne peut que bondir et s'écarter le plus vite et le plus loin possible de la ligne de chute.

— Comme d'habitude, je vais me poster dans sa ligne de chute, au pied du tertre. Je surveillerai s'il dévie. Quand je crie, tu dégages.

Adrien et Antoine lèvent la tête, observent les cimes et le vent qui, par saccades, pousse les nuages.

Même si le grand sapin pèse lourd, dans les griffes du vent, c'est un fétu de paille. On a vu des coups de vent dévier la chute des arbres les plus hauts.

— Il est temps. Dans une heure, le vent soufflera trop fort.

— Oui, patron !

— Ne te moque pas de moi. S'il arrivait un accident, je ne m'en remettrais jamais.

Antoine se baisse, lance le moteur de sa tronçonneuse, applique la pointe de la lame sur l'écorce, au tiers de l'épaisseur du tronc, bien perpendiculaire à son diamètre et dans sa ligne de chute. Avant d'entamer le fût, il s'assure qu'Adrien est descendu au pied du tertre, hors de portée du grand sapin quand le géant s'abattra.

La lame rugit, puissante ; ses dents tranchent, rejettent la sciure toute visqueuse de résine. C'est la première entaille, à plat ; la lame tranche à l'horizontal. Le fût est si large qu'Antoine s'arc-boute en permanence pour ne pas laisser dévier la lame. Il s'agit de bien calculer afin qu'elle scie tout du long et sur le même plan. Ses dents arrachent et font gicler à plein jet sur les bottes d'Antoine une sciure grossière, parfumée de résine. Si le plan n'est pas parfaitement scié à l'horizontale, la chute ne pourra qu'être mal contrôlée. Ouf ! la lame se libère, apparaît de l'autre côté du tronc ; il est scié totalement sur un tiers de son épaisseur. Antoine se redresse, reprend son souffle, se tourne et s'assure de la présence d'Adrien au pied du tertre. Il surprend son patron à regarder le ciel. Pendant qu'il tronçonnait, totalement absorbé par sa tâche, il n'avait pas remarqué les sautes de vent plus rapprochées, plus violentes. Vite, il faut en terminer !

Il relance le moteur, libère sa pleine puissance, attaque plus haut, mais de biais, afin que l'incision rejoigne le fond de la première entaille. Jeune apprenti bûcheron, il lui en a fallu des mois et des dizaines d'abattages de grands arbres pour acquérir cette précision, ce tour de main que bûcherons et forestiers ne se transmettent qu'entre eux. Les dents de la chaîne mordent le bois, progressent dans la nouvelle entaille.

Antoine remarque le jet de sciure qui parfois est dévié par le vent qui souffle de plus en plus fort. Heureusement, encore deux minutes et il pourra dégager l'arc de bois scié. Ouf ! Ça y est ! La pièce en demi-cylindre se détache, plus rien ne la retient, sinon son poids. Antoine retire sa tronçonneuse, arrête le moteur. Antoine, genoux en terre, se plie en deux, embrasse la pièce à deux bras. Elle est plus longue que lui, et plus lourde sans doute. Il doit s'y reprendre à plusieurs fois pour la faire glisser et la dégager de son entaille. Enfin, d'un dernier coup de reins, il la tire et la fait tomber sur la tranche dont l'écorce blessée laisse couler la résine. Antoine, même s'il n'est pas si fort que son patron – ils se sont déjà mesurés au bras de fer –, n'est pas une mauviette. Il redresse la pièce, la culbute et l'écarte pour qu'elle ne le gêne pas dans son travail.

À présent, c'est l'ultime opération. Il observe son patron au pied du tertre, lui lance à pleine voix :

— Ça va ?

— Ça va, répond la voix pleine d'Adrien. Mais dépêche, le vent forcit.

De toute façon, il faut abattre. Le grand sapin blessé ne peut être abandonné en cet état. Qu'un promeneur s'aventure, qu'un coup de vent survienne, et la mort sera là. Antoine contourne le géant, se place dos à l'entaille, lance le moteur. Sa main gauche serre fort la poignée, de la droite il tient l'autre, guide et soulève la tronçonneuse de telle façon que la lame attaque en biais. Elle mord la ligne de l'entaille, tranche à pleines dents, fait jaillir la sciure qui fleure bon la résine. Dans une minute au plus, le géant blessé sera à terre.

XVIII

Cet itinéraire, Mathias commence à le connaître par cœur, comme si depuis l'enfance il le pratiquait chaque jour. Ce qui compte pour la mémoire n'est pas le nombre des répétitions, mais la charge affective de l'attention portée. Cette route, depuis son retour en Emblavez, Mathias ne l'a pratiquée qu'en compagnie de Corinne, la femme qu'il a rencontrée ici même et qu'il aime depuis. Hier au soir, il a bien cru la perdre. À présent, il sait que son amour pour elle est partagé. Pour lui, l'Emblavez, La Fayolle, le Gerbizon, c'est Corinne. Cette route qui monte au Gerbizon, il ne l'oubliera jamais, car à chaque fois c'était avec la femme aimée. Même s'ils doivent retourner à Paris, comme il l'a accepté cette nuit si Adrien ne pardonne pas, s'ils ne doivent jamais revenir, toujours il se souviendra de cette route qui chemine dans la forêt entre deux lisières sombres. Il pourra la suivre les yeux fermés.

Main gauche sur le volant, sa droite prend celle de Corinne et la porte à ses lèvres. Elle la reprend, se fait pardonner d'une caresse sur sa joue. Sa voix douce murmure :

— Regarde la route, ce n'est pas le moment d'avoir un accident !

À Retournaguet, il tourne, monte jusqu'à Sagnes, s'engage sur la route étroite qui conduit sur la clairière goudronnée au sommet du Gerbizon.

— Je roule jusqu'à la cabane ou préfères-tu aller à pied ?

— Comme hier soir, à pied, c'est plus prudent. De plus, Antoine aura garé sa 2 CV et il ne restera guère de place pour manœuvrer le J7 lorsque nous repartirons. Et puis, ainsi, sans véhicule, Adrien aura moins l'impression que nous l'envahissons.

L'enrobé gris de la clairière, au contraire de la veille, est couvert de brindilles et branches mortes brisées déposées par le vent. Corinne sait lire ce signe.

— Ce soir, il pleuvra.

Elle observe les hautes cimes qui se couchent vers l'est, poussées par le vent d'ouest. De temps à autre s'entendent les claquements très secs des sapins ébranchés demeurés trop serrés et dont les troncs se heurtent.

— Aujourd'hui, ils ne peuvent pas abattre, le vent souffle trop fort.

Mathias s'assure qu'il a garé son véhicule suffisamment éloigné des arbres qui entourent la clairière, ferme les portières à clé. Corinne l'attend, déjà engagée sur le chemin de terre. À ses pieds chaussés de Pataugas, elle observe les traces fraîches des pneus de la voiture d'Antoine.

— Son compagnon est ici. Si Adrien fait le violent, peut-être pourra-t-il l'apaiser.

Tous les deux s'avancent côte à côte, mais non pas main dans la main au cas où Adrien les apercevrait. Il est inutile d'exciter sa jalousie pour rien ; ils auront tout le temps de se tenir la main.

— Voilà la cabane, la fourgonnette et la 2 CV. C'est bizarre, le tracteur n'est pas là. Ils ne peuvent que l'avoir emmené sur le chantier. En principe, c'est pour treuiller et débarder les arbres abattus. Décidément, Adrien n'est plus comme auparavant. Je me souviens de ses mises en garde : ne jamais abattre par grand vent. Maintenant, il s'agit de les trouver.

— Regarde : les traces fraîches du tracteur !

Effectivement, deux empreintes parallèles marquent le sol profondément ; le dessin des pneus y apparaît, sculpté dans la terre et sur les mousses. Brusquement, un bourdonnement très fort, lancinant, caractéristique, percute leurs oreilles.

— Écoute ! La tronçonneuse. Eh bien ! quelle imprudence ! Hâtons-nous.

Corinne, qui connaît le métier, marche vite et puis court. Ce n'est pas parce qu'hier au soir ils se sont affrontés qu'Adrien doit prendre de tels risques pour étouffer sa rage. Sans doute n'en sont-ils qu'à la préparation, tronçonnent-ils les basses branches ? Mathias n'y connaît rien, son oncle ne procédait pas à des coupes. De plus, à son époque, les tronçonneuses n'existaient pas, ne faisaient pas pleurer les bois.

— Le grand sapin ! Ils s'en prennent au grand douglas vert ! Sa cime culmine à cinquante mètres de haut ! Il est plus que centenaire ! L'abattre par un jour de grand vent ! Adrien est devenu fou !

Corinne aperçoit le tracteur, Adrien au pied du tertre et Antoine tout en haut qui tronçonne le fût. Misère ! D'où ils se trouvent, elle aperçoit l'entaille blanche, blessure béante dans le fût brun. Antoine travaille déjà à la seconde entaille, celle fatale, celle ultime qui détache l'arbre de sa souche. Trop tard, encore quelques secondes, et le grand sapin s'inclinera pour un dernier salut.

— Adrien ! Adrien ! Attention ! le vent !

Adrien se retourne, reconnaît la voix, aperçoit sa femme et son amant.

— Ils vont se faire tuer !

Quelle idée de s'approcher à l'improviste sans prévenir. Les amants courent et, dans un instant, ils se trouveront sous la ligne de chute. De toutes ses forces, ses deux mains en porte-voix, Adrien hurle du plus fort qu'il le peut :

— Foutez le camp ! Foutez le camp ! Il va vous écraser !

Ils ne l'entendent pas, continuent d'avancer.

La haute cime s'incline. Adrien pressent le drame, mais trop tard.

— Oh ! merde, merde ! merde de merde ! Qu'est-ce que j'ai fait ? Mais qu'est-ce que j'ai fait ? Malédiction !

Le tout pour le tout ! Comme il l'aime sa Corinne ! Il s'élance, jette ses bras en éventail pour repousser les amants. Tous les deux comprennent enfin, s'arrêtent. Trop tard ! Corinne sent ses larmes envahir ses yeux. Elle voit le grand sapin qui s'abat. Adrien se recule, les amants réalisent. Adrien se replie, se retourne, court, croit qu'il pourra s'échapper : le douglas centenaire va s'écraser à quelques mètres de lui ! C'est alors que rugit le Gerbizon sous la rafale du vent. Le géant est déporté, une branche frappe Adrien, l'arbre immense rebondit, recule de plusieurs mètres, rebondit à nouveau et sa cime implacable s'abat sur son maître et seigneur.

— Adrien !

— Patron !

— Monsieur !

Tous les trois ils bondissent. Corinne la première se glisse dans les branches, rampe jusqu'à l'homme qu'avant Mathias elle a si fort aimé, le père de ses enfants, serre son visage dans ses bras, lui dit avec passion tous les mots qu'elle n'a pas su lui dire, lui demande pardon, car aux portes de la mort les survivants ont tort.

— Adrien, Adrien, je suis là, nous allons te sauver. Pardonne-moi, souviens-toi, je t'ai toujours aimé.

Elle hurle vers Mathias :

— Aide-moi ! Aide-moi ! Mais aide-moi donc, enfin !

Acharnée à écarter les branches pour atteindre la cime, elle ne l'aperçoit pas. Mathias se précipite. Pleines de forces malgré leur élégance, les mains blanches du libraire raffiné saisissent le tronc pour tenter l'impossible. Tel un preux chevalier pour mériter sa dame, il sait bien que pour l'amour de Corinne il doit sauver son rival.

Couché sur le dos, d'une suprême respiration, Adrien tend ses bras, empoigne le tronc dans ses mains de gladiateur, le soulève, mais s'épuise. Corinne s'enfile plus avant sous le tronc et, d'un effort surhumain que chez elle on n'aurait pas cru possible, cette femme raidit au maximum ses bras et ses jambes, arc-boute son dos, joint ses forces à celle de son mari et de son amant, tente de soulever le tronc.

Pendant la chute du géant, Antoine, qui voyait venir le drame, jetait sa tronçonneuse, dévalait la pente du tertre, rejoignait son patron écrasé, attrapait le tronc à pleins bras, joignait ses efforts à ceux d'Adrien, Mathias et Corinne, tentait de le hisser plus haut, de libérer le blessé. Tous les trois à présent, dans un effort si violent qu'il en est pathétique, ils tiennent haut la cime de l'arbre à terre. Hélas ! ce sont leurs dernières forces, le poids de l'arbre les épuise ; exténués, vidés, ils ne peuvent plus rien contre sa masse. Les yeux sombres d'Adrien se vident, ses bras s'affaissent.

— Trop lourd, murmure le colosse qui rejoint l'autre géant dans la mort.

Corinne se replie, s'allonge auprès d'Adrien, glisse sa bouche vers l'oreille encore rouge de l'effort.

— Je t'ai toujours aimé.

Et elle répète en prononçant très fort :

— Je t'ai toujours aimé.

Est-ce un sourire qui se dessine sur la joue du blessé ou la détente de la mort ?

Mathias entend, écoute, s'agenouille derrière Corinne, pose sa main sur son épaule comme hier soir devant la maison brûlée elle savait poser la sienne.

— Vite, il existe encore une chance !

Antoine ne croit pas à la mort sur le visage de son patron. Il se déprend des branches, s'élance, court au tracteur, fait mugir son moteur. D'une manœuvre inouïe d'audace, de vitesse, de précision, broyant tout sous les pneus, il l'approche à hauteur d'Adrien de telle façon que le treuil puisse soulever le tronc.

— Hé ! vous, le Parisien !

Mathias, tout à la douleur de Corinne pour en suivre le drame, se redresse, interloqué.

— Je vous lance le crochet. Arrimez-le au tronc.

Mathias comprend la manœuvre, attrape la pièce d'acier, l'ajuste exactement pour qu'il accroche l'arbre. Antoine n'a pas attendu ; déjà le treuil tourne, enroule le câble, le tend. Lentement, le douglas se décolle du sol, s'élève, libère le corps brisé. Ses deux yeux sont ouverts, Corinne caresse le visage du revers de la main, mais la peau lui semble moins chaude, à peine tiède. Ses yeux qui quémandent un miracle rencontrent ceux de Mathias. L'amant comprend, s'agenouille à nouveau. De ses longs doigts sensibles il tâte sur le cou les veines jugulaires. Comment dire à Corinne ? Comment trouver les mots ? Il regarde

Antoine, comme si pouvait l'aider le compagnon fidèle. Trop tard ! Maintenant, tout ce que sait Antoine est que son maître est mort. Il ôte sa casquette, se signe et joint les mains.

Pour qu'il ait chaud encore, Corinne prend le corps mort sur ses genoux. Les mots sont inutiles. Sous ses doigts, Corinne sent la peau qui de tiède devient froide. Elle sait faire, elle a vu faire. De sa main elle ferme les paupières du premier homme qu'elle a aimé, de celui qui a fait d'elle une femme, le père de ses enfants.

Épilogue

Mai, c'est le mois des fleurs ; partout elles sont écloses, des bleues, des blanches, des rouges, des jaunes. Le printemps avait été chaud et dès la mi-mai les jacinthes au Batelier, dans le pré de Corinne, élevaient leurs hampes à presque vingt centimètres, s'élargissaient de grappes aux minuscules fleurs, mais innombrables, aux couleurs somptueuses. Elles allaient du bleu au blanc et au rouge en passant par le rose et le fuchsia. Comme chaque printemps, leur parfum enivrait, incomparable. Quelques-unes auraient suffi à parfumer un coin entier du jardin que Mathias avait aménagé derrière la maison de Corinne. Adrien l'avait prédit à l'automne dernier, après la grande crue :

— Tu verras, Corinne, les boues que la Loire a déposées vont enrichir la terre ; tes jacinthes fleuriront plus belles que jamais.

Par égard pour son mari défunt, Corinne n'avait pas voulu transplanter au Batelier les deux jacinthes rapportées du quai aux Fleurs dans l'île de la Cité. Elle les avait plantées à La Fayolle, dans la clairière de la maison brûlée.

Après réflexion, tous les deux ont décidé que vivre ensemble en permanence les empêcherait peut-être de se retrouver amants. Mathias ne manque pas d'argent ; en y ajoutant la prime de l'assurance incendie, il reconstruira sa maison de La Fayolle. L'argent de la librairie et de l'appartement parisien, il l'a placé, au cas où. Adrien lui-même était bien assuré contre les accidents du travail. Avec ce qu'elle touchera, Corinne aménagera en plus moderne, plus confortable, sa maison du Batelier. Ses deux fils l'avaient déjà annoncé au père de son vivant : ils ne voulaient pas reprendre l'exploitation. Corinne en a confié la gérance à Antoine, compagnon de toujours.

À La Fayolle, les travaux n'ont pas encore commencé ; sans doute ne seront-ils pas terminés avant le printemps prochain. Durant toute cette année, Mathias va vivre au Batelier, dans la maison de Corinne. Et qui sait ? Lorsqu'ils accrocheront le bouquet de feuillage au fronton de la maison, peut-être auront-ils pris le goût de vivre à deux leur amour en permanence, de ne plus se quitter ?

La fourgonnette d'Adrien, à bout de souffle, ils l'ont vendue à Antoine. À l'arrière du J7, Corinne a disposé les jacinthes du printemps dans une grande caisse plate que Mathias a menuisée. Elle les a choisies de plusieurs couleurs afin qu'elles égayent pour toujours la tombe d'Adrien. Ce sont celles du pré, celles qu'Adrien connaissait. Elle n'a pas voulu lui offrir des jacinthes sauvages, celles qui poussent dans les lisières ; après le fleurissement de ces dernières, comme les autres années, elle ira les cueillir avec son couteau et son panier pour remplacer celles dédiées à Adrien.

Ces jacinthes de son pré, qui auparavant étaient sauvages, celles que les gens de Chamalières viennent admirer et respirer, elle va les planter dans la terre fraîche qui recouvre la tombe. Quelques semaines après l'enterrement, lorsqu'il lui a fallu se décider pour le choix du monument, elle s'est rendue avec Mathias chez le marbrier établi à la sortie de Beaulieu, à mi-chemin entre Vorey-sur-Arzon et Lavoûte-sur-Loire. Sur la pierre verticale, à la tête de la tombe, elle a voulu qu'il grave un grand sapin, souvenir de sa mort et de sa passion des bois. Le marbrier a demandé ce qu'elle voulait comme dalle. Corinne n'en a pas voulu.

— Vous poserez seulement une bordure de pierre ; je couvrirai la tombe de terre.

Cette terre, c'est un mélange de terre du Batelier et du mont Gerbizon qu'avec Mathias et Antoine elle a pelleté devant sa cabane. Ils l'ont chargée dans le J7, l'ont transportée au Batelier où ils ont mélangé les deux terres. C'est dans cette nouvelle terre qu'en ce printemps après la mort Corinne va planter ses jacinthes.

Mathias traverse lentement le bourg, prend la route du Gerbizon, roule sur quelques centaines de mètres et se gare devant le vaste et haut portail métallique qui donne accès au cimetière. Corinne a emporté son plantoir et son arrosoir, Mathias porte à deux mains la caisse pleine de jacinthes.

Depuis longtemps, Adrien et Corinne avaient réservé leur place au cimetière. C'est un beau cimetière, bordé de grands sapins comme il convient en leur pays. On dirait que ce cimetière en pente va glisser vers la Loire qu'il domine de quelques centaines de mètres. De ses allées, on voit couler la Loire au fond de sa vallée ; l'eau en est couleur de terre mouillée à cause des neiges fondues sur le Mézenc. Des traînées blanches luisantes indiquent la chasse des perches. Corinne a imposé que le caveau comporterait trois places. Elle veut, pour l'éternité, pouvoir dormir entre ses deux hommes que chacun à leur tour elle a aimés. Elle n'admet ni ne comprend les propos méchants de sa mère et de ses deux fils, et encore plus ceux de sa belle-sœur concernant sa nouvelle vie ; seuls ses amis gardes-barrières et surtout Pauline, son amie de toujours, lui parlent comme avant, et parlent à Mathias qu'ils trouvent bien aimable et distingué. Pourquoi, tellement la vie est longue, ne pourrait-on pas découvrir un autre amour sans pour cela renier le premier ?

La tombe regarde la Loire et tous les trois pourront dormir face à ce fleuve qui leur a permis de se rencontrer les uns après les autres.

Corinne se signe, se baisse et, une à une avec son plantoir et ses doigts verts comme il se dit, elle transplante ses jacinthes tout autour de la tombe. Mathias soulève l'arrosoir qu'il avait posé à terre après l'avoir rempli au robinet du cimetière, inonde généreusement les fleurs. Du revers de ses doigts, Corinne tasse la terre tout autour, se redresse, rince ses doigts sous la pluie que Mathias fait couler.

Tous les deux, ils se recueillent, se prennent la main.

— Crois-tu qu'il nous a pardonné ?

— Comment ne pardonnerait-il pas en mai ?

Le Puy-en-Velay, le 21 mai 2010

Table des matières

Imprimé en Espagne
Dépôt légal : avril 2024
ISBN : 978-2-8129-3999-0
ISSN : 1627-6779

www.deboree.com
livres@centrefrance.com